天使の牙（下）

新装版

大沢在昌

角川文庫
22286

「彼女と会いました」

神《じん》の言葉は君国《きみくに》を驚かせた。

「もうそこにいるのか」

「いえ。今は例の大男といっしょです」

「どういうことだ」

君国はコードレス電話をもったまま立ちあがり、窓辺へと移動した。今夜の京都は暗い。ひどく濃い闇《やみ》が、この古い都の上空にたれこめている。空気もどんよりとしていて、重い湿気を含んでいた。冬がもうすぐそこまできているというのに異常に暖かい。いや、暑いほどだ。

開かれた窓からは、そよとも風は流れこんでこない。

「『槍《やり》』のいった通り、彼女はひどく頭が回るようです。『槍』をだしぬき、危うく、俺《おれ》もだしぬかれるところでした」

「会ったとはどういうことだ」

「デパートの屋上でね。街を見おろせるデパートの屋上で、彼女は『槍』を見張っていたんです。おそらくそれ以外の連中もね」

神の声におかしそうな響きが加わった。

「偶然ですよ。私もライフルを使える場所を捜していました。そうしたら彼女がそこにいた」

「お前に気づいたか」

「目があいました」

君国は受話器を握りしめた。

「どうした？」

はつみは、神の恐ろしさを知っている。そんなところで神に出会ったら、屋上からとび降りてしまっても不思議はない。

「どうも。少し警戒したようですが、そのまま出ていってしまいました」

「………」

「妙でした。腰を抜かすほど怯《おび》えるかと思ったのですがね」

「確かにはつみだったのか」

「まちがえるわけはありません」

いったいどうなっているのだろう。

「ヘリを使ったとき、頭に撃ち込みました」

神がいった。

「そうか！」

「ええ。たぶん記憶をなくしているんじゃないでしょうか。それで俺を見てもわからなかったんです」

何ということだ。君国は荒々しく息を吸いこんだ。とすれば、この自分のことも、はつみは忘れているのか。

神がいった。

「『槍』が彼女を連れていこうとしたとき、例の大男が現われました。なかなかです。ただの刑事じゃありません。やり方が荒っぽい」

「お前はどうしたんだ」

「『槍』はあっさりそいつに絞めあげられましてね。余分な話がでちゃまずいんで、とりあえず……」

「なぜそこで大男もやらなかった」

君国は冷ややかにいった。神のつまらない好奇心がでたにちがいない。

「やればまた彼女を見失いそうだったので」

神は少し黙り、答えた。いいわけだ。ライフルであっさり殺したくなかったにちがいない。自分の手で、ナイフで、楽しんで大男を殺《や》りたかったのだ。

「で、今のいどころはわかっているのか」

「車でつっ走っています。車の種類もわかっているんで、地元の人間に捜させています。警察も使っていますから、パトカーからでも見かけたら、すぐ連絡がある筈《はず》です」

「もう逃すなよ」

「はい」

君国は息を吸いこんだ。

「それからはつみだが――」

「はい」

「殺すな。大男は好きにしていい。だがはつみは私のところへ連れてこい。殺すんじゃないぞ」

神は無言だった。君国は神が笑っているような気がした。

「わかりました」

だが、ものうげな返事がかえってきただけだ。

「記憶喪失なら、〝本社〟の男がびびることはないですね」

神はいった。

そうか。はつみがあのときホテルで見た男は、ひどく怯えているのだ。

「ほっておけ。奴《やつ》には貸しを作っておく」

君国はそっけなくいった。

「承知しました」

「はつみに怪我《けが》をさせるな」

「任せて下さい」

そっといって、神は電話を切った。

51

ソアラのエンジンの調子がおかしくなったのは、国道を走りだして二時間ほどした頃だった。

信号で止まったとき、ごろごろといったかと思うと、咳《せき》こむような音をたて、車全体を震わせ始めたのだ。

仁王《におう》は舌打ちした。

「どうしたの」

ずっと黙り込んでいたアスカは口を開いた。

仁王はすぐには答えず、信号が青になるのを待っていた。青にかわると、ゆっくりとアクセルを踏みこむ。今までとはちがい、どこか車をあやすような、やさしい運転のしかただった。

しかしそれでも車の震えはやまない。

「――さっきのライフルだ。どっかをぶっこわしたんだな。ここにきて、そのダメージがきいてきたってわけだ」

車に浴びせられた銃弾は三発だった。一発はドアミラーを砕いた。一発は屋根を射抜き、アスカが今すわっているシートに穴をうがった。もう一発がボンネットに刺さって、エンジンを傷つけたということだろう。

「直せる？」

わかっていたがアスカは訊《たず》ねた。

「直せる筈がないだろう。走れるところまで走って、車を捨てる」

「それじゃすぐに見つかるわ。目だたないところに隠した方がどこで車を捨てたのかわからなくていいのじゃない」

仁王はアスカを見た。何かをいいたげな表情をしている。指図をするな、といいたいのだろうか。

が、何もいわずに前を向いた。

あたりは人家も途切れた田舎道だ。交差する道もなく、一本道がつづいている。

アスカはサイドウインドウに顔を寄せた。月明りに、稜線《りょうせん》をくっきりと浮かびあがらせた山並みが遠く見えた。その手前は畑か、ただの野原だ。

「ここはどこ」

「山だ」

短く仁王が答えた。そんなことはわかってる、そういいたいのを呑《の》みこんで、アスカはいった。

「とりあえずの目的地はどこなの」

「二百キロ先だ。特急の駅がある。そこまでいけば、マークもされていないだろうから電車を使って新幹線に乗りかえられる」

「飛行機は？」

「空港なんて数えるほどしかないんだ。張りこまれているに決まっている」

「そこまで車が保《も》たなかったら？」

「保たないね。あとせいぜい、五十キロかそこらだろうな」

仁王は運転席の計器盤をにらみつけながらいった。

ソアラのスピードが急に落ちた。道が登り坂になったからだった。文字通り、息も絶え絶えという調子で、ソアラは車体を震わせながら坂をのろのろと登っていく。

「よく保った方だ」

仁王はつぶやいた。後方からやってきた車たちがハイビームにしたライトを浴びせかけ、追いぬいていく。

ようやく坂の頂上にさしかかった。

「よし」

仁王がつぶやいてハンドルを切った。信号の点滅する交差点だった。道標があり、右手に「龍牙湖《りゅうがこ》」、左手に「浮墨高原《うくずみこうげん》」とある。

ソアラは咳こみながら交差点を左に折れた。そこからの道は下り坂だった。仁王がライトを上に向けると、数百メートルの下り坂があり、そこからカーブを描いて登り坂になっている。登り坂の手前から道は濃い樹海に吸いこまれていた。

急勾配《こうばい》の下り坂にさしかかると、ソアラはスピードをあげた。

下り坂の終点の少し手前にまた道標があった。それによると、道は先でふたまたに分かれていて、右手が「浮墨高原」で左手が「浮墨温泉」となっている。

仁王はそのふたまたを右に曲がった。理由はアスカにもわかった。そちらの道の方が狭かったからだ。

仁王はソアラの捨て場所を捜しているのだ。なるべく人目につかないところに放置するつもりにちがいない。

だがそのあとはどうするのだろう。

国道を曲がってから、一台も車とは出会っていない。ソアラのライトだけが濃い闇《やみ》を切り裂いている。もしライトを消したら、あたりは真の闇に閉ざされることだろう。樹海は月の光すらさえぎっている。

だがアスカは闇を恐いとは思わなかった。闇は、育った田舎にいくらでもあった。これまでの人生で、何よりも恐ろしいのは人間なのだとわかっている。

道はさらに細くなり、舗装すら施されていないむきだしの地面にかわった。それでも地元の四ＷＤなどが通るのか、二本の轍《わだち》がくっきりと残されている。

のろのろとその轍の上をソアラは進んでいった。地表のでこぼこにさらに車体が揺れる。

やがて、

「あそこだな」

仁王がつぶやいた。そこは土の道を二十分ほど走った場所だった。森の中を曲がりくねって進んだあげく、前方に木立ちの途切れた新地《さらち》が見えたからだった。

新地の大きさは、車が四、五台止められるほどだった。もとは製材所か何かだったのか、廃材のような丸太が数本、隅に積まれている。現在は使われていないことは、四、五十センチはある雑草が新地のそこここでのびているのでわかった。

道はまだ森の奥までつづいているが、仁王はその新地の中にソアラを入りこませた。雑草がなぎ倒され、車の腹をこするざらざらという音が聞こえた。

ブレーキを踏むと、あたりが赤く染まる。濃く茂った雑草がブレーキランプの赤い光を反射しているのだ。

「切ればたぶんこれきりだ」

仁王がいって、イグニションキィにのばした手をためらわせた。

「本当はもっと奥の方がいいんじゃない」

アスカはいった。仁王は首をふった。

「いや、道の途中でエンコしたら、それこそかえって目立つ」

「ここに止めておいても同じだわ。心中か何かの車だと思われる。人が通りかかれば」

「人が通りかかれば、だ。こんな山道はそうそうこない」

「この辺に詳しいの」

「詳しいわけないだろう。生まれて初めてだ」

　仁王の声にいらだちが加わった。

「だったら街中の方がよかったのじゃない。立体駐車場にでも入れておけばもっと目立たなかったわ」

　アスカは冷ややかにいった。仁王が爆発した。

「どこに街がある！　どこに立体駐車場があるんだ！　第一、こんな、弾痕のついた車で街中を走ったらかえって目立つだけだ」

「弾痕かどうかなんて、ちょっと見たくらいではわかりはしないわ」

「わかるさ。それにこの音だ。駐車場だって預かっちゃくれん」

　ソアラは、まるで沸騰したヤカンに小石が入っているような音をたてていた。

「自分のすることは何でも正しいってわけね」

「やかましい！」

　仁王の大きな手がハンドルを殴りつけた。アスカは思わず身を縮めた。

「いいか。俺《おれ》はお前の命を助けるために働いているんだ。俺は落ちこぼれかもしれんが刑事だ。プロの警官なんだ。お前はヤクザの情婦だ。俺の判断が、お前の身を守るんだ。だからいちいちケチをつけるんじゃない」

「警察が何をしてくれたの。この何日間か、わたしはわたしの身を自分で守ったわ」

「逃げ隠れていただけだ」

「じゃああなたはちがうの。これは何？　この山奥でこれから何をするの⁉」

アスカは体が熱くなるのを感じていた。いけないとはわかっていたが止まらない。この数日間の緊張と恐怖のつけが、今、アスカの心を暴走させようとしていた。

が、アスカの言葉はまったく別の反応を仁王にひき起こさせた。

「何をうぬぼれてやがるんだ！」

仁王が怒鳴った。

「俺がお前に何か下心でもあって、こんな山奥に連れてきたと思ってるのか。冗談じゃないぞ！」

アスカははっとして口をつぐんだ。そんなつもりではなかった。山奥というのは、単なる言葉のアヤで、何をするのか、というのも、このあとどうやって目的地へ移動する気なのか、という意味にすぎなかった。それを仁王は、卑しい目的で山に連れこんだとなじられたかのようにとったのだ。

「ふざけるな！　ちょっとツラがマシだと思って思いあがるんじゃないぞ。お前の生きてきた世界じゃ、そのツラでもっていくらでも男はだませたろうが、俺にはそんなものは通用しない。いいか、はっきりいっておく。俺はお前が生きていなけりゃよかったとすら思っているんだ。本当ならぶっ殺してやりたいぐらいなんだよ」

「どうしてよ!?」

「うるさい！　お前には話したくない」

仁王は叫び、ソアラのエンジンを切った。

がらがらごろごろという音が不意に止んだ。しんとした静けさにソアラは呑《の》まれ、つづいて、寂しい虫の音に囲まれていた。

「くっ」

仁王は吐きだし、シートに背中を叩《たた》きつけた。アスカは信じられない思いで仁王を見やった。

これがあの仁王なのか。物静かで、めったに感情を露わにすることのなかった男とは、とても思えない。

仁王の中で何かがかわったのだ。それも大きく、とりかえしのつかないくらい。

仁王はスタジアムジャンパーのポケットから煙草をとりだした。アスカは目をみひらいた。

仁王が煙草を吸う姿など、ついぞ見たことがなかったのだ。確か昔は吸っていたがやめた、と聞いたことがある。

本当にこの男はかわった。

ついさっきまで、「仁王」と呼びかけてしまいそうになる自分をけんめいにおさえていた。

しかし、目の前にいるこの男は、もう「仁王」ではない。

負け犬だ。自分をコントロールする術を知らず、いきあたりばったりの考えでしか行動をしない。

とても優秀な刑事とはいえない。

こんな男を課長がさし向ける筈《はず》はない。

「わたしが憎いの」

アスカはいった。

仁王は火をつけた煙草から深々と煙を吸いこんだ。

「口をききたくないね」

アスカはむかっとなった。

「女をいじめておもしろいわけ」

「女だ？　お前のことを女だなんて思っちゃいない。ただのお荷物だ」

「じゃほうりだせば」

売り言葉に買い言葉だった。仁王はきっとアスカをにらんだ。

「ああ。ほうりだしたいね。命令がなけりゃここでこうしていること自体が不思議なんだからな」

「なぜ」

知りたかった。どうしても知りたい答だった。ひょっとしたら、仁王が自分を憎む理由はそれかもしれない。

仁王の口から聞きたい。

それを聞いたら、仁王がかわってしまった理由も理解できるかもしれない。

仁王にいってほしい。

――お前は、俺の恋人が死ぬ原因を作った女だ、だから憎い、と

その憎しみの深さが、かつての自分への愛の大きさなのだ。

アスカは息を呑み、煙草を吸う仁王の横顔を見つめた。

答えてよ。仁王。

だが仁王は吸いかけの煙草を車の灰皿に押しつけ、いった。

「いいたくないね。さっ、いくぞ」

「いくって、どこへ」

「どこかだ。ここで夜明かしする気だったのじゃないだろうな」

「暗いうちに動いたら道に迷うわ。それにかえって目立つ」

「ああ、そうだ。俺にもそれくらいわかってる。だがな、君国の情婦さまは、自分があまりにおきれいなんで、男という男は皆、自分のあそこにつっこみたがっていると思いこんでいるようなんでね。ここでこうして夜を明かすわけにはいかないんだ。俺が襲い

かかっちまうかもしれない」

なんといやみないい方なのだろう。仁王の根性はねじくれてしまった。アスカを傷つけるようないい方でしか、この男はものをいわない。

「そんなこと思っちゃいないわよ！」

アスカは叫んだ。

「あんたがわたしに気があるなんて、これっぽっちも思っちゃいないわ！」

「そりゃよかった」

仁王がドアを開けた。ルームランプが点《とも》ったので、車内はライトの反射光だけだったときよりさらに明るくなった。

仁王の手がライトのスイッチを消し、イグニションキィをひき抜いた。

「それでもいくの？」

アスカは怒りをおさえ、訊《たず》ねた。

「いいや。俺は外にいる。お前は車の中にいろ。夜が明けたら歩きだ」

アスカが何かいうより早く、仁王はソアラの車外にでていた。そして叩きつけるようにドアを閉めた。

まっ暗になった。

闇《やみ》の中でアスカは唇をかんだ。いったいどうなってしまったのか。

なつかしさも、愛《いと》おしさも、かけらもない。疑いと憎しみと、そして傷つけあう言葉のやりとりがすべてだ。

闇がぼやける。涙がこみあげてきたのだ。

アスカはさらに強く唇をかんだ。泣いている姿を、絶対に仁王には見られたくなかった。嗚咽《おえつ》を喉《のど》の奥で押しこめる。

泣いたって意味がない。何リットルと涙を流して見せようと、この涙の意味が、仁王には決してわからないのだから。

深呼吸をくりかえした。

昔のことなんていくら考えても始まらない。もう絶対に戻ることはないのだから。

河野《こうの》明日香《あすか》は死んだのだ。仁王の心の中でも、心の外でも、死んだのだ。

今は心を氷の鎧《よろい》の中に閉じこめるべきときだ。何も感じない。何も思いださない。

氷。氷。氷の星。

アスカは暗闇の中で濡《ぬ》れた目をみひらいた。

氷の星という言葉。

炎の星、氷の星——そうだ。死ぬ直前の彼女がいった言葉だ。

彼女は氷の星に住んでいる。そして君国は炎の星に住んでいる、と。

今の自分。神崎《かんざき》はつみの肉体の中にいる自分も、氷の心をもとうとしている。

つまりはそういうことなのか。

たとえ心が入れかわろうと、この体でありつづける限り、氷の世界からはぬけでることができない。

この体は氷そのものなのだ。体の中の心は、永久に氷の世界から逃れられない。

神崎はつみの心は今どこにいるのか。どこから今の自分を見ているのだろうか。

そしてこう思っているのだろうか。

――やっとわかったわね、生きていたときのわたしの気持を

アスカは息をゆっくりと大きく吐きだした。こらえていた嗚咽の名残りが喉を一度だけ震わせた。

はつみと君国がそうであったように。はつみがそういっていたように。

自分も仁王とは、二度と同じ星に住めない。もう、二度と。

窓ガラスのノックに目を開いた。

いくらかうとうとしたようだ。浅い海の底で少しだけ溺《おぼ》れたような気分。

決して深い海の底までは沈まなかった。

仁王がソアラの助手席のかたわらに立っている。

世界は青みがかり、夜明けがまぢかであることを感じさせた。

アスカは身じろぎした。背中と腰が固まってしまっている。少し動かしただけで痛みが走った。

ぼろぼろの人形になったような気がした。

助手席のドアを開いた。膝下《ひざした》まで丈のある雑草の上に立った。濃く冷たい空気が鼻の奥にさしこみ、体が震える。

ひどく冷えこんでいた。こんな寒さの中で、仁王は夜明けを待っていたのだ。

何か言葉をかけようと思った。だが、背中を向け、煙草を吸っている仁王に言葉を呑みこんだ。

背中が会話を拒絶していた。

そうだ、忘れていた。わたしは氷の星の女なのだ。

アスカはぐっと奥歯をかみしめた。

吸い終えた煙草を踏み消し、仁王がふりかえった。

「いくぞ」

アスカは無言で頷《うなず》いた。

「地図だと、この林道を十キロほどいったところからが浮墨高原だ。頂上までいくと、路線バスの停留所がある。バスは山の反対側の麓《ふもと》からきている。そのバスに乗れば、向こう側の町に降りられる。そこから鉄道に乗りかえる」

アスカはもう一度頷いた。

黙りこくっているアスカを仁王はつかのま見つめた。暗い目は、「何かいいたいことがあるのか」と問いかけていた。アスカは身じろぎもせず、その目を見返した。

一瞬だが、仁王の目の奥に苦笑のようなものがよぎるのをアスカは見たような気がした。再会以来、初めて見る、笑みに近い表情だった。

仁王はくるっと背中を向けた。歩きだす。

道の奥へと進んでいく。アスカは何もいわず、あとを追った。

仁王の歩く速度は速かった。通常の十キロなら二時間足らずで歩きぬくスピードだろう。

しかし道は奥に進むにつれ、さらに細くなり、勾配《こうばい》が加わった。濡れた草や石まじりの地面は、滑り、足をとった。三十分ほど歩いただけで、アスカは息が切れてきた。

なんて体なのだろう。アスカは自分の体を罵《ののし》った。

河野明日香の肉体ならば楽々と仁王の歩きについていったにちがいない。

歩き始めてからの仁王はほとんど背後をふりかえらなかった。

仁王が健脚なのはわかっている。

警察官の肉体でもっとも酷使されるのは足なのだ。立ちつづける、歩きつづける、に耐えなければ、警察官の仕事はつとまらない。

本格的な登山ならともかく、このていどの山歩きなら、仁王にとっては何でもないことにちがいない。多少傷を負い、眠っていなくても、さして苦しいとは感じないだろう。

ひきかえ、アスカの体は、まるで脆弱《ぜいじゃく》だった。もともと激しいスポーツなどほとんどやったことがないにちがいない神崎はつみの肉体は、長時間の入院生活で、そのあるかなしかの筋肉の大半を失っている。心臓も肺もなさけないほどの弱虫で、あっというまに悲鳴をあげ、休息を求めて泣き叫ぶのだ。

気持の悪い汗が背中にじっとりと浮かんでいる。体を動かしたことによってでる、あの心地よい汗ではない。

まるで今にも倒れてしまいそうな、めまいと吐きけを伴った汗だ。

アスカは、人間の体にもこれほどのちがいがあるのだということを、あらためて感じていた。

もし河野明日香の肉体がこれだけの悲鳴をあげるとしたら、何日も寝ない上に、十キロ以上の距離を全速力で駆けるくらいのことをしたときだ。

アスカは肩で大きく息をしていた。呼吸が苦しいと、つい足もとがおろそかになる。

つきでた木の根に爪先《つまさき》をひっかけ、何度もつまずいた。

やがて空はどんどん青みを増してきた。それとともに、鳥の鳴き声が森のあちこちから聞こえてくる。

河野明日香は、肉体とは鍛えるものだ、と信じていた。小さな頃から体を動かすのが好きで、激しい運動の最中に味わう苦しみには、ある種の快感があった。筋肉をぎりぎりまで酷使し、心臓や肺をフルに稼働させることに、生命を実感した。

だから、体の弱い者、特に、若いくせにひ弱な体しかもっていない男を軽蔑《けいべつ》していた。

筋肉のない、持久力の弱い若者は、河野明日香から見れば、単なる怠け者にすぎないのだった。持久力をつけるための苦しみを厭《いと》うのは、弱虫でしかなかった。

老人や子供、病気や障害をもっていないなら、人間はとことん体を動かすべきだ、と考えていた。

売人のチンピラや見習いの暴力団員を、足で追いかけて音《ね》をあげさせるのが得意だった。息が切れ、膝の笑った小僧たちが追いつめられたときに見せる畏怖《いふ》の表情が好きだった。

——何なんだよ、てめえはよ！

女だと甘く見てかかった連中が、ある瞬間、こいつはちがう、やばい婦警にひっかかっちまったかもしれない、と気づく瞬間が楽しかった。

開きなおり、とびかかってくる相手は、もっと快感だった。

息があがり、足をもつれさせたようなチンピラがくりだすパンチやナイフは、明日香の体をまるでかすりもしない。

あべこべに地面に叩《たた》き伏せ、関節を決めて、もっと悲鳴をあげさせてやった。

——どうしたの、それでも男なの⁉　かかってきなさいよ！

今にもぶっ倒れそうな、まっ青な顔のジャンキーに、そういって挑発したことは一度ならずある。

——クスリばっかりやって体を鍛えてないから、婦警《メスポリ》なんかにパクられるのよ、わかった⁉

そういって張り倒してやったことは数えきれない。

「女を捨てている」だの「男にもてない腹いせ」だのといわれたときも同様だった。

ぐうの音もでないほど絞めあげてやり、

——くやしくないの、あんた

と蔑《さげす》んでやった。

今、それをアスカはまざまざと思いだしていた。

自分の傲慢《ごうまん》を知った。弱者に対する思いあがりを感じた。

もしここに河野明日香がいて、喘《あえ》ぎ倒れそうになっている自分を馬鹿にしたら、喉笛《のどぶえ》にくらいついてやったろう。

河野明日香の肉体は、鍛えられたことによってのみ生みだされたのではない。

人間の体にはもともとのちがいがあるのだ。強い体もあれば、弱い体もある。鍛えてさらに強くなる者もいれば、鍛えることそのものに耐えられない者もいるのだ。

頭痛と吐きけがアスカをさいなんでいた。

喉は焼けつき、肺は今にも破裂しそうだった。耳の奥で血管が轟音《ごうおん》をたて、もう鳥の鳴き声も聞こえない。

休みたい。立ち止まりたい。すわりこんで一歩も動きたくない。

だがそれを仁王にいうのは、死んでも嫌だった。

仁王は、河野明日香ほど傲慢ではなかった。河野明日香のように犯罪者を挑発して後悔させるのは、さほど好きではなかった。

とするなら、今のアスカの苦しみに、気づいていない筈《はず》はない。

わざとなのだ。

仁王は、わざとアスカを苦しめているのだ。

喜ばせてたまるものか。苦しんでいることを教えて、あいつに楽しい思いを味わわせてやるものか。

ふりかえることなく前をいく仁王の、小さくなりつつある背中を、アスカはかすむ目で見すえ、歯をくいしばって歩いた。

どれほど歩いたのか。

まだ半分も歩いてはいないだろう。

二度ほど転び、膝を打ち、掌《てのひら》をすりむいた。つまずいたことなど数えきれない。

仁王は一度としてふりかえらなかった。

いいとも、このままぶっ倒れるまで歩きつづけてやる。そしてぶっ倒れたときは、仁王が担いで歩いていくがいい。

時計を見るために腕をあげることすら億劫《おっくう》だった。

午前七時をいつのまにか過ぎている。二時間を歩きつづけている計算だった。あたりはすっかり明るくなっていた。

全身が汗で濡《ぬ》れそぼっている。喉が、酸素だけではなく、水分も要求していた。

足もとだけを見つめて歩いていたアスカは、立ち止まっている仁王に気づかず、その体につきあたりそうになった。

喘ぎながら仁王を見た。言葉などかけらも湧《わ》いてこない。

さすがに仁王も、肩で息をしている。

「顔が青いな。少し休むか」

アスカは首をふった。意地だった。こうなれば、倒れるまで歩きつづけるのだ。

だが、体の気持はちがった。立ち止まった瞬間、前へいこうとする慣性を失い、膝《ひざ》が崩れた。前のめりに倒れだし、それをくいとめることが、体のどの部分もできなかった。仁王が腕をつかもうとする。それを意地がふりはらった。が、仁王の目には、つかもうとしたアスカの腕がたまたま少し動いて、その位置になかったようにしか見えなかったろう。

地面が近づいてくる。

アスカは倒れこんだその瞬間を、はっきりとは感じなかった。手だけではなく、胸や頬《ほお》も、地面で打った筈なのに、その衝撃すら、ほとんど意識しなかった。

ただ、土と草の匂《にお》いを強く嗅《か》いだ。それだけだ。

そして瞼《まぶた》が閉じ、何もわからなくなった。

仰向けに寝かされていた。冷たい風が頬に当たっている。

目を開いた。

アスカは両足をのばした形で、道ばたの倒木によりかからされていた。仁王がかたわらにしゃがみ、タオルで風を送っている。

「ずっと入院していたのだったな、考えてみれば」

目があうと、仁王はいった。アスカは無言で首をふった。喉がからからで、はりついてしまっている。

仁王の足もとにリュックがあった。ふつうの大きさなのだが、仁王が担ぐと、まるで子供用のリュックを背負っているように見える。

仁王がその口を開けた。ミネラルウォーターのプラスティックボトルをとりだした。

「飲むか」

いらない、といいたかった。このまま死んでしまって、死体を担がせてやりたい。

だがアスカの首は勝手に縦に動いた。

仁王の太い指がボトルのスクリューキャップを外し、注ぎ口をアスカの口に近づけた。むさぼった。

水はそれほど冷たくはなかったが、喉を落ちていった瞬間、胸全体にその感触が広がった。本当に体のすみずみにまでしみこむようだった。

仁王がボトルの口を離すと、アスカは大きく喘いだ。飲むことに懸命で、呼吸を忘れていたからだった。

「まだ飲むか」

問いかけに首をふった。あまり一度に飲むと、戻してしまう危険がある。

「ハンカチはあるか」

アスカはジーンズのポケットに手をのばした。ショルダーバッグにも入っていたが、そのバッグは今、目に見える場所にない。いつバッグをなくしてもいいように、本当に必要な最低限のものはジーンズのポケットに入れてあった。

「これか」

だが仁王がそのバッグを掲げてみせたので、アスカは頷《うなず》いた。ハンカチはヒップポケットに入っているので、いずれにせよ、体は動かさなければならない。

バッグを受けとった。ハンカチはいちばん下にあった。ナイフがいちばん上だ。

無造作にハンカチをひきずりだした。何かにひっかかっている。それをさらにひっぱると、バッグの口からとびだした。

四角い、小さな紙箱だった。

地面に落ちた箱は転がった。仁王の目がそれをとらえた。一瞬、眉根《まゆね》がよる。

アスカははっとした。見覚えがあると思ったのかもしれない。

アスカはさっと手をのばし、箱をすくいあげようとした。だがまだ体がいうことを聞かなかった。手がすべり、箱をもう一度、地面に落としてしまった。

箱の蓋《ふた》が開いた。青いビロードを張った小箱がちらっとのぞいた。

仁王の体が凍りついた。

アスカはそれに気づかなかったふりをして、箱をバッグに押しこんだ。

仁王がゆっくりとアスカの顔をのぞきこんだ。

「――どうしたんだ、それを」

低い、恐ろしい声だった。

「なん、何でもないわ」

声がかすれた。

「お前のものなのか」

「そうよ」

「もう一度見せてみろ」

「嫌よ」

「見せてみろ」

「嫌」

首をふった。その瞬間、仁王の腕がバッグにのびてきた。

「何するのよ！」

「貸せ！」

「やめてよ」

　アスカは仁王の腕をふり払った。

「刑事のくせに人のバッグに手なんかつっこまないで」

「じゃ見せろ！」

「嫌っていったでしょう」

仁王は恐ろしい顔でアスカの目をにらみつけた。

「──何よ」

アスカは恐怖をこらえ見かえした。

「それとよく似た箱を知ってる」

「宝石箱なんてみんなおんなじよ。これはわたしが君国にもらったものだわ。あなたには関係ない」

「なんでそんなものをもち歩いている」

「何かあったとき、役に立つかもしれないから。お金に換えられるわ」

仁王はまだ信じられないようだった。だがそれ以上は何もしようとしなかった。

アスカは無言で、だしたハンカチで額をぬぐった。さっきまでとはちがう汗がじっとりと浮かんでいる。

「──気にいらんな」

不意に仁王が吐きだした。

「何もかも気にいらない。まるで……まるで逆だ」

珍しいことだった。アスカの知る仁王は、不安を簡単に口にだすような男ではなかった。まして与えられた任務に対して不満をいった姿など見たことはない。

「犯罪者は俺《おれ》たちじゃない。向こうだ。それをこうして逃げ回るように動いている。その上秘密だらけだ」

「秘密？」

アスカはおうむ返しにいった。仁王は何か気づいたのだろうか。

「警察内部に裏切り者がいる。大量にだ。だから俺はひとりでこなけりゃならなかった」

なぜ仁王はそんなことを喋《しゃべ》るのだろう。やはり何か気づいて、アスカに探りを入れているのだろうか。

「あなたをこさせたのは誰？」

「上司だ」

むっつりと仁王はいった。

本当だろうか。アスカは鎌《かま》をかけるつもりで訊《たず》ねた。

「その人はなぜこないの」

「こられないのさ。警視庁の内部はスパイだらけだと思っている。たぶん本当だろう。だから上司が動けば、行先からお前のいどころがすぐに割れる。また殺し屋の部隊がやってくる」

「じゃあ応援を頼めないのね」

「人数が増えれば増えるほどスパイが混じってくる確率は高くなる。お前を守って警視庁まで連れていくのは俺ひとりだ。だがな――」

いいかけ仁王は黙った。

「何！」

「わたし自身の運命よ、聞く権利があるわ」

強い口調でアスカはいった。

「そんなことじゃない」

「じゃあ何よ」

仁王は冷ややかな目でアスカを見た。

「いってやる。お前を助けることにいったいどれだけの価値があるのか、俺にはわからないんだよ」

ショックでアスカは口をつぐんだ。

「何人もの警官が死んでいる。お前を助けるためにだ。十人近い人数だ。皆、まっとうな警官だった。そこまでしてお前を助ける価値がいったいどこにあるんだ」

「わたしなんか死ねばいいいってこと」

「俺のいないところで殺されたら、何とも思わんね」

「じゃあ上司にそういえばよかったじゃない」

「いったよ」

仁王の返事は投げやりだった。

「お前なんか死んだところで痛くもかゆくもないとな。誰か他の人間をやってくれ、と」

そうすればよかったのだ――アスカは一瞬思った。しかしもし仁王でなければ、最守に自分は殺されていたろう。最守が本当に「クライン」の手先であったなら。

「上司は何ていったの」

仁王はアスカを見た。まるで物を見るような目つきだ。アスカは思った。この人は本当に、自分など死ねばいいと考えている。

「無駄にするな、だ」

「何を」

「何を？」

仁王の顔に再び激しい怒りの表情がこみあげた。

「お前のために死んでいった警官たちだよ。お前なんかと命を引きかえにした連中だ」

その中にわたしも入っている。あべこべに冷静になり、アスカは思った。

「そこまでしてお前を警視庁に連れてきて、いったい何が手に入る。お前は裏切り者を誰か知っているのか」

アスカは黙っていた。

「どうなんだ」

いらだたしげに仁王はいった。

「……いえないわ」

「なぜだ」

「もし裏切り者の名前をわたしが知っていて、ここであなたに教えたら、あなたはもうわたしを守る必要がなくなる。帰ってそれを上司に報告すればいいだけだもの。わたしはわたしの身を守るために、誰にも教えられない。今は」

けんめいにはつみの立場になって考えた嘘《うそ》だった。

仁王はゆっくり息を吸いこんだ。

「なるほどな」

吐きすてるようにいった。

「上司とは連絡をとっているの」

アスカは訊ねた。

「お前には関係ない」

だが仁王から返ってきた言葉はそれだった。

52

ＪＲの駅に近いビジネスホテルの一階にレストランがあった。入口には「貸切」の札が掲げられていたが、客席にはほとんど人の姿がない。最奥部の一角、六人がけのテーブルに、ひとりだけ男の姿があった。白いシャツに紺のスーツを着け、ネクタイはしめていない。

長身の男はやや猫背気味に背中を丸め、テーブルに目を落としている。テーブルには大きな地図が広げられていた。かたわらには携帯電話がある。

男の目はぼんやりとしてとらえどころがなく、やや長めの髪は額を半分おおっている。

男は朝からずっとその席にすわりつづけていた。レストランのウェイトレスは、ただひとりで店を貸切にしてしまった奇妙な男に興味を感じていたが、誰も近づく者はいなかった。

それはこの男が発散する、どこか異様な雰囲気のせいだった。

怒っているようにもいらだっているようにも見えない男だったが、なぜかそばにいくのはためらわれた。

ときおり顔をあげ、あたりに向ける視線は漠《ばく》としていて、焦点を結んでいるとはとうてい思えない。そんな目にじっと見つめられると、心の奥底でこの男がいったい何を考えているのか少しも想像できないのに、寒けを感じてしまうのだ。

男のもとを、これまでに何人かの客が訪れていた。たいていは五分もいっしょにおらず、立ったまま小声で何ごとかを告げては立ち去る。

男は聞いているのかいないのかよくわからない表情で相手の顔を見つめるのだった。

その中には、ウェイトレスも何度か見たことのある地元のやくざもいた。ふだんベンツを乗りつけ、傍若無人な態度でレストランを占拠するのだ。マネージャーの話では、地元でいちばん大きな組の幹部だという。頭にパンチパーマをかけ、派手な柄のシャツに趣味の悪いゴルフズボンをはいている。そのやくざですら、奥の男の横に立つと、まるで小学生のように直立不動だった。

話している言葉は聞こえてこなかったが、いつもいばっているやくざの方が、何かあやまっているようにぺこぺこしていたのがおかしい。

奥の席の男は、よほどすごい人なのかもしれない、とウェイトレスは思った。やくざはほんの二、三分でコーヒーも頼まずでていった。でていくとき、自分がぺこぺこするところを見られたのがくやしかったのか、恐い目でにらみつけていった。

ウェイトレスは笑いたいのをこらえ、うつむいていた。

奥の席の男には、電話も何回かかってきた。レストランの電話ではなく、テーブルにおかれた携帯電話だ。

男の喋《しゃべ》り方は不明瞭《ふめいりょう》で、電話に対する受け応えも、ほとんど聞こえない。

ウェイトレスは、レストランを貸切にしたこの男の正体をマネージャーに訊《き》いてみたかった。だがあまりにレストランの中がしんとしているので、訊けばそれが男の耳にまで届いてしまいそうだった。

いつもなら十一時半になると、レストランはランチの客で混み始める。実際、常連の、近くの銀行員や役所の職員などがホテルのロビーをくぐってやってきては、札を見てひき返していった。

十二時になるとウェイトレスは、水のお代わりを手に、奥のテーブルに近づいていった。男が朝から頼んだのはコーヒー一杯きりで、それもほとんど減らずおかれている。水のグラスも氷が溶け、ぬるく、まずそうになっているだけだ。

ウェイトレスは男の注意を惹《ひ》かないよう、そっと水のグラスだけをとりかえた。何者だか知りたい気持はあいかわらずあったが、近くまでいくと、やはり男の雰囲気はなんとなく恐かった。

やくざたちの怖さとはちがう。この男が大声をだして誰かをおどす姿は想像つかない。しかしそれでも恐いのだ。

「山、か」

不意に男がつぶやいたので踵《きびす》を返しかけていたウェイトレスはびっくりしてグラスを落としそうになった。

「は？」

ふりかえって男を見た。

男はぼんやりと地図を見つめていた。ウェイトレスにとっては見慣れた地形の、このあたり一帯の地図だ。小学生の頃、ハイキングでいった龍牙湖や、前の彼氏とドライブにでかけた浮墨高原などがのっている。

男は、ウェイトレスがふり返ったことにも興味がないようだ。

指を一本のばし、地図の表面をなぞっている。ウェイトレスは思わずそのようすを見つめた。

　男の指は、龍牙湖と浮墨温泉のあいだを結ぶ林道をなぞっていた。

　その林道へもウェイトレスはいったことがあった。今の彼氏が四ＷＤに乗っていて、カーセックスをしにいこうと誘ったのだ。だが道が途中からあまりに細くなっているので、彼氏はびびってひき返してきた。結局、国道沿いのモーテルに入ったのだ。

　男が顔をあげ、ウェイトレスを見た。ウェイトレスははっとした。いけないことをした、という恐れが、毒のように体を痺《しび》れさせた。

「――これは何と読む？」

　くぐもった声が、男の薄い唇を割った。

「はい……」

　男の指先がさしている場所にウェイトレスは目をこらした。山を走っている定期路線バスの停留所だった。バスはすぐそこの駅前からでていて、観光シーズンをのぞけば、一日に二本しかない。

「うくずみ……」

「うくずみ、高原、ですけど」

「はい」

　男はまるで夢心地のようにつぶやいた。

「何がある？」

「何も、ありません。展望台と、お土産物屋さんが一軒だけ……」

「ホテルや旅館は？」

「いいえ。手前の浮墨温泉には一軒だけありますけど……」

「なぜ浮墨という？」

「あの……冬になると、霧がよくでるんで、墨を流したみたいだからって聞きましたけど……」

「墨」

男はくり返した。ウェイトレスは勇気をだして訊《たず》ねた。

「お食事の方は、どうされますか」

「いらない」

男は首をふった。そして地図に目を落とした。それが会話の終わりをあらわす合図なのだった。

ウェイトレスはどきどきしながら元の場所に戻った。

心配そうに見守っていた同僚のところまでたどりつき男をふり返った。男が携帯電話を耳にあてているのが見えた。

53

山道は、最後の一キロがもっともつらく険しい登りになった。轍《わだち》も姿を消し、ほとんどけもの道とかわらない細さになった。

アスカは、落ちていた枝を杖《つえ》がわりにして坂をのぼりつづけた。時計はすでに昼近くをさしている。

初めての休憩がもっとも長く、あとは三十分ほど前に、立ち止まって水を分けてもらっただけだ。

しかしそれでも山道が終わりに近づいていることが、アスカに残っている体力をふりしぼらせた。「浮墨高原一キロ」と書かれた道標が立っていたからだ。

太陽は頭上にあったが、空気は少しひんやり感じられるようになってきた。つづら折りの、果てしなくつづくと思われた山道が、不意に終わると、なだらかな、舗装をほどこされた登り坂につきあたった。

その登り坂は、山の反対側のふもとから山頂へと向かう舗装道路のようだった。けもの道は山頂へは直接つながらず、反対側の道路に接続していたのだ。

ふたりは舗装路を歩き始めた。舗装路はさほど傷んでいないのに、路肩に雑草がのびている。いかに交通量の少ない道であるかをあらわしているようだ。

およそ三十分ほどで大きなカーブを描いた道路は終点に達した。

そこは本当の意味での山頂よりは低い地点にある、ややひらけた場所だった。

バス停があり、屋根のついた待合室がかたわらに建っている。小さな石を敷きつめた、駐車場のような一角に、売店とも土産物屋ともつかない店が一軒あった。かたわらにライトバンが止まっている。

店の後方が、ふもとからつづく林の切れ目だった。淡く霞《かす》んだ下界の町並みが見えた。風が吹きあげてきて、むきだしの地面で土煙を巻きおこした。しかしその風さえも、汗の流れ落ちる額に心地いい。

仁王が立ち止まった。空き地をゆっくり見渡している。

人も車も、姿はない。空き地のつきあたりに、木で組みあげられた階段があり、矢印で「展望台」とその頂上をさしている。階段は、本当の頂上へとつながる木立ちの中をよこぎっていた。

アスカは売店を見つめた。公衆電話のマークと、清涼飲料水の看板がでている。

「何か飲むわ」

アスカはいって歩みだした。仁王は無言だった。当面は安全と判断したようだ。

売店には、ポテトチップなどのスナック菓子と飲物、それに「浮墨高原」のシールを貼《は》った、どこにでもあるような置き物やタオルなどの土産物しかなかった。

「いらっしゃいませ」

店の奥は小さな土間だった。そこの椅子《いす》にすわっていた、五十くらいの痩《や》せた男が立ちあがった。店へは、通いできているようだ。

映りの悪いポータブルテレビが土間の隅にあった。

アスカは冷たい缶コーヒーとポテトスナックを買った。空腹はさほどでもなかったが、塩分を体が求めている。

「バスは、いつきますか」

アスカが訊ねると、男は腕に巻いた古い時計をのぞいた。

「九時のがでちまったからねぇ」

「次のは？」

「三時だね」

「三時。その前にはないんですか」

「ないね。今じぶんは、九時と三時の二本だけだ」

なんということだ。あと三時間近くある。アスカはすわりこみたくなった。そのやりとりに、今度は男がアスカを見つめた。

「どうやってきたかね」

「途中で車がエンコしちゃって……」

アスカは微笑《ほほえ》んだ。

「歩いてきたかね。そりゃあ難儀だ」

男は首をふった。

アスカはコーヒーの栓を開け、口にあてた。甘く冷たい液体が喉《のど》に流れこむ。

仁王が歩みよってきた。

「煙草あるか」

「いやあ。すんませんね、おいてないんですわ」

男は首をふった。アスカは仁王の目をとらえ、いった。

「次のバスは三時よ」

「三時……」

仁王もさすがに驚いた表情になった。

バスを待つくらいなら、道路を歩いて下山する方が早いだろう。そう考え、アスカの気持は暗くなった。

店の前に横長の床几《しょうぎ》があった。アスカはそのまますわりこんだ。すわってしまうと、もう一歩も歩きたくないという気持になる。三時までここで待ってもいい。さすがにこんなところまで追っ手はこない筈《はず》だ。

「せっかくここまできたんだ、展望台へいこう」

男の目を気にしてか、仁王がいった。アスカは深く息を吸いこんだ。本当はもうここを動きたくない。しかし、今や好奇心をむきだしにして二人を見つめる男の前で、やりとりをするわけにはいかない。アスカは目を閉じ、息を吐きだした。

「いってみますか」

つぶやいて、立ちあがった。

「おじさん、ごちそうさま」

空き缶を返し、空き地を仁王のあとについてよこぎった。

小砂利には、いくつもの轍の跡がある。地元の若者などがドライブなどで訪れるのだろう。季節外れの、花火の破片も落ちていた。あるいは地元の暴走族がたまり場にしているのかもしれない。

階段は思ったよりも急で、しかも長くつづいていた。見上げると、途中で曲がっているせいもあるが、百段以上はありそうだった。

仁王は黙々と登り始めた。店の男がまだこちらを眺めているのだ。

アスカは息を吐き、つづいた。

すぐに木立ちの中に入った。山腹を歩いていたときとはちがい、風に梢《こずえ》どうしがふれあう、サワサワという音が高い。

三十段ほどを登ったとき、アスカは激痛に立ち止まった。

「待って」

思わず声がでる。しゃがみこんだ。

「どうした」

十段ほど上から仁王が見おろしていた。

「足が……。足が攣《つ》ったの」

歯をくいしばってアスカはいった。右足のふくらはぎがカチカチになって、激痛を走らせている。こむらがえりだった。

鼻から息を小刻みに吐きながら、アスカは右足の靴を脱いだ。痛みをこらえ、右膝《ひざ》をまっすぐにのばし、親指をつかんで強く反らす。

くやしかった。このていどの山歩きで、足の筋肉が痙攣《けいれん》をおこすとは。

仁王はただ立って見つめている。

しばらく痛みに耐えていると、痙攣はおさまってきた。少し気を抜き、膝にこめた力をゆるめる。

駄目だった。一度おこしてしまうと、こむらがえりは簡単にはおさまってくれない。痛みと情けなさに、また涙がでそうになる。

仁王はむすっとしている。アスカは鼻声でいった。

「いい気味だと思っているんでしょう」

仁王は無言だった。

「足手まといになって……。こんな女、殺されちまえばいいって思ってるわよね」

「ここにいろ。俺《おれ》は頂上までいって見てくる」

仁王はくるりと背を向け、階段をのぼっていった。

アスカは目を閉じた。ヒステリーを起こしそうになっている自分がわかった。身も心もくたくただ。誰も信用できず、追っ手はまだ自分を殺すのをあきらめていない。自分ですらない、この自分を。

アスカは奥歯をかみしめた。片手でバッグの中からポテトスナックの袋をだし、封を切った。

手をさしこむと、つかめるだけのポテトスナックをつかみ、口に押しこむ。ばりばりとかみ砕いた。次から次に押しこみ、かみ砕く。

食べてやる。またたくまに袋は空になった。口いっぱいのポテトスナックをばりばり、ばりばりかみ砕いては喉に押しこむ。

そうするうちに心が少し落ちついてきた。

河野明日香の得意技だった。嫌なことがあると、とにかく食べて発散した。

やがて痛みが薄らいできた。

アスカは親指を握っていた手を離した。膝の力を抜く。

なんとかなりそうだ。だが金輪際、上へいこうという気にはならない。これで右足をかばって、左足まで攣ったひには、一歩も歩けなくなってしまうだろう。

頭上で足音がした。アスカはふり返った。仁王が眉《まゆ》をひそめて見ていた。

「何をやってるんだ。菓子クズだらけだぞ」

アスカははっとした。かみ砕いたポテトスナックの切れ端が、膝の上や体の周囲に散乱している。

「何でもない。食べていただけよ」

いって、つけ加えた。

「すっとするから」

仁王は不思議そうにアスカを見つめた。が、すぐに険しい顔に戻った。

「展望台から下の道路が見える。車が三台、こっちに向かって登ってくる。グループのようだ」

「どういうこと」

「追っ手だ。どうやってか、俺たちがここにいるのを見つけたのだろうな」

アスカは息を呑《の》んだ。仁王は表情をかえずにつづけた。

「もう一度山に戻る他ない」

「そうね……」

「いずれは見つかるだろうがな」

「どうするの」

アスカは仁王を見つめた。

「どうもこうもない。闘う他ないだろう」

「あなた、拳銃《けんじゅう》はもってるの」

「いや、停職中だったんでな」

仁王は横を向いた。

拳銃もなくて、どうやって闘うのよ——アスカはそう叫びたいのをこらえた。とにかく今はいい争いをしている場合ではない。狩りは始まっていて、獲物は自分たちなのだ。本当に仁王のいった通りだ。アスカは立ち上がり、右足をかばって歩きだしながら思った。

かつては狩人だった自分たちが、今は狩られる側に回っている。

売店の前を通ることなく、降りられる場所を仁王が見つけた。かなり急な斜面だが、山肌に生えた松の幹につかまって降りていける。

まず仁王が降りた。アスカが地面に尻《しり》をつけ、すべるように降りていくのを受けとめる。そのあとも、仁王は無言でアスカの腕をつかみ、下山をつづけた。斜面が崖《がけ》となり、伝う道がなくなると、迂《う》回《かい》するように山腹を回りこみ、降りられそうなルートを捜す。

そうして二十分ほど下ったとき、

「動くな」

仁王がアスカの腕を握りしめた。土の上を苔《こけ》がおおった急斜面だった。仁王のもう一方の腕が山腹から斜めにつきでた松の枝をつかんでいる。

斜め下にカーブを描いて登っている舗装路があった。そこを車が走ってくるところだった。

先頭に黒塗りのメルセデスがいた。つづいて金色のワンボックスカーだ。しんがりをやはり白のメルセデスが走っていた。

カーブを曲がるとき、一瞬だが正面から登っていく車のフロントガラスがのぞけた。距離は十メートルかそこらしか離れていない。

先頭のメルセデスの助手席を見て、アスカは目をみひらいた。

あの男だ。

デパートの屋上でソフトクリームをなめていた男だった。脂けのない髪をたらし、足もとに紙袋をおいていた。

仁王の方をあおぎ見た。仁王も瞬きもせず、見つめている。

つづくワンボックスカーには、五、六人の男たちの姿があった。ひと目で「クライン」の手先とわかる。獰猛《どうもう》な雰囲気をみなぎらせた連中だ。

最後のメルセデスには、やくざの幹部と思《おぼ》しい男が二人乗っていた。

車はアスカと仁王の姿に気づいた気配はなく、遠ざかっていった。

「見たか」

低い声で仁王はいった。

「ええ」

「懐かしい顔があったろう」

アスカは無言だった。

「君国は、どうやら殺すだけじゃ飽き足らないのかもしれんな」

「何が」

「奴《やつ》だ。自分の右腕を送りこんできやがった。きのうの狙撃《そげき》も奴の仕業だな」

「――誰のことをいってるの」

動揺を気づかれまいとしながらアスカは訊《たず》ねた。

仁王はアスカをふり返った。

「見たんだろ」

怪訝《けげん》そうにいう。

「見たわよ。どうしたの、それが」

「先頭の車の助手席にいた奴だ。神だ。神隆《たかし》。自衛隊の空挺《くうてい》崩れだよ。あの男のことは、殺し屋と呼ぶ以外、何の言葉も思いつかん」

「会ったことあるの」

思わず強い調子になった。

「いいや。『クライン』についちゃ、警視庁はずっと管轄外だったからな。停職になってから、暇なんで、いろいろと調べたのさ」

自嘲《じちょう》気味の口調だった。アスカはそっと息を吸い、訊ねた。

「なぜ停職になったの」

「そいつはお前には関係ない。いくぞ、お前だって奴のナイフと再会したくはないだろう」

仁王は再び、下降を開始した。

五分ほど下ったときだった。仁王がバランスを崩した。支えようとしたアスカが、かえって仁王の立ち直ろうとする動きの邪魔をする結果になった。

二人は声もなく斜面を転がり落ちた。幸い、崖はなく、すぐに太い木の幹にそれぞれ体を打ちつけて止まった。

「大、丈夫、か――」

仁王が訊ねた。

「大丈夫よ」

いって、アスカは仁王を見た。額の包帯がずれ、傷口が開いたのか、出血している。

「出血してるわ」

「問題ない」

怒ったように、仁王はいった。アスカは息を吸い、いった。

「ごめんなさい」

「何がだ」

「転がったのはわたしのせいよ」

「そんなことはどうでもいい。奴らはもう頂上についた頃だ。俺《おれ》たちのことを店の奴から聞いたら、すぐにまた降りてくる」

仁王は木の幹に腕をかけ立ちあがった。そのようすが不自然なことにアスカは気づいた。

「どうしたの、腰を打ったの」

「何でもない」

だが、明らかにかばっていた。アスカははっとした。

「あのときね。国道で電柱につっこんだ――」

仁王はちらっとアスカを見やり、

「少し腰をやっただけだ」

とつぶやいた。どうやら、今の転落で、同じ場所を痛めてしまったようだ。アスカは唇をかんだ。

どうやら仁王を信じてもいいのではないか、という気持になってきた。

いけない、まだ駄目。

もうひとりの自分が叫んだ。

最後まで自分ひとりと思いなさい。

少なくとも、課長と連絡がつくまでは。

時間がそうないことはアスカにもわかっていた。登っていった三台の車が追っ手であれば、頂上まで達した連中は、ほどなく戻ってくるだろう。売店の男から話を聞けば、アスカたちがまだそれほど遠くまでいっていないことを確認する筈《はず》だ。

だが仁王の腰はただならぬ痛みを伴っているようだった。斜面を数メートル降りるごとに、体を立木の幹で支え、無意識に手をあてがっている。呼吸も登ってきたときに比べると、うってかわって荒くなっていた。

「どこかいい場所を見つけて隠れましょう」

　アスカはいった。といって、山の斜面のこちら側は、道を通すために樹木の伐採が進められていて、ここなら安全だと思えるほど森が深くはない。近くの道路に車を乗りすてて入ってこられたら、ものの十分かそこらで発見されてしまうだろう。

「先にいけ」

　仁王がいった。

「何いってるの――」

「俺もあとからいく。これじゃ降りるのに時間がかかりすぎる。途中で奴らに見つかったら、俺がくい止める」

「駄目よ」

「カッコつけてる場合じゃないんだ。それともお前はまた君国のオモチャに戻りたいのか」

　アスカは息を呑んだ。

「冗談じゃないわ」

「じゃあ、いくんだ。いいか、俺が今からいう番号を覚えろ。〇三の――」

　仁王が口にしたのは、芦田《あしだ》の直通番号だった。

「芦田という刑事だ。その人のことは信用できる。電話をして、自分の場所と、今の状況を知らせるんだ」

仁王は知らないのだ、芦田が撃たれたことを。アスカは息を呑《の》んだ。

それとも撃たれたことを知っていて、連絡がとれないことがわかっていて、わざと芦田の番号を口にしているのか。

「その人とは連絡がつかないわ。前にわたしを護衛にきた刑事さんからも番号を教えてもらったの」

「なんだと――」

仁王は顔をしかめた。

「あなたは連絡をとってみたの」

「いや。お前と接触するまでは連絡しないようにいわれていた」

「じゃあわたしのいっていることの方が正しい。芦田さんという人とは電話がつながらないの」

仁王はとまどったように瞬きし、あたりに目を向けた。

本当に知らなかったように見える――アスカは思った。

そのとき、頭上の森から人の叫び声が聞こえた。こっちだ、と仲間を呼んでいる。

「今わたしが頼れるのはあなただけよ」

アスカは声に力をこめていった。

「くそ……」

仁王がつぶやいた。

「とにかくいきましょう」

仁王の腕をとり、アスカはうながした。

数メートルほど降りたとき、車のタイヤが鳴る音が耳に届いた。森のすきまを見え隠れする道路を、猛スピードで下ってくる車がたてているのだ。

黒のメルセデスだ。あの、神という男が乗っている車だ。

叫び声がさらに近くで聞こえた。アスカと仁王は必死に山を降り始めた。今までなら迂回《うかい》した急斜面も、腰をおろして、すべり台のように降りる。

「待て！」

仁王がアスカを止めた。濃い枝の下をくぐり抜けようとしたときだ。アスカはぐいとひき戻され、危うく倒れそうになった。

森が途切れていた。森をつっ切るように道がのびているのだ。これより下に降りるには、一度道路にのぼってよこぎらなければならない。枝の下をくぐっていくと、その道路から丸見えになる。

そこにあのメルセデスが止まっていた。神ともうひとりの男が立っている。神はメルセデスのボンネットに腰を預け、胸の前で両腕を組み、まっすぐ森の方を見つめていた。仁王がアスカを止めなければ、その視界の中に、アスカはとびだしているところだった。

ふたりは枝の裏側で身をかがめ、息を殺した。

「どうやら残りの連中は、上から俺たちを追ってきているようだ」

小声で仁王はいった。

「どうする」

「あの車をいただこう。ふたりを何とかする」

仁王はくいしばった歯のあいだからいった。

「大丈夫なの」

「わからん。神は凄腕《すごうで》なのだろう」

「――見たことがないの」

「そうか。だが上の連中すべてを相手にするよりはマシだ」

「じゃあ作戦をたてましょう」

アスカはいった。

「作戦？」

仁王は眉《まゆ》をひそめた。

「わたしを信じてくれるなら……」

アスカの言葉に、仁王はじっと見つめてきた。

「――話してみろ」

仁王はいった。

神の横に立っていたのは、羽佐間《はざま》という二十八歳の、かつて空挺で神の下にいた男だった。ヘリの操縦免許をもち、兵士としても有能だったが、隊の仲間とのいさかいが絶えず、クビ同然で自衛隊を追いだされたのだ。

拾いあげたのは神だった。神は、羽佐間の、車やヘリの操縦技術を高く買っていた。神の元にいれば、ヘリでも車でも好きなだけ動かせることを知り、羽佐間は手下になった。それさえできるなら、あとはどんな仕事だろうと、羽佐間はかまわなかった。神と、神のボスの君国にさえ、敬意を払えばいい。そのふたりに敬意を払うのは、自衛隊の上官に敬語を使うより、はるかに簡単なことだ。

君国は給料を払ってくれ、車やヘリを買ってくれる。上官は給料を払ってくれるわけでもないのにいばり散らす。

神は、自分よりもはるかに強い。素手でやりあえば絶対に勝てない。上官もかなわなかったことは証明ずみだ。

だからこのふたりには逆らわない。

目前の樅《もみ》の木が揺れたとき、羽佐間ははっとしてベルトにさしたベレッタに手をのばした。

「待て」

神が低い、おだやかに聞こえる声で止めた。

濃い枝をくぐるように、白く小さな顔がのぞいた。

あの女だった。ボスの女だ。一度でいいからやりたいと思っていた。冷たく澄ました顔をしているくせに、あのときにあげる声はハンパじゃない。何度も隣の部屋にいて聞いたことがある。

「手を貸して！」

女がまっすぐ自分を見ていうのが聞こえ、羽佐間はとまどった。神を見やる。

女は森の切れ目、道路のガードレールのすぐ下にいた。

「わたしひとりじゃあがれない。手を貸して」

「ひとりですか」

神が口を開いた。驚いたようすもなく、落ちつき払っている。

「そうよ。あの男とは森の中ではぐれたわ。もう嫌。こんなところを歩き回るのはたくさん。早くわたしを連れて帰って」

神の口元に、嘲《あざけ》るような笑みが浮かんだ。

「会長がお許しになると――？」

「あなたには関係ないわ」

女の目に冷たい怒りの炎がきらめくのを羽佐間は見た。女は両腕をのばし、ふった。

「早く手を貸して、あいつが近くまできているかもしれない」

羽佐間は再び神を見た。神がかすかに首をゆらめかした。羽佐間が女の方へ一歩踏みだすと、神が低い声でいった。

「チャカをよこせ」

羽佐間は神を見なおした。神は無表情のままだった。

羽佐間はベレッタM92を抜くと神にさしだした。受けとった神が、安全装置を外した。

羽佐間はひやりとした。会長の命令は、女を連れて帰ってこい、だ。それを神は撃ち殺してしまうつもりなのだろうか。

会長には逆らえない。しかし神の行動を妨害するのも恐い。

「いけ」

神が小声でいった。

羽佐間はゆっくりと女に歩みよっていった。女は神を無視するように両手をさしだしている。

羽佐間は女の腕をつかんだ。細くて華奢《きゃしゃ》だ。だがよごれたトレーナーの胸は大きく盛りあがっており、汗に汚れた首すじも美しい。

大きくみひらいた女の瞳《ひとみ》を、つかのま羽佐間は見おろした。畜生、なんてきれいな女なんだ。一度でいい、この女を抱きたい。

女の体がガードレールの向こうでもちあがった。女が足をかけ、ガードレールを乗りこえようとする。

そのとき、神が発砲した。

すぐま近にある女の目が丸くなり、羽佐間も思わず息を止めた。女を撃ったのか、と思ったのだ。

だがちがった。神は、女が今でてきた樅の木の枝の陰に向かってベレッタを撃ちこんでいるのだった。

枝がふっとび、葉が舞い散る。幹に刺さった九ミリ弾が破片を削りとりながら森の奥へと跳ねる。

神はありったけの銃弾を樅の木の奥へと撃ちこんでいた。

ベレッタに装塡《そうてん》されていた十三発の九ミリ弾がすべて撃ち尽された。ベレッタの遊底が開いたままストップした。

羽佐間はようやく女をガードレールのこちら側に抱えおろした。神がこちらを見た。

にやっと笑った。

「奴《やつ》の姿が見えたような気がしたんです」

女の顔は青ざめていた。ごくりと喉《のど》を鳴らし、

「そう」

とだけいった。声が震えていた。

「刑事《でか》でしょう？」

神が訊《たず》ねるようにつぶやいた。

「自分ではそういってたわ」

女はいった。

「名前は？」

「知らない。聞かなかったの」

神は驚いたように目を丸くしてみせた。

「名前も聞かないのに信用したのですか。あのときは確か、もうひとりの刑事がいたでしょう」

「あなたが殺したわ」

女がいうと神はひっそりと笑った。女の手がまだ自分の腕をつかんでいることに羽佐間は気づき、ひそかな喜びを味わった。しかしその手は震えていた。

「あいつも殺すつもりでした。うまくいかなかった。でかいのにすばしこい。東京にはいい刑事がいますな――」

そのときだった。森の中からとびだしてきた人影がガードレールを躍り越え、道路に駆けあがった。

羽佐間は目をみひらいた。アポロキャップをま深にかぶった大男だった。額と頬《ほお》に血が流れている。

女の腕が邪魔だった。ふりはらおうとしたができない。

大男は大またで神にとびかかっていた。

神の表情はかわらない。手にしていた空の拳銃《けんじゅう》をぱっと足もとに落とし、すばやく右腰のうしろに手を回した。そこに神の使う拳銃がある。

神の右手が愛用のコルトガバメントをひき抜きかけたとき、大男はもう神の目前に達していた。

なんてスピードだ――羽佐間は目をみひらいた。

大男の掌底が神の顎《あご》に叩《たた》きこまれた。神の頭ががくっとのけぞった。

くそ。羽佐間はようやく女の腕をふりほどくとつきとばした。女の体が道路に転がる。

神はこの襲撃を予想して、自分に拳銃を渡せといったのだ。女は刑事とぐるだった。

羽佐間の頭にかっと血が昇った。叩き殺してやる。女の方へ一歩踏みだすと、女がすばやく立ちあがり、爪先《つまさき》で羽佐間の股間《こかん》を蹴《け》った。

思わぬ反撃と激痛に羽佐間は体をこわばらせた。

神が大男の第二撃を危うく避けていた。首を激しく振る。血しぶきが飛んだ。掌底の一撃をくらい、自分の歯で唇をかみ切ったのだ。

大男の左手が神の右手首をつかんだ。ガバメントの銃口を上にあげさせまいとする。

神が逆らわず右手を開いた。拳銃が道路に落ち、一瞬、大男の体が力のもっていき場を失ってバランスを崩した。

神は一回、大男の押す方向に体を捻《ひね》った。次の瞬間、反動のついた回し蹴りが大男の側頭部を襲う。

大男は体を倒しながらそれを受けた。相当にやる奴だ、と痛みの苦しみの中で羽佐間は思った。神の回し蹴りを避けられないと読み、倒れる方向に体を動かしながら衝撃を軽減したのだ。

神の左手が今度はスラックスの裾《すそ》にのびた。ナイフがふくらはぎに留めてある。が、大男がそうさせなかった。倒れながらも、足で神の膝《ひざ》の裏側を払ったのだ。

神の体が仰向けに倒れ、道路で弾んだ。女が大男に走りよる。

今度は神がその女の足をつかみ、女をひきずり倒した。

大男が立ちあがった。神の体めがけ、馬鹿でかい足を踏みおろす。神が転がってよけた。さらに踏みおろす。神がよける。

羽佐間はようやく動けるようになり、立ちかけた女に突進した。

男の体が向きなおった。まるで背中に目があるような動きだった。棍棒《こんぼう》のような太い腕が一閃《いっせん》し、胸もとにそれをくらった羽佐間は体が宙に浮くのを感じた。

一瞬、無重力状態になったかのような気分を味わったあと、背中から地面に叩きつけられた。

その間に神が立ちあがっていた。左手がするっとコンバットナイフを抜いた。

終わりだ、これで。

息も詰まる衝撃を味わいながら羽佐間は思った。あのナイフを手にした神は最強だ。

大男も切り刻まれるだけだ。

神のナイフがまるで鞭《むち》のような鋭い動きを見せた。威嚇のない、容赦ない動きだ。大男が右膝のすぐ上を切られ、がっくりと膝をついた。

神の表情がかわっている。いきいきとした、生気に満ちた目が、輝きを顔全体に与えていた。

神のナイフが、低い位置にきた大男の首すじに走った。

やった。羽佐間は思った。

だがほとばしる鮮血は見えなかった。ナイフが喉を切り裂く寸前、何者かが神の左手をとらえたのだ。

女だった。両手で神の左腕をつかまえている。歯をくいしばり、渾身《こんしん》の力をこめているようすがわかった。

神が目をみひらいた。

次の瞬間、神の拳《こぶし》が女の顔に叩きこまれた。しかしそれに対して女が見せた動きは、またしても羽佐間が目を疑うものだった。

まともに入っていれば、まずまちがいなく女の鼻骨は砕かれていただろう。それを女は、顔を後方にそらし、よけたのだ。拳が入る直前まで、目をみひらいて凝視することによって。

そんなことができるのは、空手や拳法《けんぽう》でもよほどの達人だけだ。

神の右拳はそれでも女の顔に命中した。女の腕が神の体を離れた。神は大男に向き直った。ろくに狙《ねら》いもつけず、ナイフをつきだす。

大男の右手がその手首をつかんだ。まるで毒蛇の首根をおさえるハンターのようだった。即座に神の左手がナイフを離れた。落下するナイフを今度は右手が空中でつかむ。そのナイフがまっすぐ大男の下腹部にのびた。

今度は刺さった。

が、神の顔に満足の表情は浮かばなかった。浅い。神の右手が目いっぱいのびきって、かろうじて刃先が届いた状態なのだ。

さらに刺そうと神が右手を引いた。その動きに合わせ、今度は大男が、つかんだ神の左手を引きよせた。

神の体がバランスを失い、半回転しながら大男の胸もとに倒れこんだ。大男はそれを見逃さなかった。

強烈な頭突きが神の顔面に浴びせられた。神の首が振り子の人形のように揺れた。さらにもう一撃。

神の目が虚ろになった。三度目の頭突き。

大男のアポロキャップがとび、自身も血まみれの額が露わになる。

ようやく大男が神の左腕を離した。神の体が前のめりに崩れた。

女が大男の肩を抱いた。

「早く、車へ！」

大男をひきずるように、助手席の扉まで連れていく。女の顔面も血まみれだ。

血だるまの大男も失神直前だった。這《は》うようにメルセデスの助手席に乗りこんだ。

女が運転席に乗りこんだ。

俺《おれ》のメルセデスだぞ――羽佐間は声にならない罵《ののし》りをあげた。神が落としたコルトに手をのばす。くそ、タイヤを撃ち抜いてやる。かえたばかりのピレリだが、しかたない。が、ようやく羽佐間の手がコルトのグリップに届いたとき、メルセデスはタイヤを鳴らして走り去っていた。

55

車の運転をするのは二年ぶりだった。免許は十八のときにとったが、それからの大半はペーパードライバーだった。たまに故郷に帰ると、弟の車を運転していたていどだ。左ハンドルの車に乗るのも初めてだった。だがアスカに、久しぶりの運転に感じる筈《はず》の恐怖はなかった。

猛スピードで山道を下る。顔が激しく痛み、腰にも打ち身があった。ルームミラーをのぞくと、自分の顔の下半分が血まみれであることがわかった。

見切っていたのに――アスカは唇をかんだ。神のパンチははっきりと見えていた。だが河野明日香ではないこの肉体は、わずかに首を倒すスピードが遅れたのだ。神の拳は骨こそ砕かなかったものの、一瞬涙で視界がぼやけるほどの痛みをもたらした。

痛みの感じ方もまるでちがう。体が痛みのために動かなくなった。

河野明日香ならこんなことはなかった。それにあの神のナイフを握った腕を止めたとき。両手でつかみ、両足を踏んばってようやく止めた。

もうひとりの男に見舞った金的蹴《きんてきげ》りもそうだ。自分の足がまるで上がらないことにアスカは気づいた。前の体なら、金的を体にめりこませ、完璧《かんぺき》に戦闘能力を奪えただろう。

結局のところ、頭でわかっている動きに体がついていかないのだ。

アスカは悲しかった。

こんなことではとても闘い抜けない。

かたわらの仁王を見た。

額と右膝の上、そして下腹部に傷を負っている。

どれも致命傷ではないが、出血を止め、消毒をしておかなければ危険だ。特に問題なのは出血だ。

仁王は失神こそしていないが、浅い呼吸をして、ぐったりとシートによりかかっている。限界にちがいない。間もなく失神するだろう。

その、焦点の定まらない目を見て、アスカは悟った。

病院に担ぎこむなど論外だった。町へでただけでも危ない。

幹線道路は、神の手下たちによって見張られていると見ていい。

とにかく今は時間だ。この状態の仁王を横に乗せたまま走りつづけるわけにはいかないのだ。どこかで時間を稼ぎ、仁王の手当てをしなければ。

前方に道標が見えてきた。右が「浮墨温泉」、左が国道と町の名になっている。

アスカはハンドルを右に切った。国道にでれば、すぐにでも発見される可能性がある。

仁王がソアラを隠したように、どこかで車を隠し、そして仁王の手当てをする。

夜まで逃げのびればチャンスはある。

浮墨温泉にそうした場所があることをアスカは祈った。

やがて次の道標が現われた。「浮墨温泉八キロ」とあり、その下に「浮墨温泉ホテル」という小さな看板があった。

ホテル。いったいどのていどの大きさなのか。隠れ家になるのだろうか。

つかのま考え、それが無駄であると気づいた。

この血まみれの姿の男女がやってきたら、たとえどんなホテルであろうと、宿の人間は警察に通報するにちがいない。

警察の方がまだましなのではないだろうか。ふとアスカは思った。

少なくとも警察に引き渡されれば、仁王は治療を受けることができる。同じ警察官であるとわかれば、犯罪者扱いはされないだろう。それに、通報によってくるとすれば、最初はこのあたりの駐在所に勤務する制服警官だ。そんな人物までが「クライン」によって汚染されているとは思えない。

だが次の瞬間、ぞっとすることに気づいた。もしやってきた警官が、自分たちの味方をしてくれたとして、そこに追っ手が現われたらどうなるか。

「クライン」の連中は、警官を殺すことをためらわない。

こんな田舎の駐在所の警官などひとたまりもないだろう。最悪の場合、警官だけでなく、ホテルの従業員や無関係の客にまで被害が及ぶ可能性がある。

そんなことはできない。これ以上、殉職警官をだしてはならない。

アスカは唇をかんだ。

この道がもし「浮墨温泉」でいき止まりになっていたら万事休すだ。

アスカは自分の選択がまちがいであったと気づいた。「浮墨温泉」が箱根のような大観光地であるならともかく、旅館が一軒や二軒しかない、ひなびた温泉地であったらとても隠れられる場所などない。そしてその可能性の方が高いのだ。

引きかえそうか。

一瞬、考えた。だがもう間にあわない。

あの分かれ道に戻れば、山頂から降りてきた、ワゴンともう一台のメルセデスの追っ手と鉢合わせするだろう。

逃げて逃げて逃げのびる。

アスカは泣きたくなった。追われる身がこれほどつらく、寂しいものだとは思ったことがなかった。

幸いにガソリンはまだ半分近く残っている。

仁王を見た。目を閉じている。

アスカははっとした。だが血に染まったシャツの胸が上下しているのを確かめ、安堵《あんど》した。

自分しかいない。相談できる相手はいない。

「浮墨温泉二キロ」の標識が見えた。そして道がY字に分かれている。

アスカはブレーキを踏んだ。「浮墨温泉」に向かうのは、道なりにまっすぐ。枝分かれした左の道はどこへいくのか。道幅は狭くなっていて、いき止まりの予感すらする。だが、Y字の少し先に、柱のような白い道標が立っているのを発見した。薄くなった字で、「龍牙湖二十キロ」と書かれている。

アスカは地図を車内に捜した。きっとある筈だ。

あった。後部席にそれらしい紙束がほうりだしてある。手近なものをとった。二十万分の一の分県地図だった。

広げた。

龍牙湖は思ったより大きな湖だった。国道を北に入った位置にあり、浮墨高原からのアプローチは、山越えにあたる旧道を通っていく。

龍牙湖のほとりには、キャンプ場の存在を示すテントのマークがついている。それならばきっと、ホテルなどの施設も、浮墨温泉よりははるかにあるにちがいない。

地図をおき、アスカはハンドルを左に切り、アクセルを踏みこんだ。

少し可能性が生まれてきた。

そのとき、助手席との境におかれた自動車電話が鳴りだした。

56

電話に応えた声を聞いた瞬間、君国の体に鋭い衝撃が駆けぬけた。

「はい」

その声は硬く、緊張していて、ある種の決意を感じさせた。しかし聞きちがえようのない声だった。

「――君か」

君国はつぶやいた。てっきり羽佐間か神がでるものと予期していただけに驚きは大きかった。

神の携帯電話にかけ、電波が届かないとわかったので自動車電話を試してみたのだ。電波状態がよくないのは同じだった。ひどく声が遠い上に、雑音がかぶる。しかし、聞きちがいようのない声だ。

すると神は仕事をやりとげたのだ。

「誰？」

はつみの声がいった。君国は胸に思いもかけない気持が広がり始めるのを感じた。愛《いと》しさなのだ。

言葉に詰まるほどの愛しさ。

許してやる。すべてを許してやる。

「誰なの」

「……私だ」

いうと、はつみは沈黙した。

怯《おび》えている。当然だ。君国は息を吸いこんだ。

「心配しなくていい。もう、君を傷つけることはしない。ただ何ごともなく、帰ってきてくれ」

はつみは黙っていた。君国は目を閉じた。

鼻の奥が熱くなる。

「神と代わってくれないか」

それをふり払い、いった。

「いないわ、ここには」

はつみはいった。その声に冷ややかな響きが含まれているのを君国は感じとった。

「何かあったのか？」

「彼は今頃、わたしたちを捜している」

わたしたち？　わたしたちとはどういうことだ。

「その車は羽佐間の車だ」

「そう。もらったの」

挑戦的な口調ではつみがいった。君国はようやく理解した。神はまだ仕事をやりとげていない。それどころか失敗したのだ。

雑音が激しくなった。はつみが何かいったが聞こえない。

「どこにいる!?」

君国は叫んだ。だがその声もはつみには届いていないと思われた。

「はつみ！」

君国は大声をだした。が、電波が途切れた。話し中の信号が耳に流れこむ。

君国はいったん電話のボタンを切り、再度同じ番号を押した。いらだたしくなるほどの時間をおいて、テープの音声が耳に流れこんだ。電話はつながらない。

君国はぐっと顎《あご》に力を入れ、コードレスホンを机に叩《たた》きつけた。音をたて、プラスティックの電話機が砕けた。

はつみ。

まさに別人だった。神のいった通りだ。

わたしたち。わたしたちとはどういう意味だ。

君国は大きく目をみひらいた。誰と行動を共にしている。誰を頼りにしている。

誰を……愛している。

いまだかつて感じたことのない怒りが背中を駆けのぼるのを感じた。背骨がかっと熱くなり、内臓がよじれるようないらだちがこみあげる。

これは何だ。この腹立ちは何だ。目もくらむような怒り。何よりも許せないと思う、責める気持はいったいどこからくるのか。

嫉妬《しっと》だった。抑えようのない、信じられないほどの嫉妬。

かつて、すべてが自分の所有物か、さもなければ〝無〟だと信じた女。はつみが去ったときも、これほどの怒りは感じなかった。

あのときの裏切りは、喪失でしかない。今のこの裏切りはちがう。

はつみの肉体を貪《むさぼ》る人間が、この世の中にもうひとりいる。

たとえはつみが戻ろうが死のうが、そいつの罪は重い。

生かしてはおかない。絶対に。

君国は壊れてしまったコードレスホンをまだ握りしめていたことに気づいた。投げすて、別の電話の受話器をとりあげた。怒りをこめてボタンを押す。

時計を見た。午後一時四十分。奴《やつ》は庁舎にいる筈《はず》だ。

「……はい」

直通番号は二度鳴らしたところで受話器がもちあがった。

「私だ」

驚きに相手が凍りつくのが見えるようだった。

「電話が欲しい。今すぐだ」

いって受話器をおろした。

十分後、電話が鳴った。警備の男が内線をよこしたのだ。

「東京から電話が入っています」

「つなげ」

君国は言葉少なに命じた。

「どういうつもりだ。いきなり電話してくるなんて⁉」

怯えと怒りに混乱した叫びが耳を打った。

「早急に調べてもらいたいことがある」

「何だと――」

「はつみと行動を共にしている刑事の正体だ」

「そんなことを……」

あきれたように東京の男は絶句した。

「すぐにだ」

君国は怒りをこめていった。東京の男は、君国の心理状態がわかったようだ。

「折り返し電話する」

とだけいって、電話を切った。

君国は目を閉じた。

何があったのだ。神が「大男」と呼んだ、その刑事とは、はつみはまだ一昼夜しか過していない。

なのになぜ、ふたりはそれほどの信頼関係を築いたのだ。

信じられなかった。

君国ははつみの心の奥を知らなかったわけではない。あの女の心には凍てついた扉があった。そんな女が、短時間のあいだに知らない男に心を許すようになる筈はないのだ。

たとえ命を救われたとしても。

神のいったように、記憶喪失に陥っているのだろうか。それならばまだ、考えられる。

だがあの電話では、君国を、そうとわかって話していた。

はつみの心の中で何が起こっているのか。

それが知りたい。

東京の男が再び電話をかけてきたのは一時間半後だった。

「わかりましたか」

少し冷静さをとり戻した君国は訊《たず》ねた。神からの連絡はまだない。ということはまだ、はつみを捕えていないのだ。

「それがはっきりとしないのだ」

東京の男はいらだたしげにいった。

「どういうことです？」

「もし芦田が〝本社〟の人間を使ったと考えると該当する人間はいない。各支社ならば別だが、使い物になる連中は、最初のチームにすべて駆りだしている筈だ」

「本当に〝本社〟の人間じゃないのですか」

「ひとり……もしかしたら、という人間がいるが、その者は現在、停職中だ」

「停職中。理由は何です？」

「売人から薬をとりあげ、見逃した」

「金をもらったとか」

「いや。そうではない。自暴自棄になったのだ」

「なぜ」

「ホテルで殉職した刑事の恋人だった」

君国はつかのま沈黙した。神がはつみとともに処分した婦人警官のことをいっているのだ。

「確か、河野といいましたね」

「そうだ。河野明日香巡査だ。殉職し、二階級特進したが……」

「芦田もですか」

「彼は生きている」

東京の男がいった。君国は目をみひらいた。

「生きている、だと？」

「命をとりとめた。関藤《せきとう》巡査部長は彼の弾をくらって死亡したが、彼は片肺を破裂させたところで命をとりとめた」

「容態は」

「身動きのとれる状態じゃない。ようやく昏睡《こんすい》状態から回復したそうだ。面会謝絶で、外部とは連絡のとれない状況だ」

「もう一度人を送りますか」

君国はいった。

「いや、その必要はない。あの女の口が塞《ふさ》げるまで、彼はまだ生かしておいた方がいいかもしれんのだ」

「なぜです」

「彼が病院に入ってから、いろいろと調べてみた。彼は、とにかくすべてを秘密にしている。撃たれる直前に〝本社〟の交換台に、自分への外線は一切とりつぐなと命じている。つまり彼がいない間に女がかけてきた電話に他の者がでて、居場所を訊《き》きだすのを防ごうとしたわけだ。さらにいえば、盗聴器にも気づいていた可能性がある」

「そこまで頭が切れるのですか」

「ずる賢い男だ。まったく油断がならない。おまけにしぶとい」

東京の男は吐きだすようにいった。

「じき退官の年寄りだというのに、胸に弾を食らってよく生きていられたものだ」

「するとはつみはその男と連絡をつけようとする筈《はず》ですね」

「ああ。だが連絡はつかん。いっしょに行動しているのは、本当に刑事なのか」

「私の部下はそうだろうといっています。大男だが身のこなしはいいそうです」

「大男――」

東京の男はつぶやいた。

「そうです。心あたりはありますか」

「まさかな……」

「何です」

「さっき話した停職中の巡査部長だ」

「大男なのですか」

「『仁王』という渾名《あだな》がついていたくらいだからな」

「『仁王』？」

「ああ。もともと無口で、何を考えているかわからないような男だ。ただ、保安二課では、ピカ一の刑事だった。売人から薬をとりあげても、停職ですんだのは、それまでの成績が抜群だったからだ。それに恋人が死んだという、恩情もあった」

「厄介な男ですか」

「もしその男が、本当に『仁王』、古芳《ふるよし》というのが本名だ、とすれば厄介だ。奴《やつ》は、骨の髄まで、芦田のシンパだ。芦田が入院して口もきけない状態では、奴の行動をコントロールできる人間はいない」

その口調に、かすかに畏《おそ》れがにじんでいることに君国は気づいた。

「『仁王』について調べて下さい。弱点はないのか。家族や親類に関しても情報が必要です。こちらで手を打てるかどうか考えてみます」

君国はいった。

「やってみよう」

「芦田は本当に消さなくていいのですか」

「今は監視がついているんだ。簡単には手をだせん。いったい何が起きたのか、彼が話せるようになるまで、上も事態をすべて秘密にしておこうと考えている」

「なるほど。前代未聞の不祥事でしょうからね。警視庁の庁舎内で警官どうしが撃ちあったのでは」

東京の男は無言だった。君国の言葉を不愉快に感じたようだ。

「――とにかく、あの女を早く始末するんだ。私の顔を見られているということを忘れるな」

「手は打っています」

君国は冷ややかにいった。はつみを殺す気がないなどといったら、東京の男は恐慌をきたすにちがいない。

「情報は手に入りしだい送る。こちらも全力を尽すから、そちらにもベストを尽してもらいたい」

東京の男は苦々しげにいった。

「わかりました」

君国はいい、受話器をおいた。とたんにまた電話が鳴った。

「何だ」

「神さんから電話が入っています。待たせていますが……」

「つなげ」

君国は大きく息を吐き、椅子《いす》の背もたれによりかかった。

「――神です」

「あいつと話したよ、久しぶりだった」

君国はいった。神は沈黙した。

「お前たちの車を乗り逃げしたようだな」

「そのことですが――」

「いいわけなら必要ないぞ」

神がそんな言葉を口にする筈《はず》がないと思いながらも君国はいった。

「いえ。そうではないんです。彼女は、変わっています」

「変わっている？ どういう意味だ」

「昔の彼女じゃありません。俺《おれ》が例の大男を刺そうとしたとき、腕をつかんで邪魔をしました。羽佐間は、股《また》を蹴《け》り潰《つぶ》されるところでしたし」

「何？ はつみのことをいっているのか」

「そうです。身のこなしがふつうじゃない。何ていうか。格闘技をかじったことはありましたか？」

「まるでない。はつみは体を動かすことは嫌いだ。知っている筈だ」

「ええ。しかし、そうだったんです。俺が大男を殺《や》ろうとして、彼女が止めたんで、俺は殴りました。まともに入っていれば、顔の骨が折れた筈です。それを彼女はよけました。しかもふつうなら思わず目を閉じちまうものが、目を開いて。わかりますか？ 彼女は俺のパンチを見切ったんです」

「そんなことがある筈はない」

「俺もそう思って、何度も考え直しました。だけどまちがいないんです。彼女はちがう。顔も声も昔のはつみさんですが、どこかちがう。中身が入れかわっちまったみたいだ」

君国はため息をついた。

「馬鹿なことをいうな。だとしたら、そのいっしょにいる大男にしこまれたのだろう」

「一日や二日で、あんな動きは身につきませんよ。しかも最後は彼女は、のびかけていた大男を羽佐間のベンツにつっこんで運転して逃げたんですよ――」

「待て」

君国は鋭くいった。

「運転して逃げただと」

「そうです。俺の知ってる限りじゃ、はつみさんは車の運転ができなかった」

神の口調は、やっとわかってくれたのかといわんばかりだった。

君国はデスクの上のケースから葉巻をとりだした。破れ目がないかを確かめ、カッター で吸い口を切って、唇にはさむ。

半年以上の時間があったのだ。そのあいだに車の運転を覚える時間はあったろう。しかし、神の仕事を邪魔したり、羽佐間を蹴ったりという行動は、いくらなんでもはつみらしくない。

重大な疑問が君国の頭に浮かんだ。

「本当にはつみだったのだな」

「そいつはまちがいありません。絶対に彼女です」

芦田が、死んだはつみに替え玉をしたてた、という可能性を思いついたのだ。

だが改めて考えるまでもなく、君国自身が、はつみの声を電話でそれと気づいた。

「はつみと話したんだな」

「ええ」

神は起こったできごとを、初めから君国に説明して聞かせた。

「――すると記憶喪失かもしれないという、お前の考えはまちがいだったわけだ」

「それがよくわからないんです」

こんな風にとまどいを口にする神は初めてだった。

「例の、デパートの屋上で会ったとき、彼女はまるで知らない人間のように平然としていました。ところが今度は、さもあたり前のように俺に口をきいてきた。しかもそれは、野郎との連携プレイのための芝居でした。とにかく妙です」

君国は葉巻に火をつけた。ふた口ほど無言で吸い、訊《たず》ねた。

「で、今の居どころはつかめているのか」

「こっちに、『龍牙湖』って湖があるんですが、たぶんその周辺だと思います。貸し別荘やら何やらがあるんで、そのうちの一軒に逃げこんだのじゃないかと……」

「車は見つけたのか」

「いえ。じき暗くなっちまうんで、それまで捜して見つからなかったら、道を封鎖しちまいます。でてく車がいなけりゃ袋のネズミですから」

君国はたち昇る煙を見つめた。ひどく無分別な考えが頭に浮かんでいる。愚かしい行為だ。

しかしどうしてもその考えを捨てられなかった。

「――私もそちらに向かう」

神はしばらく無言だった。

「本気ですか」

「本気だ。明日の朝、ヘリを使う。それまでに居場所をつきとめておけ」

「わかりました」

「それと、いっしょにいる大男だがな。たぶん、古芳という、警視庁の刑事だ。『仁王』という渾名の腕ききらしい。お前が殺した女刑事の恋人だったという話だ」

「女刑事の名は何といいました？」

「河野明日香巡査だそうだ」

「それは使える話です」

ほっとしたように神はいった。

「〝本社〟からそいつの資料が届いたら、私がそっちへもっていく」

「助かります」

「古芳は殺せ。確実にだ」

君国は声に力をこめ、命じた。

57

旧道はまがりくねっていて、しかも途中の道路状況がひどく悪かった。

ほとんど車が通らない道なのか、落ち葉が路面にぶ厚く重なっていて、側溝との境をわからなくしている。メルセデスのような大型の乗用車が通るにはまったく不向きな道なのだ。しかも途中からは九十九折《つづらお》りの山道となって、ひっきりなしにハンドルを切らなければ、登っていけない。

山道をいくにつれ、アスカは、空気がひんやりとしてきたことに気づいた。陽がかげったせいもあるが、「浮墨高原」よりさらに高地へと登っているのだ。

二十キロをいくのに二時間近い時間を要した。

やがてようやく山道は頂上に達した。今まで、ずっと道の片側が谷底のようであったのが、なだらかな斜面にかわるとともに、大きく視界がひらけたのだ。

紅葉の始まった山腹と、その懐ろに抱かれるように広がる青い水面がかいま見えた。

美しい湖だった。大きさはかなりある。地図だと、一周すれば二十キロ近くを走る計算だ。

湖面を見おろす、山の斜面に、赤や白の屋根の、三角形の建物がいくつもあった。貸し別荘のようだ。その数は、十や二十ではきかない。

他にもホテルや個人の別荘のような立派な建物も見える。

頂上からの下り坂には、別荘地の看板が目につくようになった。

隠れ場所をどこにしよう――アスカは考えた。似たような形で建ち並ぶ貸し別荘の一軒を初め考えた。が、そうした貸し別荘には、食料も医薬品も、何もおいていないだろう。もちろんこれだけの別荘地だから、そうした品物を扱う商店がない筈はない。しかし、このメルセデスで走り回るのは絶対に避けるべきだった。

「浮墨高原」のふもとの国道でメルセデスを見かけなかったという報告があれば、追っ手はすぐに、この「龍牙湖」がアスカたちの行先だと判断する筈だ。訊《き》きこみをされてはたまらない。

アスカは個人の別荘を捜すことにした。法に触れるが、今度ばかりはしかたがない。なるべく目立たず、車を隠せそうで、しかも食料品や医薬品などがおいてありそうな建物だ。何年も使っていないような建物では駄目だが、ま新しい、目立つところでもいけない。

下り坂はやがて湖を一周する、整備された道にぶつかった。道沿いには土産物屋やレストランの建物が目につく。ホテルも何軒かあるようだ。

アスカは分かれ道を捜した。別荘は、こうした繁華街ではなく、少し山を入った場所にある筈だ。貸し別荘の看板があれだけ目につくのだから、個人の別荘も、何軒かは必ずあるにちがいない。

平日ということもあって、湖をのぞむ道路は空いていた。これから紅葉が本格化すれば、行楽客たちが押しよせてくるだろう。

青々と澄んだ湖面には、何艘《そう》かのボートが浮かんでいる。小型のモーターボートの姿もあって、短い竿《さお》を振る釣り人も見えた。

湖は、アスカの操《あやつ》るメルセデスの左手にあった。湖の周囲すべてが繁華街になっているかというと、そうではないようだ。湖を一周する道は対岸の方では少し山側に登り、岸辺からは離れている。そういう場所では、岸辺に山肌が迫り、建物の姿はない。

　最初の右折路をアスカは折れた。まっすぐに入っていく道だった。山側に一キロほど入ると、貸し別荘地の入口であることを示す看板につきあたる。

　まるでマッチ箱のように小さく、同じ形をした三角屋根の建物が、道路をはさんだ傾斜地に並んでいた。

　旧道から見えた建物がこれだった。アスカはスピードを落とさずに走りぬけた。

　枝道はなかった。貸し別荘地を抜ける道は、やがて湖のほとりの道に合流した。

　アスカは、また次の分かれ道を捜してメルセデスを走らせた。

　仁王が身じろぎした。軽く咳《せき》こみ、それが腹の傷に響いたのか、体を折り曲げた。

「大丈夫？」

　アスカは前を見つめたままいった。

「ああ……。どこだ」

「龍牙湖」

「りゅうがこ……」

　仁王はつぶやき、左手に広がる湖を見つめた。それからゆっくりと体をねじって背後をふり返った。

「奴《やっ》らはどうした」

「今のところはふり切っているわ」

仁王は少し考え、訊ねた。

「国道にでなかったのか」

「でればつかまっている、今頃」

「そうだな……」

仁王はいった。

礼ぐらいいったら——といってやりたいのをアスカはこらえた。まだ仁王の頭はぼんやりしているようだし、アスカも仁王に怪我を負わせたことをあやまってはいない。

「どこへいく気なんだ」

「休めるところを捜すわ。食料があって、傷の手当てもできるような」

「ホテルなんかとんでもないぞ」

「誰がホテルへいくといったの。第一、お互いこんな姿じゃ、泊めてくれるホテルなんてないわ」

次の分かれ道が見えた。斜めに入る道だ。アスカはハンドルを切った。そろそろ日が暮れてくる。まっ暗になってしまったら別荘を見つけるのも難しくなるだろう。

アスカの言葉に仁王はいい返さなかった。同感なのか、傷の痛みがひどくていい返す気になれないのか、わからなかった。

その道は、しばらく湖のほとりの道と並行して走っていた。

やがて右手に分かれ道が見えた。アスカはそちらに向かった。数百メートル走ると、道はつき当たりになった。正面に、法人の保養所と覚しい、大きな別荘が建っている。その手前の斜面にも、数軒の別荘の姿があった。保養所をのぞけば、建っている別荘に人の気配はなかった。だが問題点がひとつあった。それらの別荘を使わせてもらうには、車をこの道ばたにおいていかなければならないのだ。

袋小路になった道は、駐車もできるように路側帯を大きくとってある。別荘の使用者はそのあたりに車を止め、斜面に作られた細い歩道を伝って建物へ向かうのだろう。メルセデスを道ばたにおいていくことはできない。追跡者たちに、このあたりにいると宣伝するようなものだからだ。別荘は、車のおき場所があり、なおかつ止めた車が簡単には目につかない構造でなければならなかった。

アスカは唇をかみ、車をＵターンさせた。仁王は何もいわなかった。元の道に戻ると、しばらく車を走らせた。別の枝道を見つけ、そちらに入ってみた。

その道沿いには、かなりの数の別荘が建っていた。が、どこもアスカの今の希望をかなえられる形はしていなかった。一軒だけ、シャッターのおりるガレージ式の駐車場の上に建物がのった別荘があった。だがその家は、窓に明りがついていた。使用している人間がいるのだった。

枝道を戻り、また走った。別荘の数が増えた。しかし、湖のほとりに近すぎて、とても使えない。

やがて道は、湖沿いに合流した。

駄目だ。アスカは思った。考えていたような別荘は見つからない。こうなったら、メルセデスをどこかに隠して、徒歩で別荘を捜したほうがいいかもしれない。

しかし仁王にその体力が残っているかが問題だった。アスカ自身も、もうへとへとだった。鼻血は止まっていたが、体のあちこちが痛み、睡眠不足と疲労で、目がときどきかすむほどだ。

やがて湖沿いの道は上り坂にかかった。反対側から見た、山側に入っていくあたりまできたのだ。

もうだいぶ時間を使っていた。この調子で湖のほとりを走り回っていれば、追っ手とぶつかるのも時間の問題だ。

今なら国道に戻っても、監視をうまくくぐれるのではないか――アスカは思った。国道に戻る頃なら監視者もあきらめているかもしれない。

そのとき、仁王がいった。

「道があったぞ」

低い声だった。

「どこに？」

アスカはブレーキを踏んだ。

「左側だ」

「左側？」

アスカの注意は右手——山側ばかりに向けられていたのだった。

アスカはふり返った。仁王の言葉通り、坂道の途中に、左手——湖側へ降りていく、急な下り坂があった。

アスカはメルセデスをバックさせた。

車一台がやっとの細い道だった。降りたら、Ｕターンさせられるだけのスペースがあるかどうかすら不安になるほどの細さだ。

つかのま迷い、アスカはハンドルを切った。もしこの道を車が通っているとしても、四ＷＤなどのそれ用の車ばかりであるような気がした。

だが下っていくと、意外なことに道は広くなった。湖岸に面しているからだった。道は湖の少し手前で右手にカーブし、森の中を進んでいる。森の切れ目から先は、対岸とはちがい、自然のままを残した水辺になっていた。

アスカは森の中を進んだ。分かれ道があった。水辺へ向かう左と森の奥へと向かう右だ。ためらわず、右にハンドルを切った。

少し進むと再び道は左カーブを描いて水辺に近づいた。その手前に建物があった。丸太を組んで作られたログハウスだった。高さは七、八メートルほどもあるだろう。

木立ちの中に溶けこみ、ごく自然な形でそこに建っている。

道路から、むきだしの土の道がそのログハウスに向かってのびていた。土の道は、ログハウスをはさむように、表と裏に回っている。

アスカは土の道を走った。ログハウスの裏手にでる。

そしてそこが資材置場であると知った。未使用の丸太が数十本、寝かされ、作業用の大きなテーブルが設置されている。

そこからログハウスの裏手が見えた。勝手口と覚しい出入口があり、組んだ足場の上に、ベランダのように木材が途中まで張り渡されている。作りかけのように見えた。

このログハウスは建設途中なのだろうか。アスカは思った。しかしそれにしては、勝手口の窓に赤いカーテンがかけられ、そのかたわらのキッチンと覚しい、横長の窓には、洗剤の容器や食器のような皿の影がある。

作業員らしい人間の姿はない。この作業場を使っている者は、いったいどこにいるのだ。

そのときアスカは思いだした。ログハウスというのは、製作工程をすべて人任せにする純粋別荘派と、自らの手で建て、住みながら年月をかけて周囲の環境なども整えていく手作り派とに、住人が分かれる、という話を、何かの雑誌で読んだ。

このログハウスは、その〝手作り派〟のものにちがいなかった。〝手作り派〟は、いわば、巨大な日曜大工を趣味にしているといってよかった。週末ごとに、作りかけのログハウスに通い、建物を作っては汗を流し、バーベキューを楽しんだりするのだ。

アスカはメルセデスのエンジンを切った。

もしここに今人がいないのなら、「隠れ家」としては理想的だった。作業をおこなっているからには、包帯や消毒薬などの医薬品は必ずおかれているだろうし、食料も何かしらある筈《はず》だ。

無人であってほしい。

ログハウスからは人の気配が感じられなかった。

ひょっとしたら住人は、すぐ近くまで買物にでかけているだけかもしれない。もしそうなら、その人たちが戻ってきたとき、ひどく厄介で情けないことになる。

アスカはハンドルを握った両手に顎《あご》をのせ、じっとログハウスの裏手を見つめて考えていた。

プロパンガスのボンベ、水を地下から汲《く》みあげるためと覚しいモーター小屋がある。電気以外はすべて自給でまかなっている建物のようだ。

「ここにいるのか、ずっと」

仁王がいった。

アスカは無言で首をふった。運転席を降り、勝手口に向けて足場の上を歩いていった。組みあげられた足場は、うっすらとホコリがかぶっていた。勝手口の戸口にも、落ち葉が少したまっている。

しばらく人がきた形跡はなかった。ほっとし、アスカは、

「ごめん下さい」

と声をかけた。ドアを叩《たた》く。ドアには菱《ひし》形をした曇りガラスがはまっていた。

返事はなかった。

アスカはドアノブを握って引いた。当然のことだが、鍵《かぎ》がかかっていた。何度かガチャガチャとやってみたが、簡単には開きそうもない。

アスカはあたりを見回した。ドアをこじ開けるための道具を捜したのだ。住人はそれを見こしたのか、工具類は一切、そのあたりにおいていなかった。

車のドアが閉まる音がした。ふり返ると、腹をおさえた仁王がメルセデスを降り、危なっかしくバランスをとりながら足場の上をやってくるところだった。

仁王はアスカのかたわらまでくると立ち止まった。そしてつらそうにかがみこみ、落ちていた木材の切れ端を拾いあげた。

無言でガラス窓を叩き割った。そこから腕をさしこみ、ドアの錠を解く。

アスカが驚いて見つめているといった。

「何をぼさっとつっ立ってるんだ」

二人はログハウスの中に入った。入ってすぐが、細長い形をしたキッチンで、そこを抜けると左手にバスルームがあり、右手が大きなリビングだった。リビングの壁の中央

には、自然石を組んで作った煖炉《だんろ》があった。ガラスの大きな窓が湖の方角にはめこまれていたが、アスカたちのような侵入者を阻むためか、雨戸がたてられている。

雨戸を開けてみたいのを我慢し、アスカはさらに室内を見回した。室内は少し湿っていて、板張りの床の上に麻でできた敷物がしかれていた。

煖炉を囲む格好で、ソファとロッキングチェア、テーブルがある。テーブルの上には読みかけの新聞と使われた跡のある灰皿があって、それに気づいたときアスカは胸がどきどきするのを感じた。不法侵入行為であり、これからするのは窃盗だ。

湖とは反対側の、丸太を組んだ壁に、梯子《はしご》のような階段があった。屋根裏部屋に通じているようだ。

その壁には、フライフィッシングに使うと覚《おぼ》しい、細長い竿《さお》が何本か飾られている。

仁王がアスカを押しのけ、煖炉のかたわらにある皮ばりのソファに腰をおろした。ソファは、よそからもってきたものだろう。長い年月を経て、表面の皮に細かい亀裂《きれつ》が走っている。

仁王の苦しげなようすに、アスカは我にかえった。

救急箱を捜す。

赤十字を描いた、白いプラスティックの箱が、煖炉と並んでおかれた棚の下段に入っていた。

その箱をとりあげてテーブルにおき、蓋《ふた》を開いた。創傷用の消毒薬があった。大きめのバンドエイドの他にも、ガーゼや包帯のキットもある。

「傷を見せて」

それらを手に仁王にいった。仁王は首をふった。

「自分でやれる。貸してくれ」

「顔はできないでしょ」

アスカはぴしりといった。顔の傷も口を開いていた。

仁王は黙った。

アスカは仁王のかたわらにひざまずいた。血を吸って重いワークシャツのボタンをそっと外し、さらに色をすっかりかえているＴシャツをもちあげた。

神のナイフは、仁王の腹を長さ十二、三センチ、深さ三センチほど切り裂いていた。傷口からは筋肉がのぞいている。厚い腹筋がナイフの刃先をくいとめたのだ。もうあと数センチ深ければ、内臓まで達していたにちがいない。血がじくじくと滲《し》みでている。

アスカは仁王の体からワークシャツを脱がせると、救急箱にあったハサミでＴシャツを切り裂いた。

右膝《ひざ》の上の傷は長さ八センチほどで、深さはそうない。

「待ってて」

いって立ちあがり、バスルームをのぞいた。バスルームには、洗濯して未使用のタオルがあった。それを水で濡《ぬ》らした。指先が痺《しび》れるほど、水は冷たかった。

そのタオルで、仁王の傷の周りをぬぐい、消毒薬を吹きつけた。痛んだのか、仁王がわずかに息を呑《の》んだ。

「縫ったほうがいいわ」

「針と糸はあるか」

仁王はいった。

本気なのだろうか——アスカは仁王の顔を見た。

仁王は本気だった。

「捜してみるわ」

アスカはいった。もちろん、このログハウスの持主が医者でもない限り、医療用の針と糸があるなどとは思えない。あるとすれば、縫製に使う、針と糸くらいのものだ。アスカは救急箱を見つけた棚に歩みよった。陽が沈み、急速にログハウスの中は、暗く冷たくなってきた。

明りのスイッチを、屋根裏部屋へと昇る階段のかたわらに見つけた。入れると、高い天井から下がった鉄製のシャンデリアが点《とも》った。持主は、ブレーカーを落とさず、電源を入れっぱなしでログハウスを離れているようだ。つまりそれだけ、頻繁にここを訪れているということだ。

せめて今夜ひと晩は、こないでほしいとアスカは願った。持主がもしやってきたら、無断で入りこんでいる傷だらけの男女に、ひどく驚くにちがいなかった。

裁縫箱のようなものは見つからなかった。屋根裏部屋はふたつあって、どちらも木製のベッドが二台ずつおかれている。ベッド以外の調度は、ナイトスタンドくらいしかない。

　がっかりして屋根裏部屋からの階段を降りてくると、仁王がテーブルにおいた何かの箱を開けようとしていた。ブリキでできた箱だった。

「それは？」

「テーブルの下にあった」

　箱の蓋が開いた。釣りに使う道具の入った箱だった。釣り鉤《ばり》や糸、ペンチやハサミなどの他に、何に使うかわからないような、細々とした金具などが入っている。中に、小さなプラスティックのケースがあった。仁王が開くと、細い、何色もの糸を巻きつけた鉤が並んでいる。

「きれい」

「フライだな」

「フライ――これが？」

　仁王は頷《うなず》いた。それ以上は何もいわず、平べったい糸巻をとりだした。そして何もついていない鉤がいくつも入ったビニール袋をその横においた。

　ビニール袋の中には、ホチキスの針くらいの細さの釣り鉤が何本も入っていた。仁王が袋を裏返した。袋の裏側に印刷があった。「鉤の結び方」の図解だった。

仁王はそれに目を落とし、

「上にあったか、針と糸は」

と訊《たず》ねた。

「なかったわ」

アスカが答えると、そっけなく頷き、鉤の袋に手をのばした。

「まさか、それを使うの」

「しかたない」

いくら細いといっても、釣り鉤だ。縫い針とは比べものにならない太さがあるし、しかも彎曲《わんきょく》している。

アスカが息を詰めているあいだに、仁王はとりだした鉤をライターの炎で炙《あぶ》った。

「私がやるわ。手をきれいに洗ってくる」

アスカは早口でいった。洗面所にいき、石鹸《せっけん》でごしごしと手を洗った。鏡をのぞく。ひどい顔だった。鼻血が頬《ほお》や顎《あご》までよごしている。目の下に隈《くま》ができ、頬にも青いアザがある。

掌《てのひら》にくんだ水で顔も洗った。頬には小さな傷もできていて、冷水が触れると、とびあがるほどしみた。

ぼさぼさになっている髪もなでつけたい。いや、それをいうなら、シャワーだって浴びたかった。が、今はそんなことを考えているときではないのだ。

アスカは手と顔を新たなタオルでぬぐい、居間に戻った。

熱せられた鉤は色を変え、鉄製の灰皿のへりにのっていた。

「横になって」

アスカは仁王に告げた。薄い糸巻から釣り糸をひきだす。糸は合成樹脂で作られていて、思ったよりも細かった。これならば傷口を縫ってもさほど痛くないかもしれない。鉤の袋に印刷された図解を見ながら、鉤に糸を結びつけた。ふつうの糸結びとはちがう結び方だ。だがそれほど複雑ではない。

仁王が無言で床に横たわった。消毒薬を、糸巻からひきだした釣り糸に吹きつけながら、むきだしになった仁王の腹を見た。

痩《や》せた、と思った。以前の仁王の体には、もっと全体に脂肪がのっていた。その脂肪は、ある意味で格闘家には必要な脂肪だった。

一切の脂肪がなく、表皮の下は筋肉だけ、という体は、スタミナに乏しく、打たれる衝撃にも弱い。だから本物の格闘家は、いかにもボディビルダーといったような筋肉むきだしの体つきはしていないものだ。その点で、かつての仁王の肉体は、理想的な体型だった。

今の仁王のこの体はちがう。筋肉は残っているが、脂肪がひどく失われていた。

「何を見ているんだ」

仁王がいった。真剣な目でアスカを見上げている。

「何でもないわ」

「恐いなら俺《おれ》がやる。まちがって縫われたらかなわんからな」

「恐い？」

アスカは両手の指を広げてみせた。

「震えてる？ わたしの指」

「……いいや」

「こんな怪我よりもっとひどい傷を負ったのよ、わたし」

仁王の目を見ていった。仁王は瞬きした。

「なんてことないわ」

「じゃあ頼む」

アスカは小さく頷いた。かがみこみ、仁王の傷口のすぐ下にある皮膚に鉤先をさしこんだ。小さな玉になって血が噴きだす。

深すぎたかもしれない。だが浅すぎて、縫っているあいだに裂けてしまうよりはましだった。

仁王は身動きしなかった。アスカは仁王の顔はそれきり見ないようにして、傷口を縫っていった。

縫い終えると、裁縫のときのように糸を結び、ハサミで切った。本当はどうやるのかはわからなかったからだ。

噴きでた血を、濡らしたタオルをそっとあててぬぐい、消毒液をさらにその上から吹きつけた。救急箱にあった大判の絆創膏《ばんそうこう》をふたつ使って、傷口をカバーする。右足の傷も消毒し、絆創膏を貼《は》った。

「終わったわ」

顔をあげ、息を吐いてアスカはいった。仁王は頷いた。

「すまない」

「いいえ」

残った糸を道具箱にしまった。血のついた鉤はティッシュにくるみ、ゴミ箱に捨てた。そのときになって、手が震えだすのをアスカは感じた。

「……看護婦か何かをしてたのか」

仁王が訊ねた。

「いいえ」

アスカは首をふった。刑事だったの、といったら、どれほど仁王は驚くだろう。だが、まだ今はいえない。

それで思いだし、アスカは居間に電話を捜した。

なかった。持主は、ログハウスに電話をひいていないようだ。薗部《そのべ》に電話をかけられるのはまだ先になりそうだ。

アスカははっとした。車だ。メルセデスにも電話がついている。

だが仁王に電話をかけるところを見られたくなかった。仁王がもし眠ったら、そのときにかける他ない。

仁王が立ちあがった。

「どこへいくの」

「外から明りが見えるかどうか、見てくる」

アスカは頷いた。仁王がでていった。

じっとすわっていると、地の底にひきずりこまれるような、疲れと眠けが襲いかかってきた。

自分を叱咤《しった》し、アスカは立ちあがった。仁王が戻ってきた。

「どこへいくんだ」

今度は仁王が訊ねた。

「バスルームよ」

別にどこかへいこうと思ったわけではなかった。が、弾みでそういってしまった。仁王は頷いた。

「何か食い物がないか、捜してみる」

その言葉に、アスカは、ポテトスナック以外、自分が何も口にしていなかったことを思いだした。仁王にいたってはジュースを飲んだだけだ。

「ええ」

アスカはいって、バスルームに入った。ドアを閉める。

バスルームに備えつけられているのは、ごく一般的な家庭用の風呂《ふろ》窯《がま》だった。それを見ているうちに、熱いシャワーを浴びたいという欲求がおさえようもないほど強くわきあがってくるのを感じた。サウナ風呂以降、アスカは体を洗っていないのだ。自分の体の臭いが気になる。

勝手に入りこんだ上に厚かましいかもしれない。だが我慢できなかった。この次はいつ、シャワーを浴びることができるのかわからないのだ。

風呂窯の種火を点した。ガスボンベも元栓を閉じていないのだ。シャワーのコックをひねると、炎が点火され、やがてノズルから熱い湯がほとばしった。

アスカは着ていた服を脱ぎすてた。まっぱだかになってシャワーの下に立った。体の芯《しん》が溶けそうな心地よさが広がった。

そこにあった石鹸《せっけん》とシャンプーを使って、体と髪を洗った。髪からは、草きれや小枝の切れ端がでてきて、アスカを驚かせた。

体を洗い終えると、脱衣場にあったタオルでふいた。湯気にくもった鏡に自分の体が映っている。

ふと、どきっとした。仁王と自分は今、本当にふたりきりなのだった。仁王がもし自分に欲望を感じたら、自分はどうすればいいのだろう。

この体は、河野明日香よりはるかに美しい。胸も腰も脚も、どこをとっても、これほどきれいな体をした女はめったにいない。

仁王が投げつけた言葉を覚えている。

――君国の情婦さまは、自分があまりにおきれいなんで、男という男は皆、自分のあそこにつっこみたがっていると思いこんでいるようなんでね

この体はちがう。この体は自分のものではないのだ――あのとき、どれほど叫んでやりたかったろう。

仁王が自分に欲望を覚えることなどありえない――アスカはいい聞かせた。だがその瞬間、いいようのない痛みが胸に広がった。

仁王と自分は、もう二度と愛しあうことはないのだ。

仁王が河野明日香を忘れない限り。河野明日香を忘れたとき、仁王は初めて、他の女に目を向ける。

それはアスカにとって今気づいた、つらい現実だった。

考えまい。考えても始まらないことなのだ。アスカは手早く、衣服を身につけた。替えの下着は、居間においたバッグの中にあった。本当にシャワーを浴びるとは思わず、おいてきてしまったのだ。

バスルームをでた。

仁王が恐い顔をして立ちはだかっていた。掌の上に、バッグにしまっておいた指輪の箱がのっていた。

「これは何だ」

アスカは立ちすくんだ。

「――人のバッグをのぞいたのね」

「これは何だと訊《き》いてる!?」

箱の中を仁王は見たにちがいなかった。かつて自分が贈った指輪を。

答えず、アスカは箱を奪いとろうとした。

「返してよ！」

だが仁王はそうはさせまいと箱をふりあげた。

「返してってば」

「いったいどこでこれを手に入れた」

「あなたに何の関係があるの」

仁王が息を止めた。

「これは――これはな――」

「わたしが貰《もら》ったの。わたしの命を助けてくれた女の刑事さんから貰ったのよ」

アスカは先に喋《しゃべ》った。

「明日香から……」

仁王はつぶやいた。アスカはその言葉を聞いた瞬間、心臓がぎゅっと縮むのを感じた。仁王の口から自分の名を呼ばれるのを聞くのは、どれほどぶりだろう。思わず涙がでそうになる。

アスカは涙ぐんだまま、横を向いた。

「本当は貰ったんじゃない。その人が死んだので、形見にしたかったの。わたしのために……死んでしまったのだから」

声が震えた。

「……」

仁王は何もいわなかった。

「――欲しければ返すわよ。どうせわたしには合わないのだから」

アスカはいい、ぱっと駆けだした。階段を駆けのぼり、屋根裏部屋のひとつにとびこんだ。ドアを叩《たた》きつけるように閉める。

本当のことをいえたらどれほどいいだろう。

だが、今ではない。今はまだ駄目だ。

河野明日香の死を無駄にしないために。

神崎はつみの死を無駄にしないために。

そして、そのどちらでもない自分のサバイバルのためにも。

どれだけ時間がたったろうか。寒さに、アスカは目ざめた。ログハウスの中は静まりかえっている。

スタンドを点《とも》し、眩《まぶ》しさに目を細めながら、アスカは腕時計をのぞいた。午前一時だった。屋根裏部屋に駆けこみ、ベッドに身を投げだして泣いているうちに眠りこんでしまったのだ。

部屋はひどく冷えこんでいる。アスカはベッドの上に畳んでおいてあった毛布を体に巻きつけた。

仁王はどうしたのだろうか。ぼんやりと仁王のことを考え、アスカは急に眠けがさめるのを感じた。

――返してあげるわよ

自分はそう叫んだ。あの指輪が、仁王からのプレゼントであったと仁王がひと言もいっていないのに。

仁王は気づいただろうか。

そんな筈《はず》はない。脳移植なんて、とても思いつくわけがない。

それより薗部に電話をしなければ。

アスカは毛布を脱ぎ、そっと廊下にでた。居間の明りはつけ放しだった。だが仁王の姿はない。

どこにいったのだろう。

アスカは階段を降りた。テーブルの上に、指輪の箱があった。それをバッグに戻した。床板の軋《きし》みにふり返った。仁王だった。両手に、薪《まき》と覚《おぼ》しき木切れを抱えていた。

仁王は無言で木切れを煖炉《だんろ》の中に投げこんだ。テーブルにあった古新聞をくしゃくしゃにしてライターで火をつける。

煖炉のかたわらには、枝のように細く割いた木切れが積んである。それを数本手にすると、新聞の火にくべた。

火が木切れに燃え移るのを待って、火《ひ》掻《か》き棒をとりあげた。

薪の端に燃え移った炎は、仁王の操作でやがて全体に広がった。はぜる音を小さくたてながら煖炉の中で炎が大きくなる。それとともに、ほっとするような暖かさがそこから放射されてくるのをアスカは感じた。

仁王は終始無言だった。

アスカも黙って炎を見つめていた。炎はまるで生き物のように、かたときもじっとしていない。常に形をかえ、大きさをかえて、うごめきつづけている。見ているとひきこまれるような不思議な魅力がある。

アスカは煖炉の前の床に腰をおろした。仁王はそのすぐ横でしゃがみこんでいたが動かなかった。

やがて仁王が身じろぎした。テーブルにおいてあった煙草を手にとり、火をつける。炎に向け、煙を吐きだした。

煖炉の暖房効果は大きかった。すぐに部屋全体が暖まってきた。

「傷はどう」

アスカはわざとそっけなく訊《たず》ねた。

「大丈夫だ」

仁王が低い声で答えた。アスカは首を回し、仁王の横顔を見やった。

「わたしまだあなたの名前も知らないわ」

仁王は炎を見つめ、煙草を吸いつづけていた。

「そんなもの知ってどうなる」

横顔にかたくなさがあった。それと同時に、厳しさと寂しさも。

「……そうね」

アスカは目を炎に戻した。

「古芳《ふるよし》」

仁王がいった。

「古芳」

アスカはくり返した。

「そうだ」

「死んだ刑事さんを知ってたの」

「ああ」

どんな人だった？　と訊きたいのをアスカはこらえた。訊いてどうなるのだ。何にもなりはしない。

仁王がいった。

「怪我をしたっていったな」

「そう。ホテルにいるところを、ヘリから撃たれたの。機関銃で」

「どこを撃たれたんだ」

「頭よ」

仁王がアスカを見やった。

「頭？」

「弾がここから入ったの」

アスカは前髪をかきあげて見せた。傷跡は今も残っている。仁王はじっと見いった。

「よく助かったな」

「ええ。わたしもそう思う」

仁王は前を向いた。

「頭を撃たれても助かる人間がいるんだな」

つぶやくようにいった。

アスカは深々と息を吸いこんだ。

「わたしを恨んでいるの」

仁王はすぐには答えず、短くなった煙草から強く煙を吸いこんだ。

「殺したのはお前じゃない」

「でも死んでもかまわないといったわ」

「ああ」

「今でもそう思ってるの」

仁王は煙草を炎に投げこんだ。

「わからん」

アスカは小さく息を吐いた。

「だが君国には殺させたくない」

「なぜ」

「あの男を喜ばせるようなことは絶対にしない」

仁王は低いが決意のこもった声でいった。

「君国を憎んでるの」

「この手で殺せたら幸せだろうな」

淡々と仁王はいった。

「そのためにこの仕事を」

「そうだ。君国は必ずくる」

仁王はきっぱりといった。アスカの背中に冷たいものが走った。もしかすると仁王は、復讐《ふくしゅう》のためにこの任務をひきうけたのではないだろうか。アスカを護衛していれば、君国と直接、対決するチャンスがあると信じて。

もしそうなら、アスカは単なる囮《おとり》に過ぎない。

「君国を殺せばそれでいいのね」

仁王は答えなかった。アスカは唾《つば》を呑《の》んだ。

「奴《やつ》のことを話してくれ」

仁王がいった。

「君国のこと？」

「ああ、そうだ。どんな男だ」

アスカは黙った。何と答えればよいのだろう。

そのとき、断片的だが、襲撃をうける直前、はつみと交していた会話がよみがえってきた。アスカはそれを口にした。

「あの人の住む星には、誰も住めない」

仁王がどんな反応をするか心配だった。反発をするか、憎しみを露わにするか。

だが無言だった。

「よく祈っている。死んでいった人たちに。自分の道だといって。こうなるのは、生まれる前から決まっていたんだって」

奇妙な気持だった。まるではつみになってしまったような気分だ。同じことをはつみがいったとき、河野明日香は、「馬鹿げてる」と否定した。

仁王はそうしなかった。

「あの人を止めることは誰にもできない。もし止めることができるとすれば――」

「死ぬことだな」

仁王がぽつりといった。アスカは驚いて仁王を見た。その口調はまるで、仁王自身が君国のことを知っているかのようだった。

「奴のことをいろいろと調べた。奴の初めての殺しは、自分の母親だ。子供の頃の奴は、母親に連れられて、あちこちを転々として育った。無口で、弱虫だと思われていた。ひょっとしたらそのまんまの人生を送ったかもしれん。だが母親を殺したことで奴は変わった。止まらなくなったんだ。奴は自分のいちばん大切なものを自分で壊し、そのことで走り始めた。十代の終わりで、『クライン』のもとになる組織を作った。奴のやり方は、とことん敵を潰《つぶ》す。殺して、殺して、殺しまくる。『クライン』がまだちっぽけなときから、奴は、他の組織に服従を要求してきた。互角でもなけりゃ、自分が傘下に入ることなどはまして認めなかった。いつも、自分に服従するか、さもなくば死だ。逆らえば殺す、裏切っても殺す。脅迫なんて手間はかけないんだ。『クライン』は、君国がいなけりゃここまででかくはならなかった。そして、君国が死ねば、『クライン』は消滅する。君国が、『クライン』そのものなんだ」

仁王の言葉には、暗い情熱がこもっていた。

「じゃあなぜもっと早く警察は君国をつかまえなかったの」

「証拠がないからだ。特に、『クライン』が大きくなってからは、君国は一切、自分の手を直接、血でよごさなくなった。手下の優秀な殺し屋どもにすべてをやらせるようにしたんだ。その上、警察に入りこみ、捜査の情報を知るようになった。自分はいつも安全な場所にいて、指令をだすだけだ」

「昔の罪があるわ」

アスカは河野明日香の口調でいった。

「そうだ。昔は奴も、自分の手で人を殺した。だがそれを証言しそうな人間も、奴はあとになって、片端から処分した。奴の昔の犯罪を知っていた人間は、ひとり残らず死んでいる」

「じゃあ絶対につかまえられないの」

「警官の多くがそう思っている。だからこそ奴と組むような、馬鹿な刑事が現われる。どうせつかまえられないのだから、組んだ方がましだ、とな」

仁王はアスカを見た。

「そいつをひっくり返したのが、お前だ。お前を殺すためなら、きっと君国自身が出てくる。特に一度、失敗しているだけに」

そうだったのか。アスカはようやく、わかったような気がした。芦田課長は、それらのことをきっと予期していたのだ。だからこそ、明日香の脳を神崎はつみの体に移植し、すべてを秘密にした。初めから自分は、君国をおびきだすための囮として作られたのだ。

もう、仁王になにもかもを話していい。仁王がこれほど君国を憎んでいるのなら、スパイではありえない。

だが。

アスカはなぜか、本当のことを告げられないと感じる自分に気づいた。

今はまだ駄目だ。

自分は囮なのだ。囮である役目をうけいれた以上、最後までそれをまっとうしなければならない。

それに。

仁王にいまさら真実を告げたとしてどうなる。仁王がかりにそれを信じても、今のこの状況は何ひとつかわらない。むしろ、仁王の決意――アスカを囮に使い、君国を殺す――を、にぶらせるだけではないのか。

仁王は刑事としてではなく、復讐者としてここにいるのだ。仁王に復讐を決意させたのは自分だ。仁王をこれほどまで変えたのは、自分の〝死〟だ。

それが実はこんなことがあったと知ったとき、仁王がどうなってしまうのか、アスカは不安だった。

仁王が考えるように君国自身が襲ってくるかどうかはわからないが、この安全がつかのまのものであることはまちがいない。あと数時間もして夜が明けたら、殺し屋どもに追われる一日がまた始まる。

そのとき、仁王の心に、アスカを囮にすることへのためらいや不安が少しでも生まれていたら、仁王やアスカにとっての危険は、むしろ大きくなる。

ここまで仁王をつき動かしてきたのは、復讐への激しい飢えにちがいなかった。その飢えがゆらいだら、何もかもが奇妙でいびつなことになってしまう。襲いかかってくる相手には何の変化もないというのに。

アスカは光に目を向けながら必死に考えていた。

しかも、自分はあとどれくらい生きられるか、すらわからない。

とりかえしのつかないことがひとつある。

それは、仁王と河野明日香の恋愛は、たとえ河野明日香の脳が〝生きていた〟としても、決して再開されない、という現実だった。

ふたりの関係は、河野明日香の肉体が〝死んだ〟ときに終わったのだ。

もう二度と、古芳和正《かずまさ》は、自分を愛さない。もしいつか、仁王がアスカを愛する、と感じるなら、それは河野明日香ではなく、まったくの別人、ちがう女として、愛するときだ。そしてそのとき、仁王の心の中で、河野明日香は、「過去の思い出」になる。

それが嫌だった。

いつまで生きられるかわからない自分が、仁王に愛してもらおうと考えるくらいなら、仁王の心の中にある、河野明日香との思い出を壊さずにおいた方がはるかにいい。

アスカはどこかで、死を強く感じている自分に気づいた。死への恐れが、どんどん薄らいできている。

それはこういうことだった。自分の死が、君国ら「クライン」の勝利ならば、それは決して受けいれられない。だが、脳移植の結果、永らえられている、この神崎はつみの肉体との奇妙な共存関係の終焉《しゅうえん》であるなら、素直に受け入れてもよいと思うのだ。

もしかすると、〝死んで〟以来初めて、仁王とこれだけ長い時間を過し、仁王への疑いが晴れかけていることが、こうした考えを自分に抱かせるのかもしれない。

しかし仁王がもしスパイでないのなら、誰がスパイなのか。あのホテルの部屋に、明日香とはつみがいたのを、誰が君国に知らせたのか。

それを知るのは、君国とスパイ自身のふたりだ。

そこに思いがいったとき、アスカははっと目をみひらいた。

なぜ芦田が警視庁で撃たれたのか、理由がわかったからだった。

スパイは、アスカを恐れているのだ。それはつまり、はつみがスパイを知っていたという事実を意味している。

だがもしそうなら、なぜはつみは警視庁に救いを求めたのか。警視庁内のスパイの存在を知っていたなら、いつ殺されてもおかしくないとわかっていた筈《はず》だ。あるいは、救いを求めた時点でスパイの名を芦田に告げ、この人物にだけは自分のことを知らせないで欲しいと注意して当然だ。

芦田は明日香に何もいわなかった。それどころか、情報は、スパイから君国に流れ、襲撃は実行された。

まさか芦田がスパイ。ありえない。芦田がスパイなら「クライン」は脳移植を知っていることになる。アスカを恐れ、殺さなければならない理由はない。

ならばスパイはいったい誰なのか。スパイはなぜ、アスカを恐れるのか。

思い浮かんだのは、はつみが、スパイの名前は知らないが顔を知っている、という答だった。はつみが君国とともにスパイに会ったことがあったとする。そのときに名前などは聞いていなくても、警視庁でもし本人に会えば、すぐにそれとわかるだろう。

だからスパイは絶対に、はつみが警視庁にやってくるのを阻止する必要があったのだ。

それに気づいたとたん、アスカは失望を味わった。そうならば、自分はスパイを見抜くことができない。はつみの記憶は失われている。

芦田はスパイを見抜いていたのだろうか、見抜いていたからこそ、罠《わな》をかけたのか。

その結果、撃たれることになった。

芦田を撃った犯人が、スパイだったというわけか。

薗部に電話をしなければならない。薗部なら新しい情報を手にいれてくれるにちがいなかった。

アスカは仁王を見た。

「電話をかけたいの」

「どこにだ」

「友だち。名前はいえないわ。わたしが君国のところから逃げだすのに協力してくれた人。きっとわたしがまだ無事でいるかどうか、心配していると思うの。だからそれを知らせたくて」

仁王はアスカを見つめた。

「ここには電話はない」

「車の電話があるわ」

「今いる場所は教えないことだ」

「もちろんそのつもりよ」

仁王を見つめかえし、アスカはいった。仁王は小さく頷《うなず》いた。

「なら好きにすればいい。キィは車についたままだ」

アスカは頷き、立ちあがった。

「何か食べるものは見つかった？」

仁王は息を吐いた。

「忘れてた。捜しておく」

「今まで何をしていたの、じゃあ」

「あたりを見回っていた。これに火をつけたのも、煙を見つからないですむと思ったからだ」

「ここは安全なのね。じゃあ」

仁王は首を振った。

「朝までだ。夜が明けたら危ない」

「わかったわ。電話をしてきたら、何か食べて、これからどうするかを相談しましょう」

アスカは告げ、居間をでていった。

キッチンのドアを開け、夜の中に立ったとき、アスカは、仁王が煖炉《だんろ》に火を入れても安全だと判断した理由を知った。

それは霧だった。たぶん龍牙湖の存在がこの自然現象の理由になっているのだろう。濃い闇《やみ》の奥から、密度のある白い帳《とばり》が押しよせてくるのだった。

森はすっぽりと霧におおわれていた。ほんの二メートルしか離れていない木立ちさえ、白い闇の中に呑《の》みこまれている。アスカはまさに手探りでその白い闇の中を進まざるをえなかった。

爪先《つまさき》が作りかけの足場にぶつかった。アスカは身をかがめ、手で確かめながら足場の上を進んでいった。霧と闇は、数十センチの視界しか与えてくれない。

這《は》うようにして足場をいき、ようやくアスカはメルセデスにつきあたった。窓ガラスの表面がまっ白く結露している。ドアを引くとルームランプが点《とも》り、ガラスの表面が妖《あや》しい輝きを放った。

アスカはメルセデスの運転席にすべりこんだ。ドアを閉めるのがためらわれた。霧は、すべての物音も吸収してしまうようだ。ほんの数メートル離れた壁の向こうには仁王がいるというのに、その壁すら見えず、何の物音も聞こえない車内で、自分だけが光の中にいるというのはひどく無防備で不安な気分にさせられる。であるからこそ、ドアを閉めて自分を閉じこめてしまうことに躊躇《ちゅうちょ》を覚えたのだ。

だが薗部との会話を仁王に聞かせるわけにはいかなかった。アスカは勇気をだしてドアを閉めた。ルームランプが消え、今度は本当の闇の中に呑みこまれる。

手探りでスイッチを捜した。黄色い光が点るとほっとため息がでた。

イグニションキィを回し、メルセデスの電気系統を復活させた。自動車電話のボタンを押す。

ひとつ押すごとに鳴る電子音は、驚くほど大きく、しかも現実感のない響きを伴っていた。この闇の中から、あの錦糸町につながるというのが信じられない。東京の盛り場は、それほど遠かった。

アスカは受話器を耳にあて、呼びだし音を数えた。

「――はい、もしもし」

薗部のしわがれた声を聞き、アスカは息を吸いこんだ。

「マスター」

「姐《ねえ》さんか――」

アスカと気づくと、薗部の声は低くなった。

「そう。連絡が遅れてごめんなさい。あれから何かわかった？」

薗部はため息をついた。

「苦労したぜ、いや本当に。桜田門《さくらだもん》は何だかひでえことになってるようだな」

「そうかもしれない」

「まず、あんたの上司だがな。生きている。ただし集中治療室ん中だ。家族も近づけねえ状態だそうだ。といって、死ぬことはないようだから安心しな」

よかった——アスカは息を吐いた。

「関藤って刑事を知ってるか」

「保安の？　もちろん」

苦労人の部長刑事だ。アスカが保安二課に転属になったばかりの頃、「若いお姐《ねえ》さんにはつらい職場だぜ」なんてからかいながら、それでもいろいろと教えてくれた。

「あんたの上司を撃ったのはそいつだ」

「嘘《うそ》——」

「本当さ。俺《おれ》は葬式も見てきた」

「ということは、関藤さんは……」

「あんたの上司が撃ち殺した」

信じられない。課長と関藤が撃ち合いを演じるなんて。

「先に撃ったのは関藤の方らしい。あくまでも、らしいだぜ。生き残ってＩＣＵにいるあんたの上司以外は誰も現場を見ちゃいないんだ」

「…………」

「それから仁王のことだがな」

「うん」

「今は停職中で、行方不明だ。停職の理由は、ヤクの売人を見逃してやったってことらしい。あんた、その野郎と親しかったのか」

「うん……まあね」

「あんたが死んだっていわれた、ホテルでの一件以来、仁王はフヌケだったそうだ。ぼろぼろになっちまったって話だ。だが調べたところじゃ、仁王がサツの裏切り者だって噂《うわさ》はでてきてねえ。その売人を見逃した一件くらいのもんだ」

アスカは目を閉じた。仁王はやはり裏切り者ではなかったのだ。

「で、本庁のようすは？」

「はっきりとはわからねえんだが、あんた以外にも死んだって噂のある刑事が何人かいる。うちのすぐ近くの署の刑事もひとり、特命任務で行方知れずになって、家族には殉職したっていう連絡がきたそうだ。それでもって、保安二課の課長が撃たれて入院、撃ったのも同じ二課の刑事だっていう具合だから、てんやわんやさ。とりあえずマスコミは完全にシャットアウトをくらってる。半年前のあんたの一件と関係があるんじゃねえかと勘ぐっている記者もいるようだが、ガードが異様に固いんで探りだせねえらしい」

「コントロールは誰が？」

「特取ってのがあるそうだな」

「ええ」

「そこのトップが保安二課長を兼任しているらしいぜ。そいつが鉄のカーテンをひいたんだろうよ」

　中西《なかにし》警視正だ。

「そいつに連絡をつけるかい？」

「待って」

　アスカは考えた。芦田が倒れた今、すべてを打ち明けて救援を要請できるとしたら中西しかいない。だが仁王と中西の関係は必ずしも良好とはいえない。中西がすべてを知って乗りだしてくれれば、仁王からは復讐《ふくしゅう》の機会がとりあげられることになる。

　一方、中西なら、すべてを打ち明けても冷静な判断を下してくれるような気がした。同時に、中西の中にある、仁王への疑いの気持を晴らすチャンスでもある。

　ただし中西の周辺にもしスパイがいるとしたら、アスカだけでなく薗部も危険に巻きこむことになる。

　スパイが関藤ひとりだったというのであれば、心配はない。関藤はしかし、あのときすでに特取に出向していた。特取のメンバーが、河野明日香の行く先を知っていた筈《はず》はない。知る可能性のあった人間といえば、仁王と芦田をのぞけば――。

アスカは目をみひらいた。

その筈はない。しかし、河野明日香に興味を示してきた理由がそれだったとすれば、すべてにつじつまがあう。

なぜあの朝突然、呼びだしを受けたのか。不意に特取への出向を打診されたのか。

神崎はつみの脱出を、彼女から芦田への連絡がいく前に知っていたとしたら。

薗部の声に、アスカは我にかえった。

「姐さん、どうした」

「大丈夫、ごめんなさい」

「本当に大丈夫か」

「ええ。さっきの件だけど、それはやめて」

「特取に話をつけるって奴《やつ》かい」

「そうよ。芦田課長が回復するまでは、誰にも何もいわないで」

「わかった。姐さんは今、ひとりなのかい」

「そうね。ひとりといえば、ひとりだし、そうじゃないといえば、そうじゃないわ」

「どういうことだい」

薗部が眉根《まゆね》に皺《しわ》をよせる姿が見えるようだった。アスカは微笑した。

「いいの。でもマスター、ひとつだけ覚えておいて。わたしがこの世にいるってことを知っているのは、今ＩＣＵにいる課長をのぞけば、マスターひとりだけなの」

「なんだかとんでもねえ話だな。いつ顔をみせてくれるんだい、それなら」

「もう少ししたら」

「本当だろうな」

「ええ。でも驚かないでね」

「すげえべっぴんに変身しているとか」

「かもしれないわ」

「楽しみだね、そいつは」

「また連絡する」

アスカはいって電話を切った。

考えかけていたことへ気持を戻す。彼が、はつみに顔を知られるくらい、君国と深い関係であったとすれば、はつみの脱出を君国からすぐに知らされていて不思議はない。君国が知らせたのは、はつみが警察に保護を求めてきたときのことを考えてのことだ。

しかし彼のところへは、はつみは連絡をよこさなかった。

はつみがもし検察に直接、保護を要請していたら、検察は彼に連絡をとったろう。だがはつみが救いを求めたのは、検察でも彼でもなく、芦田だった。

時間の経過で、彼はそれを感じとったのだ。自分への連絡がどこからもないことで、はつみが芦田に救いを求めたことを悟った。

そして芦田がどんなカードを切り出すか予測したのだ。

もしこの推理が当たっているとすれば、皮肉という他はない。

なぜなら、彼——中西警視正は、芦田がはつみ保護に河野明日香というカードを使うにちがいないと想像し、先手を打って明日香を自分の傘下にひき入れようとした。

しかし明日香は、中西が仁王を評価していないことへの個人的な反発から、それを断わった。それは中西の疑いを裏付ける結果となった。

即ち、明日香には芦田から、はつみ保護の命令が下されている、と。

事実その直後、明日香にはその任務が命ぜられる。

中西は明日香に監視をつけた。あの時点で、明日香は自分への尾行はまるで警戒していなかった。自宅に戻り、そこから羽田にまっすぐ向かったくらいだ。

羽田から乗った飛行機の便名さえつきとめてしまえば、今度は「クライン」の人間に、着陸空港を見張らせておけばすむ。

監視者にとっては、はつみの隠れているホテルまで明日香を尾行していくのはたやすいことだったろう。

アスカは息を吐き、ヘッドレストに頭を預けた。スパイが中西警視正であるというのは、考えれば考えるほど、しかし信じがたかった。

中西は、対「クライン」の取締部隊、特取のチーフなのだ。「クライン」を撲滅するのが目的のチームのトップが、「クライン」のスパイになっている。

そんなことがあるのだろうか。

——皆、君国に惹《ひ》かれるの。あの人がもっている力は、お金や権力だけじゃなくて、あの人の内側からしみだしてくるものなのよ。一度会えば、あの人に逆らえる人はいない

はつみの言葉だった。

しかし仁王の話では、君国は、逆らう者はすべて殺してきたという。そんな冷酷な人物が果たして人の心を惹きつけられるものなのだろうか。

アスカは君国の声を聞いた。自分をはつみだと信じて語りかける、君国の声を、聞いた。

それは深みのある、美声だった。確かに粗野ではなく、やくざのような乱暴な言葉づかいはなかった。むしろ、知性や、人間としての自信を感じさせる声だった。

であるとしても、中西のようなエリートが、なぜ君国と組まなければならないのか。

金だろうか。

確かに君国なら途方もない金額を中西に支払えるだろう。百万や二百万ではない。何千万、いや中西のような立場の人間になら、億という金だって払う価値がある。

しかしそれだけではない筈だ。中西にだって、君国と組むのに、金以外の大きな理由があるにちがいない。

それは何なのだ。

中西はエリートだ。警察官全体の中で、ごく一握りしかいない、エリートなのだ。警視総監にまで昇りつめられるかどうかはわからないにしても、刑事部長や地方の県警本

部長クラスまでなら、必ず到達できるレールの上を歩いている。

そんな人間がなぜ、君国などと手を組まなければならないのか。しかも同じ警察官の生命を奪ってまで。

わからなかった。

中西ではないのだろうか。

しかし中西だと考えれば、つじつまの合う点は他にもある。

たとえば、はつみがスパイの、名前は知らないが顔を知っていて、それをスパイが恐れているという、さっき思いついた仮説。

もしスパイが関藤ていどの〝小物〟なら、はつみとは顔を合わさないようにするのは難しくない。はつみが本庁につれてこられても、外出するか、その日を欠勤すればすむことだ。

しかし中西になるとそうはいかない。中西は、特取の責任者なのだ。たとえ、はつみへの事情聴取を芦田に任せたとしても、現場に立ちあわないというのは不自然だ。むしろ芦田から特取にはつみの身柄をとりあげるくらいのことをしておかしくない。

さらに検察も当然関心をもつだろうから、検察とのパイプ役としても、中西は絶対に不可欠だ。

その中西の顔をはつみが知っていて、指させばどうなるか。

――この人は、君国のスパイよ

絶対にそれは防がなければならないだろう。そのためには、中西も必死になる。芦田を殺し、はつみを孤立化させることも、中西のアイデアであったかもしれない。

仁王はいったいどう思っているだろう。

アスカは身を起こした。

今夜も長い夜になりそうだった。

59

ひどく耳障りな、ガサガサという音が聞こえている。それが眠りをさまたげていた。いらだち、そしてそのことが意識を回復させるにしたがって、遠のいていた苦痛がよみがえった。

苦しみに喘《あえ》ぎ、目をみひらいた。それはまるで深い水中からようやく、浮上してきたのと似ていた。しかし水面上にようやく顔をだして得られたのは、新鮮な空気ではなく、むしろひどい痛みだった。

芦田は白い天井を見つめた。これほど激しい痛みを感じているのに、全身がなぜか重く、動かせない。

視界の隅で何か白いものが動いていた。首すら回せず、眼球だけを動かして、白いものの正体を悟った。

看護婦だった。音をたてていたのも、彼女だ。

看護婦が芦田に目を落とした。目が合った。芦田は瞬きもせず、見返した。看護婦が口を開くのを待った。

しかし看護婦は、目を開いていても芦田に意識があるとは考えなかったようだ。すっと視線をそらし、芦田の視界から消えた。

そういうことなのか。

芦田はぼんやりと思った。たぶん自分の体は今、さまざまな生命維持装置でベッドに縛りつけられているのだ。このまま死んでいくのか、生き永らえるのかはわからないが、看護婦ですら、この患者の意識はまだ回復しない、と信じている状態なのだろう。

あれからどのくらいの時間がたったのか。

芦田はぼんやりと思った。苦痛は局所的なものではなく、息苦しさにも似て、全身に及んでいる。

自分は助かったのか。それともまだ予断を許さない状態なのか。

目を閉じれば再び暗く重い眠りの中にひきずりこまれることはわかっていた。夢を見ることもなく、ただ深い濁った水の底に沈んでいくような眠りだ。瞼《まぶた》を閉じるのは、スイッチを切るのと同じだった。

だからこそ芦田は目を閉じずにいた。次に目覚めたときには、看護婦や医師たちがやってくる筈だ。彼ら以外の誰かも。その誰かが敵か味方かはわからない。

そのとき自分が訊《き》かれたことにどう答えるかが問題だった。自分の答によっては、また死人がでる。今のうちに考えておかなければならない。

意識を失くすまいという努力は、ひどい苦しみを伴った。当然だった。苦痛から逃れる手段は眠りしかなく、そのために医師たちは芦田の体につないだ点滴に麻酔薬を入れている。

まず、何が起こったかを思いだすのだ。

関藤だった。関藤が撃った。彼が銃を抜いた瞬間、芦田には何が起きるかわかった。いや、もっと前だ。あの、保管庫をでたところで関藤が待ちかまえているのを見たときから、芦田は予感をしていた。ただその予感を信じたくはなかった。

関藤の行動は、まるでデジャ・ビュを見ているかのようだった。それに応じた芦田の行動も。

関藤が芦田にとどめを刺せなかったのは、第二弾の発砲をためらったからではない。すぐさま芦田が撃ち返したからだ。

その早さが、今後の事情聴取では問題になるだろう。あの場面を見ていない捜査員たちは、芦田の応射の早さに、実は二人とも銃を抜いていたのではないかと考えるにちがいなかった。それは、撃ち合いの理由を、喧嘩《けんか》が原因だと判断する材料になる。

芦田が命をとりとめ、関藤が失ったのは、偶然ではない。

誰からも知らされてはいなかったが、芦田は関藤の死を確信していた。

関藤は射撃が下手だった。かろうじて、「中級」という腕前なのだ。比べて、芦田は「上級」だった。自分の放った弾丸が、関藤の体のどこに命中したのかもわかっている。

あの距離では、互いの体を外すことは考えられない。問題は、どこに命中させるかだ。

自分の拳銃《けんじゅう》を抜きだす瞬間まで、芦田はそれを考えていた。それにはもちろん理由があった。

関藤を殺さずに押さえたかった。いったい誰がどのような方法で、保安二課のベテラン刑事を〝転ばせた〟のか、訊きだしたかったのだ。

が、関藤の弾が自分の体に当たった瞬間、芦田の手は、生存することだけのために動いた。関藤の肩か足を撃つのでは、芦田の手は満足しなかった。生きのびるためには、確実な場所を撃たなければならなかった。

芦田の弾は、関藤の胸の中央に命中した。

一般に、人の心臓は左胸にある、と考えられている。だが実際に自分で手を当ててみればわかるが、胸の中央やや左と考えた方が正確なのだ。心臓を撃って一発で仕止める、というと、知らない人間は左胸のちょうど乳首のあたりを狙《ねら》う。だがその位置に対して少しでも狙いが狂えば、左の肩やわきの下といったあたりに命中し、一撃必殺の致命傷には至らない。

狙う位置が胸の中央ならば、左右どちらかにずれても、致命傷になる確率は高いのだ。関藤は死亡している。自分が射殺した。

芦田は天井を見つめた。

正当防衛であることに疑いはない。しかし、なぜ関藤だったのだ。

関藤が警視庁内の大物スパイであったとは芦田には思えなかった。関藤クラスを抱きこむのは「クライン」にとり、それほど難しいことではなかったろう。関藤以外にも、何人かの部長刑事は汚染されていておかしくない。

だが、もっと大物がいる。より中枢のスパイがいる筈《はず》だ。

関藤に芦田殺しを指令した人間は、別の誰かをかばうためにそれを命じたにちがいなかった。

河野明日香と神崎はつみのいるホテルを、「クライン」に流した人間。

その人間を、芦田は何としてもつきとめたいと思っている。

つきとめられたらそのときは、かりに裁判にもちこむのが難しくてもかまわない。この手で、その男を殺すまでだ。

そのための罠《わな》はしかけてある。

あとは、エサが弱らないことを祈るだけだ。神崎はつみの肉体をもった、河野明日香巡査の脳。

復讐《ふくしゅう》への飢えから、刑事という職業を失いかけている古芳和正巡査部長。

このふたりが罠のエサだ。奴《やつ》は恐れている。恐れているからこそ、自分を狙わせたのだ。それは、罠がまだ機能していることを示していた。

ふたりは生きている。生きて、「クライン」と闘っている。

自分にはもう、彼らを援護することができない。ふたりだけで、「クライン」からの攻撃を生きのび、この東京に辿《たど》りついてもらわねばならない。

それがどれほど困難なことか、芦田にはわかっていた。祈るしかない。祈るしか、芦田にはすることがない。

芦田は祈った。生まれて初めて、祈った。

60

木で作られたテーブルの上に、ありったけの食料が並べられていた。とはいっても、本当にわずかだった。

数ヵ月に一度使う別荘ではなく、むしろ頻繁《ひんぱん》に訪れているからこそ、缶詰類などの保存食は、あまりおいていないのだろう。

「これで全部だ」

アスカの帰りが遅かったのをとがめるようすもなく、仁王はいった。

牛肉の缶詰がふたつ。外国産の、赤いセロファンに包まれたチーズ。カップ麺《めん》がひとつ。インスタントコーヒー。

「酒は豊富にある。ワインとビール、冷凍庫にはウオツカだ」

「飲む？」

その筈はない、と思いながらアスカは訊《たず》ねた。仁王は首をふった。

「じゃあコーヒーをいれるお湯をわかすわ」

「もうわかしてある」

「そう」

仁王は煖炉《だんろ》のそばにおいたヤカンをとりあげた。陶製のモーニングカップが二つ、並べられている。

「缶切りは？」

「そこだ」

仁王がインスタントコーヒーをいれているあいだ、アスカは牛肉の缶詰を開けた。仁王は包丁とフォークも用意していた。

「こいつも食うか？」

アスカは頷《うなず》き、カップ麺の蓋《ふた》を開いた。湯が注ぎこまれた。

「これは？」

アスカは赤いセロファンの塊をさした。仁王の目がそれに注がれた。

「チーズ、嫌いなんでしょう」

アスカはいった。仁王の目がみひらかれた。

「なぜ知ってる」

「女刑事さんがいってたわ。あなたのところに電話をしたあとで、彼女と少し話したの」

仁王の表情が硬くなった。間をおいて、

「ごめんなさい」

アスカはいった。

「いや、いい。こういう外国製のチーズは食ったことがない。ひょっとしたら食えるかもしれない」

「じゃ、切ってみるわね」

アスカは包丁をとりあげた。

「他に何を聞いた」

セロファンをはがし、現われた白っぽい色のチーズに包丁をあてると、仁王が訊ねた。

「あまりたいしたことは。指輪をもらって、すごく嬉《うれ》しそうだった」

仁王は頷いた。

「――結婚するつもりだったの？」

切ったチーズを揃《そろ》え、缶詰をとりあげてアスカは訊ねた。仁王は答えなかった。自分の缶詰の肉にフォークをつき立て、口に運んだ。

仁王もかなり空腹だったのだろう。瞬くまに缶詰を平らげた。アスカは自分の缶詰を半分残して、さしだした。

「食べて」

「お前が食べろ」

「いいわ、わたしはチーズを食べるから」

仁王の目はチーズを見つめていた。食べるべきかどうか迷っているように見えた。手をのばし、ひと切れとった。口にいれて、二度ほど噛《か》んだところで、むりやり呑《の》み下した。コーヒーをあわててすする。

「駄目なのね」

「匂《にお》いがきつい。これが駄目なんだ」

アスカは缶詰を押しやった。

「これを食べて」

仁王は不承不承頷いた。アスカはチーズをとった。

確かに国産のチーズより匂いはきつかった。だがまずくはない。ふた切れほど食べ、コーヒーを飲んだ。カップのぬくもりが掌《てのひら》に心地よかった。

「おいしい」

アスカはつぶやいた。それを仁王は誤解した。

「こういうの、よく食べていたのか」

アスカは仁王を見た。

「君国はすごく贅沢《ぜいたく》をさせてくれたのだろう」

皮肉やあてこすりの口調ではなかった。好奇心、ととれた。

アスカは苦笑した。神崎はつみならどう答えたろう。缶詰やカップ麺なんて、と馬鹿にしたかもしれない。

「こんなインスタント、食べたことないだろう」

そんなことないわ、いつも食べていたわよ——そう答えてやりたい。張りこみでくたくたになって帰ってきて、お湯をわかす気力もなくて、生のインスタントラーメンをかじったこともあるわ。

「そうね」

「だが、腹が減りゃ、何でもうまい」

仁王はいって、カップ麺の蓋をはがした。

「食べろ」

アスカは頷いた。受けとり、麺をすすった。

「チーズもそうだわ」

「もしここに何日か籠城《ろうじょう》する羽目になったら食うさ」

仁王はコーヒーを飲み、煙草に火をつけた。

「そうする？」

「わからん、見たろうが、外はすごい霧だ。この霧を利用して逃げだす手もある」

「少し休んだ方がいいわね。寝てないでしょう」

「ぐうぐう寝るわけにはいかん」

「わたしが起きてる。何かあったら起こすわ」

仁王は時計を見た。午前二時を二十分ほど過ぎている。

「夜明けまであと三時間くらいある。この霧じゃ夜が明けても、しばらく夜といっしょよ」

「逃げだすなら夜が明けてからだ、暗いうちはヘッドライトが目立つ」

「夜が明けて、霧が残っているうち？」

「そうだ」

「だったら眠れば。二階にベッドと毛布がある」

仁王はつかのま考え、頷いた。

「わかった」

アスカはカップ麺を半分ほど食べ、さしだした。

「今度はあなたの番よ」

仁王は受けとった。アスカはコーヒーを飲んだ。

「煙草を吸わないんだな」

カップ麺をすすりこみながら、仁王がいった。

「わたし？　ええ」

「珍しいな。いかにも吸いそうに見える」

「どこが？」

仁王は困ったような表情になった。

「派手な女はだいたい吸う」

アスカは頷いた。はつみは吸っていたろうか。いっしょにいたときは吸わなかった。といって、本当に吸わないかどうかは知らなかった。

「やめたの」

短くいった。

カップ麺を食べ終え、スープの最後の一滴まで飲み干した仁王はいった。

「俺《おれ》は逆だ。やめていたが始めたんだ」

「彼女が死んだから？」

仁王の目が冷たくなった。

「あいつの話はもういい」

アスカは息を吸いこんだ。仁王は灰皿においていた吸いさしをつまみ、吹かした。

「――警視庁にも君国のスパイがいるわ」

「わかっている。名前を知ってるのか」

アスカを鋭く見た。アスカは首をふった。

「あなたじゃないかと思った」

勇気をだしていった。仁王の表情はかわらなかった。

「なぜだ」

「彼女はあなたにホテルを教えた」

「他にもホテルを知っていた奴《やつ》はいる」

「誰？」

「課長だ。俺たちの上司さ」

まさか。仁王は芦田を疑っているのだろうか。アスカは仁王を見つめた。

仁王は煙草を吸っていた。やがていった。

「だが、課長じゃない」

アスカはほっとした。

「課長の近くにいる人間だ」

「その課長、芦田という人？」

「そうだ。会ったのか」

「いいえ。でもさっき電話で話した友だちがいってた。撃たれたって」

仁王の表情が一変した。やはり知らなかったのだ。

「なんだと！　本当か」

「ニュースでやっていたそうよ。三日前、警視庁の内部で、同じ刑事の関藤という人に撃たれたって」

「……それで」

仁王は目をみひらき、アスカを見つめていった。

「関藤という人は死んで、芦田という人は、ＩＣＵにいる」

仁王は目を閉じた。

「――奴ら、必死というわけだ」

「逃げ切れるの、わたしたち」

仁王は答えなかった。アスカはいった。

「あなたは君国を殺せればそれでいい。ちがう？」

「どうしてそう思う？」

「刑事らしくないから」

仁王は息を吐き、小さく頷《うなず》いた。

「かもしれん。だが、じっと待っていたって、君国には会えないだろうな」

「彼はきっとくるわ」

アスカはいった。仁王は怪訝《けげん》そうにアスカを見つめた。

「君国のことをいっているのか」

「そう」

頷いてから、アスカはなぜ自分がそんなことをいってしまったのだろうと思った。君国が必ずくる、なんて。神崎はつみでもないのに、どうしてそんなことがわかるのだ。

しかし不思議な確信があった。どこからくるものなのか、自分でもわからないのだが、なぜか君国がこちらに向かってくるような気がしてしかたがなかった。

「どうしてそう思うんだ」

仁王が訊《たず》ねた。

「彼と話したの、電話で」

自然に言葉が口をついた。仁王は眉《まゆ》をひそめた。

「今か」

「いいえ。あなたを横に乗せて走っているときに。彼が電話をしてきたわ。部下がでると思っていたらしくて、わたしがでたら驚いていたわ」

「何といっていた」

仁王の目がかわった。強い光を帯びた。

「心配しなくていい、もう傷つけることはしないから帰ってこい、と」

「信じるか」

仁王は声の調子をかえることなく訊ねた。

「ええ」

アスカは答えてから、再び驚きを感じていた。なぜ自分はこんなことをいっているのだろう。いったい自分に何がわかっているのだ。いや、それを考えるなら、自分に何が起きているのか、だ。

「——彼はわたしを一度は失ったと思った。そしてそのことをすごく後悔した。けれどまだ生きているとわかって、わたしに帰ってきてほしい。もう一度わたしを失うことを耐えられないと思っている」

「それほどお前に惚《ほ》れている、ということか」

アスカは頷いた。

「でも、今また、彼はわたしを憎んでいる」

仁王はアスカをじっと見つめた。

「どういうことだ？」

「彼はわたしがひとりじゃないことを知った。あなたという刑事といっしょにいることを知った。二人で彼の部下と闘い、彼の部下から車を奪ったことを知った」

アスカの口は滑らかに動いた。心ではなく、口が勝手に思考し、喋《しゃべ》っている。

仁王は考えをまとめようとするように瞬きした。目がアスカを離れ、宙を見つめた。

「――奴は嫉妬《しっと》しているのか」

やがていった。

「そう」

「俺とお前に？」

「そう。わたしはあなたに命を預けている。彼の許しを望まず、あなたを信じることで、彼と闘う側を選んだ。それが彼はくやしい。なぜ、あなたなのか。自分ではなくて。許せない。彼はあなたを憎んでいる。自分の手であなたを殺したいほど憎んでいる」

仁王の表情が変化した。それは、喜びだった。仁王の顔に、喜びが浮かんだ。

「君国が俺を憎んでいる、そう思うのか」

「ええ」

アスカは頷いた。ひどく冷静な気持だった。

「お前を、俺にとられた、そう思っている。だから俺を憎んでいる、と?」

「そうよ」

いいながら、アスカはこれを挑発だ、と思った。仁王の、この顔に満ちている喜び、君国が自分を憎んでいると知って感じている幸福、それは君国を苦しめる材料がもし他にあるなら、ためらいなく手をのばすことを意味している。

材料はここにある。君国の愛した体。神崎はつみの、美しい肉体。

仁王が手をのばせば、さらに君国の嫉妬をかきたて、苦しめることができる。

仁王はゆっくりと息をしていた。アスカは仁王もまたそれに気づいたことを知った。

「君国は、俺たちが恋人だと思っているのか」

「かもしれない」

アスカはいった。声がかすれた。不意にアスカは、仁王に雄を感じた。圧倒的に大きく、力強い体。手をのばし、この体をとらえ、ひきよせてのしかかってくる。あらがっても、あらがいぬくことはできない。押し倒され、押し開かれ、押し入ってくる。仁王の肉体が自分の肉体を引き裂く。強く固い力が、自分の内部につき刺さる。

アスカは思わず目を閉じそうになった。呼吸が早くなってきているのを感じる。掌《てのひら》が汗ばんでいる。

　空気が不意に、濃く、重くなる。

　信じられない。自分の体に起こった変化をアスカははっきりと悟った。欲望を感じている。仁王にそうされたいと、体が願っている。心ではない。河野明日香の心ではない。神崎はつみのこの体が、仁王に犯されたがっているのだ。

　気づかれたくない。仁王に気づかれたくない。

　だが、遅かった。仁王は気づいていた。目の前のこの女の体が、雌として男の体を求めていることを、感じとっていた。

　仁王の目に欲望の光が宿った。邪悪で残酷な喜びを伴った欲望だった。それは単なる肉体的な欲望だけでなく、憎む君国を苦しめてやりたいという欲求でもあった。アスカの心など、一片たりとも考えていない。体だけ、体のメッセージだけを受信して、反応しているのだ。

「――いやよ」

　アスカはいった。低い、か細い声だった。とうてい、仁王の耳に拒絶の響きをもたらしたとは思えない。

　アスカは唾《つば》を呑《の》んだ。

「いや」

　もう一度いった。逃げだしたい。しかし体は動かない。

仁王の目が自分を見つめている。この体を見つめている。何を考えているかわかる。すべての衣服を脱がし、押さえこんで貫いたとき、自分がどんな叫びをあげるのか想像しているのだ。

それを思っただけで、またもアスカの体は強く反応した。心が悲鳴をあげている。いやだったら、いやだ。絶対に、犯されたくない。

気づいた。アスカは気づいた。

この拒絶は仁王に対してではない。神崎はつみの体に対してだ。自分の心がまとっている、君国の愛した、完璧《かんぺき》な肉体に対してだ。

奪われるのは、自分の体ではなく、仁王の体なのだ。

目を覚まして、お願い――心が仁王に叫びかける。

仁王が自分を抱けば、河野明日香の心は、仁王を神崎はつみの体に奪われてしまう。

嫌だ。嫌だ。嫌だ。

お願いだからやめて。他の女を抱いてもいい。他の女を愛してもいい。だけど、この体を抱いて、この体の女を愛することだけはやめてほしい。

仁王の目は大きくみひらかれていた。

仁王もまた息を止めているように見えた。

ふたりは、ひと言も喋らず、見つめあっていた。

突然、仁王が目をそらした。大きく肩で息を吐いた。深海から浮かびあがったダイバーのようだった。

それとともに呪縛が解けた。仁王は、邪悪な喜びを捨てた。君国の愛人を犯すことを思いとどまったのだ。

「——思いたけりゃ、思わせておけばいいさ」

横を向き、アスカを見ることなく言葉を吐きだした。

「奴《やつ》がきてくれるというなら好都合だ。奴から逃げきれば俺《おれ》たちの勝ち。もし奴とぶつかれば——そのときは、俺にも殺すチャンスがある」

立ちあがった。アスカの方はずっと見ようとせずにいった。

「寝る。二時間たったら起こしてくれ」

アスカは無言だった。言葉を返すことも身じろぎすることもできずにいた。

階段を軋《きし》ませ、仁王は二階に登った。天井が鳴った。ドアが閉まり、仁王がベッドに体を横たえた。床にかかった重みが、天井に伝わってそれを知らせた。

そのときになって、アスカは深く長い息を吸いこんだ。

吐くときには喉《のど》と肩が震えた。

両膝《ひざ》をたて、ひきよせて、顔を埋めた。煖炉《だんろ》の炎を見つめた。

その炎がぼやけた。涙が流れだしたのだ。

だが、この涙は、河野明日香の心の安堵《あんど》の涙なのか、神崎はつみの体の失望の涙なのか。

アスカにもわからなかった。

61

東京から送られてきたファックスは、君国の早い目覚めと同時に手渡された。

そこにはつみを奪った男の資料があった。

君国はコーヒーを命じ、机の上に資料を広げた。夜はまだ明けていない。だが、暗いうちに起きだすことに君国は慣れていた。

ヘリを使い、一日に千キロ離れた三つの都市を移動したこともある。

ファックスには、写真も含まれていた。だが黒く潰《つぶ》れていて、古芳の顔立ちをはっきりと見てとることはできない。

古芳の経歴は、驚くほどの数の功績に満ちていた。そこから読みとれる、刑事としての古芳の適性。粘り強く、洞察力に優れ、しかも細かい作業を厭《いと》わない。しかも、柔道、逮捕術、射撃、どれをとっても一流の腕をもっている。麻薬の売人や中毒患者を街で発見し検挙している数は、信じがたいほどだ。ほとんど、すれちがい際に見抜いているとしか思えない。

同時に、その数は、河野明日香巡査をコンビのパートナーに迎えいれたときから飛躍的にのびている。

二人はとてつもなく優秀なチームだったのだ。

その優秀なチームにあって、ずば抜けた攻撃力を持っていたのは、古芳ではなく河野明日香だった。河野明日香は、武装した機動隊員ですら躊躇《ちゅうちょ》する、幻覚妄想状態の覚醒剤中毒患者を、素手で何度もとり押さえている。あまりに危険を回避しないため、いくども上司の注意を受けているほどだ。

にもかかわらず、河野明日香の大きな受傷の記録はない。殉職するまでは、かすり傷より大きな怪我を負ったという記録がないのだ。

それはなぜか。

君国には容易に察しがついた。古芳の存在だ。

古芳は常に河野明日香をカバーしていたのだ。河野明日香が危険をかえりみずにつっ走っても、決して致命的な状況におちいらないよう、古芳が道を空け、邪魔ものをなぎ倒していたのだ。

そこにある信頼関係は、通常の域を越えている。

東京の男がいったように、恋人どうしであって初めて成立するものだ。

古芳の家族構成を見たとき、新たな驚きを君国は味わった。

天涯孤独。父親は、幼時に死亡。古芳は二歳下の弟とともに母親に育てられた。その母親も四年前に死亡している。兄の和正は警察官に、弟の和樹は消防士になり、その和樹は、母親が死ぬ三ヵ月前、火災現場で殉職。

それを知って初めて、君国は、これほど優秀であった刑事が、恋人の死くらいで自暴自棄になった理由を知った。

粘り強く、洞察力に優れた人間の特徴は何か。ひとつ挙げるなら、それは自分の感情を押し殺せることだ。

孤独に耐え、職務を全うする男が寂しさや侘《わび》しさのはけ口を他に求めないのは、己れを維持するためである。感情を殺した行動はしかし、精神的には大きな犠牲を伴う。神《じん》のような、そもそもの感情が欠落した人間でない限り、どこかでバランスをとるための存在を求める。それは職務への忠誠心だけでは決して満たされない。

感情を押し殺しつづけてきた古芳は、弟を失い、母を失い、そして恋人を失ったとき、自分を維持する支えを失った。いや、支えというより、それは目的であったかもしれない。恋人であるパートナーのカバーという、自分の存在価値を失い、感情を押し殺す目的を失ったのだ。

この男に出世欲はない。これだけの功績をあげながら、巡査部長の地位にとどまっているのは、幹部警察官への昇進試験を重要視していなかったことを意味している。

警察とは不思議な組織なのだ。

現場でよき警官であろうとするなら、身も心も粉にして働くことを要求される。だがそれは、組織内の昇進には結びつかない。現場での任務よりも、昇進試験のための準備を重要視する人間が、高い地位につく。

あるいは孤独であったことが、古芳からそういう意欲を奪ったのか。

芦田が、援護チームの全滅を悟ってから、この男を起用した理由が、君国にはわかった。

この男は最初からは使えなかった。なぜなら、どれほど優秀であっても、この男は壊れてしまっていたからだ。はつみの護衛に、この男は決して向かなかったろう。はつみのために恋人を失っている。はつみへの感情が芳しいものである筈《はず》がない。

だが、手持ちのカードを使い果たしたとき、芦田はこの男を使わざるをえなくなったのだ。

この男が求めているのは復讐《ふくしゅう》だ。すなわち、恋人の敵討《かたきう》ち。そのために、途中で任務を放棄する可能性もある。

復讐の対象が誰であるかも、君国にはわかっている。自分だ。

自分とこの刑事は、今、はつみを間にはさみ、対峙《たいじ》している——君国は感じた。この刑事は、自分への復讐のためなら、はつみを利用することをためらわない。

この刑事は危険だ。生きてきた君国の勘がそう告げていた。たとえはつみを無事とり返せたとしても、この刑事を生かしておいてはならない。

はつみが強くなっているという事実が、この刑事の危険性を示している。この刑事がはつみに与えた影響は、決して看過できないものだった。

君国にとってのはつみが、古芳にとっての河野明日香だったのだ。

失ったものの大きさを、ふたりとも今は知っている。

似た者どうしなのだ、つまりは。

だが、自分はもう失わない。必ず、とり返す。

机上のインターホンが鳴り、君国は我にかえった。

「ヘリの用意ができました。ただ、現地の天候なのですが、霧がでているようです。それもかなりの濃霧だということです」

「かまわない。いけるところまでいく」

君国は答え、立ちあがった。心の中に、久しく忘れていた、自分をつき動かす何かが生まれているのを感じた。

そしてその何かがもたらすのは、死。

62

ひどく冷えていた。たっぷりと水分を含んだ霧は、肌を濡《ぬ》らし、首すじや襟もとのすきまから熱を奪いとっていく。

羽佐間は腕時計をのぞいた。日の出まであと三十分足らずだ。本当ならそろそろ東の空が色を変えてきていい。だが湖と山の、どちらの方角に目をこらしても、空の色にちがいはない。そもそも、どこからが空で、どこからが地面なのかわからないほど霧は濃いのだ。

羽佐間は車のかたわらから神の背中を捜した。神はさっきから身じろぎもせず、湖のほとりに佇《たたず》んでいた。車は地元の組から調達したＢＭＷだ。

神には、この霧の冷たさもまるで関係ないようだった。顔面に残ったアザを隠すこともせず、じっと湖の方向を見つめている。

もう、二時間以上もそうして霧に目をこらしていた。

霧は、日が暮れてすぐにで始めた。この季節、珍しいことではないらしい。夜になると霧がでて、日が昇りしばらくすると晴れる、という現象がくり返されるようだ。

神は日が暮れて少しすると別荘の捜索を中止させた。この濃い霧では、別荘の存在を捜すことじたいが難しい、というのがその理由だった。かわりに、湖を囲む道の二ヵ所と下の国道につながる道の途中に〝検問〟を設けた。夜はヘッドライトで走行する車を発見することができる。故障車のふりをして道を塞《ふさ》ぎ、近づいてくる車の一台一台を調べたのだった。

乗り逃げされたメルセデスは見つかっていない。奴らはどこかに隠れているのだ。

神と羽佐間がいるのは、湖を囲む道がふくらんだ駐車帯だった。天気のよい日は、皆そこに車を止め、景色を眺めたり写真を撮ったりするのだろう。土産物屋や貸しボート、遊覧船が発着する桟橋もある。

ＢＭＷの電話が鳴った。羽佐間はおろしているサイドウインドウから手をさしこみ、受話器をとった。

話がすむと受話器を戻し、

「神さん」

霧に呼びかけた。神はさらに湖に近づいたのか、そのうしろ姿が見えなくなっていた。神のいた方角に数歩踏みだし、羽佐間はいやというほど強く膝をガードレールの支柱にぶつけ、叫び声をあげた。

膝をさすっていると、不意にかたわらに神が現われた。コルトガバメントを握りしめている。羽佐間はぎょっとした。

「どうした」

「何でもないです。あの、京都から電話があって、会長が向こうをたたれたそうです。ヘリでこちらに向かっていると」

神は拳銃《けんじゅう》に安全装置をかけ、しまいながらそっけなく頷《うなず》いた。そして、

「モーターボートを用意させろ」

といった。

「モーターボートですか」

ようやく身を起こし、羽佐間はいった。

「そうだ。奴《やつ》らは明るくなったら、霧が晴れる前に必ず動きだす。湖から見ていれば、何か気づくかもしれん」

「了解しました」

答え、車に戻ろうとした羽佐間の肩を神は押さえた。

「それと、ライフルもだ。スコープ付きの奴だ」

羽佐間は少し驚いて神の顔を見た。

「ボートの上からライフルを使うんですか」

「車を狙《ねら》うんだ。海とちがって、波もないだろうしな」

「はっ」

神の狙《そ》撃《げき》の腕は知っている。その気になれば、車より小さな的でも当てられる。


モーターボートとライフルは三十分で用意された。とうに日が昇っている筈なのに、ようやく夜明け前といった明るさだ。これで本当に霧は晴れるのだろうかと羽佐間は思った。

ボートは湖の観光業者を威《おど》して用意させたものだった。操縦は、地元の組員がすることになった。

神と羽佐間は、携帯電話を手にボートに乗りこんだ。ライフルは、モーゼルのボルトアクションで、三〇―〇六だった。

「湖の真ん中まででたら、止めろ」

神はボートを操る組員に命じた。そして羽佐間をふりかえった。

「いいか、双眼鏡で、三百六十度、動くものがないか見張れ」

「はい」

モーターボートが走りだし、冷たいしぶきと耳がちぎれそうな風に、羽佐間は歯をくいしばった。羽佐間とボートを操縦する組員が前で、ライフルを膝《ひざ》においた神がうしろにすわっている。

ボートは霧の中を切り裂いて進んだ。この天気ではもちろん、他にボートをだしている者などない筈だ。

しかしいったい何を見張れというのだ。白い霧以外は、何も見えないというのに。

あっというまにボートは湖の中央に達した。それを組員が告げると、神は、

「エンジンを切れ」

と命じた。

静寂が戻った。ボートは、自らが起こした波に、しばらくは大きく揺れていたが、やがてじょじょに安定をとり戻した。

霧が白さを増していた。空に光がさしてきているのだと羽佐間は気づいた。

「あと一時間もすれば晴れると思います」

ボートを走らせた組員がいった。神は無言で頷いた。

羽佐間は首を巡らせた。まだ何も見えてはこない。湖面は静かだった。船べりがわずかに水面を叩《たた》く音がひどく大きく聞こえる。

湖を囲む道を車が走ってくると、その姿は見えなくとも、はっきりと音は聞こえた。山側に音が反射して、湖の中心に向け伝わってくるのだ。

羽佐間は神の狙いをようやく悟った。これなら、音で、奴らの動きを知ることができるかもしれない。

会長が到着するまでに、奴らをつかまえてやる。

63

アスカは、はっと目をみひらいた。何か音が聞こえたような気がしたのだ。腕時計をのぞいた。

ほんのわずかしか、うとうとしなかったつもりだが、あっというまに時間が流れ、仁王と約束した時刻だった。

煖炉《だんろ》の火はすっかり消えている。

アスカは立ちあがった。浴室にいき、痺《しび》れるほど冷たい水で、顔を洗った。

浴室をでてくると、仁王が階段を降りてくるところだった。

「眠れた？」

仁王は小さく頷いた。が、傷だらけの顔の目の下には黒い隈《くま》ができている。

「出発しよう」

仁王はいった。

「どう動くの？」

「国道まで戻って、高速に乗る」

「見張られてるわ、きっと」

「上りはな。下りはたぶん見張っちゃいない。下りを走って時間を稼ぎ、ＪＲに乗りかえる」

「だったらいっそ飛行機を使ったら」

「飛行機は途中下車ができないからな。羽田には毎日、見張りがはりこんでいるさ」

仁王の言葉にアスカは頷く他なかった。鉄道なら、横浜や川崎などで途中下車し、在来線に乗りかえられるが、飛行機では羽田しかない。もちろん、まったく見当ちがいの方角に飛ぶ方法もあるが、このあたりの空港への張りこみを考えれば、危険度はＪＲよりはるかに高い。

仁王がジャンパーのポケットから財布をとりだし、一万円を抜いた。テーブルの灰皿の下にはさむ。

「少ないが、窓の修理費と食料代だ」

それを見て、アスカは微笑《ほほえ》んだ。仁王らしさがすべて失われたわけではなかったのだ。

仁王がまず外にでて、安全を確かめた。

「大丈夫だ」

アスカはログハウスをでた。夜は明けていた。だがまっ白な霧があたりをおおっている。この調子なら一日中霧がたちこめていそうだ、とアスカは思った。

しかし先を歩いていた仁王はちがう考えのようだった。

メルセデスの前で立ち止まり、

「しまった」

と低い声でいった。

「どうしたの」

「思ったより霧が早く晴れそうだ」

「嘘《うそ》」

「本当だ、風がでてきた」

仁王は山の方角を指さした。

「湖に向かって吹いている」

そういわれると、かすかだが風が吹いているような気もした。

「急ごう」

仁王はいって、メルセデスのドアを開いた。もし霧が晴れてしまったら、見つけられるためにひと晩を過したようなものだ。アスカの心にも焦りが生じた。

助手席に乗りこむ。仁王がエンジンをかけた。

64

その音を聞いた瞬間、羽佐間は気づいた。乗り慣れた車のエンジンの始動音はすぐにわかる。

「神さん」

神も気づいていた。携帯電話のボタンを押した。

エンジン音は、モーターボートの左舷《さげん》のはるか前方から、水面を渡って聞こえてきていた。

神は腕時計のベルトにとりつけた磁石をのぞいていた。

「北東の岸辺だ。はさみ討ちにするよう、回りこめ」

〝検問〟の車に命じた。

「電話をそのままつないでおけ、いいな」

いって、携帯電話を耳から離した。

「動かしますか」

組員がボートのイグニションスイッチに手をのばして訊《たず》ねた。

「まだいい。連中に気づかれたくない」

神は答えた。

羽佐間は双眼鏡をとりあげ、エンジン音が聞こえた方角に目をこらした。

霧が押しよせてくる。

風がでてきたのだ。風はちょうどその方角から吹いていた。だからエンジン音も伝わってきた。

神がライフルのボルトを動かした。第一弾を薬室に送りこんだのだ。

「お前の肩を借りるぞ」

羽佐間に告げた。羽佐間は頷いた。ポケットから煙草をとりだすと、フィルターだけをちぎって耳の穴に詰めこんだ。

神は電話に語りかけた。

「湖面に出られる道がある筈《はず》だ。捜せ」

そのとき、強い風が吹きつけ、ボートが揺れた。そして一瞬だが、白いカーテンに裂け目が走った。

「いました！」

双眼鏡をのぞいていた羽佐間は低く叫んだ。二、三千メートル前方に動くものを発見したのだ。フォーカスをすばやく合わせる。

再び白いカーテンが視野を閉ざした。だがその一瞬、確かに羽佐間はメルセデスの鼻面をとらえたような気がした。

羽佐間の左肩にライフルの銃身がそっとのせられた。

「どっちだ」

「十時の方向です」

神がライフルのスコープをのぞきこんだ。右手でライフルを支え、左手で電話を耳にあてがっている。

「走っていました。岸辺に近い、林の中です」

「速度は」

「そんなに速くありません。十二時の方向に向かって、二十キロか、三十キロのスピードです」

「その方角で道につきあたったら、どっち回りが国道に近い」

「右回りです」

「進行方向だな、奴《やつ》らの」

「はい」

神は組員にいった。

「右にボートを走らせろ。岸寄りぎりぎりまでいくんだ」

組員がボートのエンジンを点火した。

65

仁王は霧の中を苦心して走らせていた。森を抜ける道は細く、カーブを見落とせばそのまま森の中へ入りこんでしまうのだ。しかも、ライトを点《つ》けられないので、暗い森の中ではなおさら運転は難しい。

いくども目の前にこつ然と木が現われ、メルセデスは車体を枝にこすりつけた。それでも仁王は、メルセデスのスピードを落とさなかった。

ようやく、森を抜ける道が終わり、メルセデスは、木のない空き地にでた。アスカの記憶では、湖を一周する道は、空き地のすぐ上を走っている。

「まっすぐいけば、道にでられるわ」

「わかった」

仁王はアクセルを踏みこんだ。メルセデスは加速し、正面にガードレールの切れ目が見えた。

「あそこよ」

そのときだった。不意に、そのガードレールの切れ目からハイビームにしたヘッドライトが現われた。

仁王は急ブレーキを踏んだ。

「奴らだ」

「どうして見つかったの!?」

「わからん」

仁王の手がシフトをバックに押しこんだ。メルセデスは大きく尻《しり》をふりながら後退した。

ヘッドライトをつけた四WDのバンが空き地に降りてくる。そのすぐうしろにも別の車の姿があった。

「くそ」

仁王はつぶやいてハンドルを切った。元きた道に車首を向ける。

「どっちへいくの」

「奴らがいない方さ」

メルセデスは霧の中へ突進した。アスカは背後をふりかえった。バンのヘッドライトが大きく揺れながら追いすがってくる。ライトの光る目玉は、他にもあった。

「四、五台いるわ」

「大丈夫だ。この道を走っている限り、奴らは俺《おれ》たちを追いこせない」

「木に衝突しない限りはね」

アスカは両手をダッシュボードについて体を支えながらいった。

メルセデスは激しく揺れた。だがさすがに仁王は、今走ってきたばかりの道を外れなかった。森の中を抜ける道へと走りこんだ。

アスカは再びふり返った。ヘッドライトは見えなくなっていた。

「奴らは？」

「少し離したみたい。でも、せいぜい、十五メートルか、二十メートルよ」

やがて分かれ道に達した。きのうは右を選んだ。右は森の奥、左は水辺へと向かっている。

仁王は右にハンドルを切った。

「これで奴らをふた手に分けられる」

確かに、まだ残っている霧で、追っ手にはメルセデスが左右どちらの道を選んだのかわからない筈だった。

だがこの道がえんえんとつづいているとはアスカには思えなかった。いずれいき止まりになってしまうのではないか。そのとき、霧の助けを借りたとしても、車を捨てて逃げのびることができるだろうか。

メルセデスは、ふたりが一夜を過したログハウスのかたわらを走りすぎた。道はさらに林の中をつづいている。が、いついき止まりになってもおかしくない。

アスカは手で体を支えながら背後をふりかえった。追っ手のヘッドライトは霧に呑《の》まれ、見えない。が、まいたとはとても思えなかった。

「どうだ」

「何も見えないわ」

仁王は険しい表情でハンドルを操っていた。仁王の懸念通り、確かに霧が薄くなってきたような気がする。

道が直角に折れ曲がっていた。気づかず、林の中につっこみそうになり、仁王は急ブレーキを踏んだ。

道は水辺の方向へのびている。

「まずいな」

仁王はつぶやきながらハンドルを切った。

「いき止まりかもしれん。もしそうだったら、車を降りろ」

アスカは仁王を見た。

「あなたはどうするの」

「奴らを引きつける」

仁王はいいながら、車のサイドウインドウをおろした。冷たい霧が車内に流れこんだ。

道はまっすぐに水辺に向かっていた。

そして恐れていた通りの事態になった。

湖にぶつかって、終わっていたのだ。左右どちらにも道はない。濡《ぬ》れた黒い砂利にさざなみが打ちよせる岸辺がつづいているだけだ。数メートルと走らないうちにスタックしてしまうだろう。

仁王は車を止めた。

「奴らに追いつかれるのは時間の問題だ。降りろ」

厳しい口調で仁王がいった。

「わたしひとりで逃げるの？」

「そうだ。ぐずぐずするな」

それが最善の策だというのはわかっている。しかし、アスカは躊躇《ちゅうちょ》した。

「早くしろ！」

アスカは助手席のドアを開いた。

「逃げのびたらどこで落ちあうの」

仁王がアスカを見た。目をみひらいている。

「心配するな。必ず見つける」

一瞬、目と目を合わせた。そのとき、仁王の目の中に表情の変化を見た。それは何か思いもよらないものを発見したような驚きだった。

「わかったわ。任せる」

アスカはきっぱりといって、車を降りた。ドアを閉め、森の中に駆け込んだ。

ふりかえると、バックランプを点けたメルセデスが猛スピードで霧の中へ戻っていくのが見えた。

66

「止めろ！」

神が叫んだ。

モーターボートはエンジンを停止した。それでも惰性で湖岸の方角に向け、進んでいく。

複数の車のエンジン音が霧の向こうから聞こえてきた。ヘッドライトが黄色い火の玉のように見え隠れしている。

神は携帯電話を左手で耳にあてがいながら、車で追う人間たちに指示をだしていた。

やがて波打ち際が見えてきた。その奥の木立ちも、ぼんやりとだが見てとれる。

「――こっちじゃないな」

双眼鏡で森を見つめていた羽佐間は頷《うなず》いた。

「ええ。森末《もりすえ》たちとぶつかって逆戻りしたようです」

森末というのは、地元の組から派遣された助っ人を束ねている人間だった。

「左へ向けろ。岸と平行して、ぎりぎりまで寄るんだ。今度はゆっくりとだ」

神は命令した。エンジンが息を吹き返し、ボートは自転車が走るくらいの速度で進み始めた。

「これをもってろ」

神は羽佐間に携帯電話をよこした。羽佐間は双眼鏡をおろして受けとった。神は両手でライフルをかまえた。スコープに目をあてる。

携帯電話からは、森末の声が聞こえた。

「この先は湖でいき止まりの筈《はず》です。奴らが見えませんか」

「奴らが見えないかといっています」

「……いた」

ややあって、神が答えた。羽佐間の肉眼でも、それが見えた。

メルセデスが森の中の道を疾走していた。木立ちの中を見え隠れしながら、バックで逆走している。

不意に羽佐間の耳を轟音《ごうおん》がつん裂いた。神がライフルを発射したのだ。

銃声はこだまになって湖面を反響していった。

「外した」

神がつぶやいた。ボルトを動かす固い音がつづいた。

そのとき森末たちの車が見えた。メルセデスが向かう方向から二台、猛スピードでやってくる。道が直角を描いているため、双方からは相手が見えないのだ。このままではぶつかる。

「ぶつかるぞ！」

羽佐間は携帯電話に向かって叫んだ。が、遅かった。

激しい衝突音と叫び声が、正面と携帯電話の両方から聞こえた。

森末が乗っているのは、四ＷＤのワンボックスだった。フロントグリルはなく、運転席にメルセデスの後部がもろにつき裂さっている。

「森末！」

羽佐間は電話に叫びかけた。次の瞬間、神が再び発砲した。

メルセデスのサイドウインドウがまっ白になった。さらにもう一発。

森末が何かいったが、銃声にまぎれて聞きとれない。

メルセデスが動いた。つき刺さった刃が抜けるように、バンのフロントからゆっくりと前進して離れた。生きている。

神が撃った。

メルセデスのサイドウインドウが砕け散った。

「ひとりだ。男しか乗っていない」

神がいった。

「森末、聞こえるか⁉」

羽佐間は電話に叫んだ。

「聞こえる……畜生、ふたりやられた……」

呻《うめ》くような森末の声が聞こえた。

「女は車を降りてる。捜すんだ」

「どうやって……くそ、痛ぇよ……」

神の手が羽佐間から電話をひったくった。

「車を降りるんだ、馬鹿！　怪我人なんか放っておけ！」

神は怒鳴った。

後続車は、森末のバンが邪魔になって前にでられずにいた。それでも神の命令が通じたのか、車のドアが次々に開いて、組員たちが降りたった。

バンのスライドドアから、森末もふらふらと降りてきた。携帯電話を手にしている。

「ボートを前へだせ。岸につっこんでかまわない」

神が電話を返しながら命じた。

メルセデスは、きた道を戻っていた。そのあとを組員たちが徒歩で追いかけた。霧がかなり晴れてきていることに羽佐間は気がついた。

「奴が止まったぞ。車を降りる」

羽佐間は電話にいった。同時に神が発砲し、メルセデスを降りてきた大男が身をちぢめた。メルセデスは岸辺に近い、林の中の道に止まっていた。モーターボートはまっすぐに向かっている。

羽佐間は電話を左手にもちかえ、右手でベレッタを抜いた。車の連中がようやくメルセデスまで達したところだった。全員が拳銃《けんじゅう》を手にしている。

大男の姿が見えなかった。

「つかまって下さい！」

ボートを操縦している組員が叫び、次の瞬間、モーターボートはスクリューが石を噛《か》む激しい音をたてて、舳《へ》先《さき》をはねあげた。羽佐間は衝撃で携帯電話を足もとに落とした。

肩の上からライフルが消えていた。ボートは勢いで砂利浜の上に乗りあげて止まった。神がとび降りた。コルトを握っている。羽佐間はあとを追った。

67

甲高い、尾を引く銃声が最初に聞こえたとき、アスカは思わず首をすくめた。拳銃の銃声ではない。もっと火薬量の多い弾丸、たぶんライフルだ。

銃声は、アスカの左右ではなく、背後――湖の方角から聞こえた。そしてモーターボートの唸《うな》るようなエンジン音もその前から聞こえていた。

追っ手は、陸だけでなく、水の上にもいたのだ。

アスカは湖とは反対側、森の奥へと走っていた。木立ちが濃くなり、霧が晴れてきても光が弱いぶん、姿は目につきにくい。

さらに銃声がつづいた。銃声が鳴っているあいだは、仁王は死なない――アスカは自分にいい聞かせた。

そして仁王が銃弾に身をさらしているのは、自分を逃がすためなのだ――恐怖と絶望に萎《な》えそうになる足にいい聞かせる。

いくども木の根につまずき、転んだアスカはどろどろになった。

やがて車の衝突する重々しい響きが、森全体を揺さぶった。

仁王の車が何かにぶつかった。アスカはひりつく喉《のど》に空気を送りこみながら思った。

狙撃《そげき》された仁王がメルセデスのハンドルを誤って、木に激突したのではないだろうか。

立ち止まった。太い木の陰にうずくまり、あたりに耳をすませた。

叫び声がする。再び銃声。かなり離れた場所だ。

仁王は死んでいない。生きている。

必ずわたしを見つけると約束した。

見つかるためには、生きのびなければならない。

太い幹に背中を押しつけ、隠れ場所を捜した。

これだけの銃声を響かせたからには、警察がやってくるのは時間の問題だ。いくら「クライン」が警察を数多く抱き込んでいるといっても、パトカーがくる前にはここを離れるにちがいない。

だから身を隠す時間は、ほんの三十分かそこらでいい。

どこかに、どこかに隠れ場所がある筈だ。

そのとき、すぐ近くで叫び声があがった。

「いたぞ！」

アスカの身は凍りついた。

大きな失敗をしていた。森の奥へ奥へと進んだアスカは、分かれ道のもう片方が、すぐ近くを通っていたことに気づかなかったのだ。ほんの十メートル先に道があって、そこに二台の車が止まっていた。

男たちがばらばらと森の中へ走りこんでくる。

アスカは立ちあがった。万事休すだった。

68

神につづいて林の中に走りこんだとき、羽佐間は大男が木の幹の陰からとびだしてくるのを見た。

大男は助っ人のひとりのまうしろに忍びよっていた。背後から羽交い締めにして首を前へ押しつける。

その助っ人は車から降りてきた連中のいちばんうしろにいたのだった。メルセデスを囲むようにして近づいてきた組員たちの背後に、大男はいつのまにか回りこんでいたのだ。

湖の方角からやってきた神と羽佐間だけにその姿が見えていた。

羽佐間がベレッタの狙《ねら》いをつけるより早く、神がコルトを連射した。四十五口径の重々しい銃声が吐きだされる。

組員たちはぎょっとして背後をふり返った。連中からすれば、神は自分たちに向けて撃っているように見えただろう。

神の放った弾丸は、大男が羽交い締めにした助っ人の体に当たった。大男が助っ人の体をつきとばした。その右手からトカレフをもぎとっている。

大男が腰を落とし、両手でトカレフをかまえた。瞬間、羽佐間は地面に体を投げだした。視界の隅で神が同じように伏せるのが見えた。

だが組員たちはちがった。

「いやがった！」

「やれっ」

叫び声をあげて、てんでに拳銃をふり回している。

馬鹿、やられるぞ――そう思ったのもつかのまだった。大男のトカレフがたてつづけに弾丸を吐きだした。

十メートルと離れていない距離では、射的の的も同然だった、瞬く間に四人の男たちが転がった。

神と羽佐間は同時に大男に発砲した。大男は連射を終えるやすばやく木の陰にとびこんだ。

「向こうに回れ」

羽佐間をふり返って、神がいった。羽佐間は小さく頷《うなず》いて体を起こした。

神のコルトの残弾がありったけ、大男の隠れた木の幹に叩《たた》きこまれた。その間に羽佐間は左手に走った。左手には大男が乗り捨てたメルセデスがある。

メルセデスの陰に走りこむと、コルトに新しいマガジンを差しこんだ神に合図を送った。

「痛ってえ……助けてくれ……」

足もとから呻《うめ》き声が聞こえた。顔面を血で染めた森末だった。羽佐間の足首をつかんで体を起こそうとしている。

「放せ！」

羽佐間は小声でいって、メルセデスのへしゃげたトランクリッドにベレッタをのせた。

両手で固定して、トリガーを引く。

九ミリ弾を大男が盾にした木に撃ちこんだ。

神が走った。木の裏側に回る。回りながらコルトを発射した。十字砲火の態勢をとったのだ。

神が膝《ひざ》をつき、片手を掲げた。

やったか。

羽佐間は立ちあがった。助っ人の組員たちは撃たれているか、四つん這《ば》いになって伏せているばかりで、何の役にも立っていない。

「いない」

神がいった。森の奥へと逃げこんだようだ。すばしこい奴《やつ》だった。

だが無傷ではない。木の幹に血がとび散っていた。大男が盾にした男は、胸に数発の四十五口径弾をくらって即死状態だった。

「追うぞ」

神はいった。

69

アスカは木の幹に背を押しあて、近づいてくる男たちを見渡した。その数は五名だった。二十《はたち》に達しているかどうかというチンピラもいる。「クライン」は、地元の下部組織を総動員しているにちがいない。

全員が拳銃をもっていたが、必要ないとみたか、アスカに向けている者はいない。

アスカは唇をかんだ。河野明日香の肉体だったら、素手ならこんな奴らに絶対負けない。

男たちは明らかに、「傷つけるな」という命令を下されていた。アスカまで数メートルの距離までくると、とり囲むようにして立ち止まった。

先頭にいた年かさの男が口を開いた。

「姐さん、俺《おれ》たちといっしょにくるんだ」

その顔には、緊張と安堵《あんど》が混じっていた。君国のいいつけを果たせてほっとした、という表情だ。彼らにとり、それほど君国は絶対的な存在なのだろうか。

「いやよ」

アスカは男の顔をにらみ、首を振った。

闘えるだろうか。この小さな拳《こぶし》、細い手首で。

男はとりあわず、かたわらにいたチンピラに顎《あご》をしゃくった。

「連れていけ」

チンピラが足を踏みだした。アスカは冷静に距離をはかった。この体では、不意をつかない限り、一撃で相手を倒すのは不可能だ。それに相手は全員、銃をもっている。

チンピラはアスカの腕をつかんだ。兄貴分とちがい、その目には若い女をいたぶることへの下卑た歓びがある。

アスカは腕をひかれるに任せ、よろけるように男に倒れかかった。男の力が一瞬ゆるんだ。そのスキをついて男の肩をつかみ、股間《こかん》に膝を思いきり突きあげた。

ぎゃっと男が叫んだ。口と目をいっぱいに開き、体をくの字に折る。アスカはブルゾンの内側、ズボンのベルトにはさまれていたトカレフを引き抜いた。

啞然《あぜん》とする男たちの目前でトカレフのスライドを引いた。初めて握る、旧ソ連製の中国コピー銃は、グリップが厚くバランスが悪かった。

「動かないで」

男たちは息を呑《の》んだ。

「道を空けなさい」

「――姐さんよ、それはないだろう」

先頭の男が一歩踏みだした。その足もとに向け、アスカはトリガーを引いた。手首がねじれるようなきつい反動がきた。アスカの小さな手では、とてつもなく扱いにくい銃だ。

地面から盛りあがっていた木の太い根がぱっと弾け、白い樹肉が露わになった。凍りついた男たちにいった。

「本気よ。指一本動かしたら撃つわ」

「てめえ……」

先頭の男が歯ぎしりするようにいった。

「地面に腹這いになりなさい。今すぐ！」

男たちはのろのろと動いた。

「頭のうしろで手を組むのよ。銃からは手を離して！」

男たちが言葉に従うと、アスカはほっと息を吐いた。うまくいった。

横たわった男たちの体を縫うようにしてアスカは歩きだした。背中を向ければいつ撃たれるかわからない。うしろ向きに歩いた。

道まで出ると、止めてある車をのぞいた。

男たちのひとりが腰を起こしていた。アスカは頭上に向け、トカレフを発砲した。あわてて地面にへばりつく。

二台のうちの一台に、キィがさしこまれたままだった。アスカはもう一台のタイヤにトカレフの弾を撃ちこんだ。バーストし、車体が斜めに沈む。

車に乗りこみ、エンジンをかけた。アクセルを踏みこむと、どっと汗が流れだすのがわかった。

70

大男の姿は見えなかった。羽佐間と神は用心深く森の中を進んだ。

そのとき銃声が聞こえた。右手の方だった。

神がふり返った。

「あっちには誰がいる？」

「中野《なかの》たちです。分かれ道があるんで、そっちを塞《ふさ》いでいたのだと思います」

神は考えるような目になったが、次の瞬間、右に走りだした。羽佐間はあわててあとを追った。

すぐに森を抜ける道にでた。銃声はさらに二発聞こえた。

道を走っていくと、向こうから車が猛スピードでやってくるのが見えた。羽佐間は近づいてくる車を見て息を呑んだ。運転席に女がいる。はつみだ。

神が両足を広げ、コルトをかまえた。

「神さん――」

つっこんでくる車の正面に狙いをつけている。

はつみも神の姿に気づいた。フロントガラスの奥で目をみひらいている。

神が撃った。フロントガラスがぱっと砕けた。さらに神が撃った。はつみの顔が見えなくなった。

「死んじまいますよ！」

神がもう一発撃つと、車は急に道を外れ、森の中につっこんだ。大きくはねあがり、鼻先を木の幹に激突させた。

衝撃音が響き渡った。クラクションが鳴りだし、止まらなくなった。

羽佐間は、銃をおろす神を尻目《しりめ》に走りだした。

会長にいったい何といいわけをする気なのだろう。会長は生かしておけと命令したのだ。

神は落ちつきはらっていた。羽佐間は車のドアを開いた。頭を吹きとばされたはつみの姿をそこに覚悟していた。

だがガラスの破片で顔を血まみれにはしていたが、はつみの体は無事だった。助手席側に体を倒していたのだ。

羽佐間ははつみの首すじに指をあてた。脈はあった。衝撃で失神しているだけだ。

「生きています」

ゆっくり歩みよってきた神に羽佐間は告げた。神はそっけなく頷《うなず》いて、はつみを見おろした。

羽佐間がはつみの左腕をハンドルからどけると、クラクションが止んだ。

神が煙草をとりだし、火をつけた。煙を吐き、森をゆっくりと見渡した。

はつみの体の下からトカレフがでてきた。車は、中野のものだった。

「神さん――」

羽佐間がいうと、神は短くなった煙草を唇からはがし、森に目を向けたままいった。

「この女はこっちに向かって車を走らせてきた。逃げるのなら反対の方角だ」

低い声だった。

「なぜだと思う」

「さあ……」

「あの男だ。奴を助けに戻ってきたんだ」

「はつみさんがですか」

神は初めてはつみを見おろした。鋭い目だった。

「この女はちがう。会長が何といおうと、この女は、はつみじゃない」

71

ヘリポートで君国は連絡を受けた。はつみがつかまったという。

「古芳はどうした」

渡された電話で君国は訊《たず》ねた。

「逃げました。遠くへはいっていないと思いますが、なにせ少し派手にやったんで、とりあえず湖を離れました」

神が答えた。

「はつみはそこにいるのか」

「ええ。医者の往診を受けているところです。少し怪我をしたので」

「怪我？」

「車で逃げだそうとして事故ったんです。たいした怪我じゃありません」

連れてこい、といいかけ、君国は迷った。古芳はどこだ。古芳はきっとはつみの近くにいる筈《はず》だ。

だが一刻も早く、はつみの顔を見たかった。

「どこにいる、今」

「こっちの組長の別荘です。湖から三十キロばかり離れた海岸にあります」

「よし。そこにいろ、これから向かう」

「会長」

「何だ」

「奴《やつ》はきっと戻ってきます。とり返しに」

「古芳だな」

「はい」

神の声にためらいがあった。神はそこにとどまることを望んでいないようだ。京都に戻りたがっているのか。

「だったら尚さら好都合だろう。きたら殺せ」

「それならば京都の方が確実です」

臆《おく》したのか、神。

「とにかく、そちらへ向かう。待っていろ」

君国はいって、電話を切った。神はいったい何を見たのだろう。古芳という刑事は、それほどの凄腕《すごうで》なのか。

神らしくなかった。まったく、神らしくない。

ヘリポートには、地元の組員が迎えにきていた。君国はボディガードとともに、リムジンに乗りこんだ。

「どれくらい時間がかかる」

「一時間かそこらです。とばせばもう少し早くなりますが――」

自分の所属する組織の、さらに上の組織の支配者を迎え、組員は緊張しきっていた。

本来ならもっと上の位の人間が迎えにこなければならないのだが、組長以外の主だった幹部は、すべて人狩りにかりだされているのだ。

「とばしてくれ」

君国はいった。神の不安が君国にも伝染していた。もう二度とはつみを目の届かない場所へおくことはしない。もしすれば、あの刑事、古芳がこっそり忍びよってさらっていくのではないか――そんな思いに君国はかられていたのだ。

別荘に到着したのは五十分後だった。そこは岬の突端に近い位置だった。海面からは二十メートル以上の高さがある。岬への道は一本しかなく、途中からは「私道」になっていて、ゲートが設けられていた。

以前、激しい抗争があったときに〝要塞《ようさい》〟として作られたものだ、と運転手の組員は説明した。

ゲートをのぞく別荘の周辺は、木立ちの中に有刺鉄線のフェンスを張りめぐらせ、監視用のテレビカメラを何台も設置してある。あたりにはほとんど人家がなくて、侵入者を見つけだして迎え撃つには最適の環境なのだった。

ゲートには四人の見張りがいた。全員が銃をもち、無線機を装備している。

君国の姿を見ると、

「ご苦労さまです」

最敬礼した。

ゲートをくぐり、一本道を進んだ正面に別荘が見えてくる。海に向かって横長の建物だった。

入口のロータリーに、車が数台、横づけになっていた。ロータリーでリムジンを降りた君国は、地元の組長と神の迎えをうけた。組長は六十代の老人で、別荘を自分のものだと思って使ってくれと君国に告げ、入れちがいにリムジンに乗って立ち去った。

組長が自分を恐れていることを君国は感じていた。今や「クライン」傘下のすべての組織は、アフター・バーナーなしでは存続できない。あらゆる資金源の中でも、アフター・バーナーが最も大きな金を生みだすのだ。

あの組長はその気になれば、このていどの別荘を、あと五軒や六軒は簡単に建てることができる筈だ。君国の機嫌を損じれば、その稼ぎがストップする。四、五人の組員が死んだり怪我を負ったことなど屁《へ》でもないのだ。

君国は神とともにリビングルームに入った。横長のはめ殺しの巨大な窓が海に向かってあり、広さは四十畳ほどもある。

そこにいた十名ほどの組員が総立ちになって君国を迎えた。

「はつみは」

「眠っています。鎮静剤を注射されたようです」

君国は窓辺のソファに腰をおろした。人間ひとりを丸焼きにできそうな煖炉《だんろ》が背後にある。

「すわれ」

かたわらに立つ神に命じた。神は向かいのソファに浅く腰かけた。

「手こずったか」

「少し。三人死にました。怪我人は五名でています」

神は低い声でいった。君国は頷き、窓に目をやった。水平線がくっきりと見渡せる。

はつみを連れて、どこか南の島にでもいきたい――ふと思った。ハワイのモロカイには、この別荘の倍の大きさの別荘がある。だがもっと人の少ないところ。できれば無人島を買いとってしまいたい。

「警察は」

「いつもよりは手もかかるだろうが大丈夫だろうということです。死体は全部、もって帰ってきましたから」

「金の方は〝本部〟で面倒を見てやれ。いくらかかってもいい」

「はい」

君国は葉巻をとりだした。神が火をさしだす。

「古芳はどうして逃がした」

君国は厳しい目を神に向けた。労をねぎらうのは叱責《しっせき》のあとだ。それが君国のやり方だった。

「申しわけありません。いったん追い詰めたのですが、地元の連中が甘く見ていて」

「できるのか、相当」

「――ただの刑事とは考えない方が。何人殺しても、奴は平気です」

「なぜだ？ そんな権限は与えられていない筈だ」

「権限とかじゃありません。そういう奴なんです。手負いの熊みたいなもので、目の前にいるのは片端からなぎ倒していく、という感じで」

君国は頷いた。予想通りだった。古芳は、刑事としてではなく、兵士として闘っていた。

「ホテルでお前が殺した女刑事は、奴の恋人だ。古芳は任務というよりは、復讐《ふくしゅう》のために動いていると思っていい」

神の表情は変わらなかった。

「お前のいう通り、奴はきっと戻ってくるだろう。今度はしくじるな」

神は無言で頷いた。

「はつみはどうだった」

神が視線を動かした。何かいいたくないことがある。長く使っている君国だけが感じとれる表情だった。

「ご自分で判断なさって下さい。私にはわかりません」

神の言葉に君国は驚いた。それは神の口から初めて聞く、反抗的な発言だった。

君国はゆっくりと息を吸いこんだ。

「――わかった」

神を問い質したい欲求をかろうじて君国は押し殺し、いった。もしはつみが、神のこの態度の変化の理由なら、神にあれこれと話させるよりも、君国自身がはつみと会って話せばよいことなのだ。

神は心理学者ではない。君国が神に与える報酬は、人間を観察させるためではなく、殺すためのものだ。

「ご苦労だった。よくやった」

「いえ。会長――」

神は君国の目を見つめた。

「ここの警備は悪くはありません。しかし早めに京都に戻られた方がよいと思います」

「ここでは古芳を仕止められないというのか」

「私はいつも最悪のケースを考えています」

神はいった。

「何を恐れている」

神は瞬きした。

「何も」

嘘《うそ》だった。神は何かを恐れている。いらだたしさがこみあげた。君国は息を吐き、じっと神の目を見つめた。

「お前の考えていることが私にはわからない。そしてお前はそれを私に話したくないようだな」

神は無言だった。

「あとでもう一度話そう」

君国はいって立ちあがった。神は微動だにせず、

「はい」

とだけ答えた。

君国は少し離れた位置に立っていた羽佐間に目を向けた。

「はつみはどこだ」

「こちらです」

羽佐間は目を伏せたまま、君国を案内しようとした。そのとき神が声をかけた。

「会長」

君国は足を止めた。ゆっくりと自分の右腕をふりかえった。

「何だ」

神は喉《のど》もとまで出かかった言葉をこらえているように見えた。それは珍しいことに、神を苦しめていた。

「――のちほど」

ようやく神は言葉を押しだした。君国は頷《うなず》き、羽佐間に目を戻した。羽佐間もしかし目を合わせるのを避けた。

この男たちはいったいどうしたのだ。一度は殺せと命じられたボスの愛人を今度は生きて連れ戻せと命じられたことがそんなに不服なのか。

そのために何人かの生命が失われた——その責任をとれというのか。

君国は、自分が頭に血の昇った暴君のように扱われているのを感じた。それはひどく不愉快なことだった。女のために理性を失くした愚か者と、連中は思っているのだろうか。

もしそうなら許しがたい。が、怒りを部下たちにぶつけるのは、結局彼らのそうした印象をさらに強める結果にしかならない。

君国はこらえることにした。

「こちらです」

羽佐間が、廊下を通じて居間とつながった部屋の扉を開いていった。廊下には四名の見張りが立っている。

羽佐間を廊下に残し、君国は部屋に足を踏みいれた。そこは海に面した天井の高い寝室だった。たぶんこの別荘の主の寝室なのだろう。クイーンサイズのベッドがふたつおかれ、サイドボードのスタンドだけが点《とも》っている。窓にはカーテンがひかれ、皮製のロッキングチェアがかたわらにおかれていた。

窓に近い方のベッドにはつみが寝ていた。

君国は呼吸が早まるのを感じた。うしろ手でドアをそっと閉じ、足を踏みだした。

絹のシーツの上に長い髪を投げだすようにして、はつみは眠っていた。こころもち体を横にして、わずかに口を開いている。

額から頬《ほお》にかけて、血のにじんだこまかな傷がいくつもあった。片方の目の下には青いアザがあり、口もとと鼻もわずかに腫《は》れている。

君国の記憶の中で、これほど傷ついたはつみは見たことがなかった。まるで戦場から命からがら逃げだしてきたような姿だ。

それでも美しかった。

君国はスタンドの柔らかな光の中に浮かんでいるはつみの寝顔を瞬きもせず見つめた。自分がこれまでどれほどはつみを虐げてきたかだけが思いだされた。自分の愛は一方的で、常にはつみの気持を無視していた。与えるときは、彼女の望みに関係なく与えた。奪うときは、彼女の拒否に耳を傾けたことなど一度もなく奪った。

はつみは、自分の愛を知っていただろうか。知っていたろう。だが、それは決してはつみ自身の幸福とはつながらなかった。

はつみは耐えていたろう。君国を受けいれようと努力していたろう。だが君国は、そんなはつみの努力を何ひとつ理解してやろうと考えなかった。

それを思うと、君国は胸を抉《えぐ》られるような気持になった。彼女を一度殺しかけたことより、はるかに残酷な行為をした気分だった。

殺人は、君国にとり日常的なできごとだ。だが、愛する者の心を傷つける言動は、目前で眠るこの美しい女に対してのみ、君国がおこなってきたことだった。

はつみに対する後悔と、今すぐにでも抱きしめ許しを乞いたいという衝動にかられながら、君国はそっとベッドを回りこんだ。

薬が効いているのか、はつみが目を覚ますようすはなかった。

君国は皮のロッキングチェアに腰をおろした。そこからは、はつみの顔がよりはっきりと見えた。

深々と息を吸い、君国は心を落ちつかせようとした。

部屋の調度は立派で金がかかっている。主のための寝室をはつみに提供したのは、部下たちがボスの愛人への敬意を失ってはいないことを意味している。

君国は皮の軋《きし》みに耳をすませながら深々とチェアに身を埋めた。

部屋の中は静かでほの暗く、暖かだった。

だがはつみをこうして見つめている限り、君国は睡魔とは無縁だった。

今のこの気持がつかのまの幸福であることを君国は承知していた。すべてははつみが目覚めるまでだ。

君国は身じろぎもせず、はつみを見つめていた。

72

あの匂《にお》いがしていた。鼻の奥にくる、つんとした匂い。

アスカは深く息を吸いこもうとしてその匂いに気づき、あわてて止めた。喉の奥が塞《ふさ》がり、激しい咳《せき》がでた。咳は体全体を揺らした。目が開いた。

美しい彫刻を施された木のスクリーンがあった。木目の揃《そろ》った壁の羽目板と扉。ほの暗い、豪華な部屋だった。ゆっくりと首を回すとシャンデリアの下がった天井が見えた。シャンデリアは消えている。

足もとには小さなバーがあった。バーの横には本棚もある。

さらに首を巡らせた。今まで自分が向いていたのとは反対、背中側に首を傾けた。

男がいた。カーテンのかたわらの椅子《いす》にすわり、じっと身動きもせず、自分を見つめている。

見た瞬間に、その男の正体を知った。目が、知っていた。アスカのこの目は、今まで嫌になるほどその男を見てきた。いや、この肉体の前の持主にとって、世界のすべては、目の前にいる男だった。

アスカはじっと男と見つめ合った。男は落ちつきはらっていた。細長く知性を感じさせる顔立ちに、白髪がひと房混ざった長い前髪が落ちかけている。その白髪がなければ、男は三十そこそこにしか見えなかったかもしれない。

男は濃い緑のダブルのスーツを着けていた。まっ白いシャツに、結び目の小さなネクタイを結んでいる。ジャケットの袖《そで》からのぞくカフスとネクタイの下の白が眩《まぶ》しいほどだった。ひげをきれいに剃《そ》っていて、頰には贅肉《ぜいにく》のふくらみなどかけらもない。鼻は高く、鼻梁《びりょう》は薄くて、貴族的ですらあった。目は切れ長で、瞼《まぶた》はひとえだ。口もとは強く結ばれていて、顎《あご》の先端にはまるで白人のような凹みがあった。

瞳《ひとみ》に不思議な透明感がある。悲しみとか怒りといった表情をまるでうかがわせない透明感。といって冷酷な無表情というのとはちがう。すべてを悟り、心の奥底にしまいこんだ、哲学者のような風貌《ふうぼう》だった。

背が高く、ほっそりとしていた。華奢《きゃしゃ》ではない。むしろ筋肉質で、膝《ひざ》の上で組みあわせた両手の指は、長くごつごつとしている。

アスカは瞬きした。男は自分に気づいていながら、ひと言も発しなかった。

君国。君国。君国。君国。

かつて自分の人生のすべてを所有していた男。

自分ではない。この肉体を前にもっていた、はつみの人生を、だ。

アスカは自分が混乱しているのを感じた。

君国を見た瞬間、それが君国であることを自分は知っていた。そしてその自分に、はつみの意識がある。はつみの記憶、はつみの感情、はつみの愛、が、河野明日香の記憶、河野明日香の感情に影響を与えている。

仁王といたときは、体だけだった。体だけが、心とは別に、仁王の肉体を欲した。今は、体だけでなく心までにも、神崎はつみが忍びこんでいる。

こんなことがあるのだろうか。

アスカは目を閉じた。鼻の奥の匂いがさらに強まる。発作が近づいている。激しい頭痛がやがて襲いかかってくるだろう。よりにもよって、こんなときに。

君国と再会した、こんな瞬間に。

「――」

君国が何かをいったような気がした。聞こえなかった。激しい痛みがアスカの体を貫いた。アスカは体をのけぞらせた。まるで陸にあがった魚のように、自分の体が跳ね、よじれるのがわかる。

必死になってこらえようとしたが駄目だった。頭痛の波が、何かをしようとする意志をすべて洗い流してしまうのだ。

アスカは呻《うめ》き声をあげた。どうすることもできなかった。

発作が去るまでにどれくらいの時間がたっただろうか。五分か、十分か、あるいは三十分くらいか。

目を開けると医師がいた。白衣を着て、アスカの上にかがみこんでいる。医師の手が自分の髪をかきあげていることに気づき、アスカははっとした。

「大丈夫ですか」

医師がいった。六十歳くらいの、妙に弱々しい雰囲気をもった老人だった。

「はい」

かすれた声でアスカはいった。匂いは薄れている。発作は遠のいていた。

「この額の傷はいつ頃のものです？」

「七ヵ月くらい前です」

「開頭手術を受けたんですね」

アスカは黙って頷いた。医師は体を起こし、アスカの目にペンライトの光をあてた。

「前にもこういう発作を？」

「ええ」

「毎日とか？」

「いいえ。十日に一度くらい、だと思います」

医師はライトを消し、背後の君国をふり返った。

「精密検査を受けた方がいいと思いますね」

君国はアスカを見つめたまま頷いた。その目に恐怖に似た表情があることにアスカは気づいた。

いったい自分はどんな発作をおこしたのだろう。

退院してから、あの頭痛に襲われたのは初めてだった。

医師はアスカと君国に何ごとかをくどくどといいつづけた。アスカにおこなわれた手術を知らない限り、いったい何がアスカの脳でおこっているのか、この医師にわかる筈《はず》がないのだ。アスカは医師の言葉を聞き流した。

そしてそれは君国も同様だった。医師の言葉を聞くふりをしながら、じっとアスカの顔を見つめている。

やがて医師がでていき、アスカは再び君国とふたりきりになった。

「驚いたよ」

君国がいった。電話で聞いたときよりさらに低い声だった。

「君がこのまま死んでしまうのではないかと思った。医者を呼び戻したんだ」

アスカは黙っていた。今、自分の大部分は河野明日香だった。この男とどんな風に会話をしてよいかわからなかった。

アスカの沈黙に、君国はわずかにとまどったようだ。アスカの目を見つめ、おずおずと訊《たず》ねた。

「私がわかるか」

アスカは答えなかった。ただ君国を見返しただけだ。

「私を……」

いって、君国は深く息を吸いこんだ。

「許してくれないだろうか」

驚きがあった。君国が許しを乞うている。驚いているのは、アスカだけではなかった。わずかに残ったはつみの記憶は、もっと驚いていた。

「君に傷を負わせたこと、君の心を踏みにじりつづけたこと、すべてを許してほしい。そしてもし君がそれを受けいれてくれるなら、私は君にお願いしたいことがある」

アスカは無言だった。君国は痛みを感じたように瞬きをした。

「頼む。何かを私にいってくれないか」

「――何をいえばいいの」

アスカはいった。君国の顔に安堵《あんど》の表情が浮かぶのをアスカは見つめた。

「私を憎んでいるのか」

「あなたはわたしを殺したわ」

君国は黙った。

「ここにいて生きているわたしは、前のわたしじゃない。すごくたくさんのものを失ったから」

「得たものは……何もないのか」

アスカは息を吸いこんだ。

「あるとしても、それはあなたのものには決してならない」

「どういう意味だ」

その言葉に体が怯《おび》えた。アスカの心ではなく、はつみの肉体が怯えた。

「わたしはわたしの人生を歩くことを決めた。そしてそれをあなたは許さず、壊した。二度と壊させない」

君国の顔から安堵が消えた。落ちつきと威厳のようなものが戻ってきた。

「その人生を何のために使う」

「自分のために」

アスカは低い声でいった。

「あなたでもないし、他の誰かのためでもない。わたし自身のために使う」

「……変わったのだな」

「いったわ。わたしは一度、死んだ」

君国は目を細めた。

「死んだのは、君ではなく君といた女刑事だったのではないかね」

「あのときにわたしも死んだの」

「君らしくない。それとも君は死んだ河野という刑事に友情を感じていたのか」

かつての自分の名を君国が口にした驚きにアスカは身をこわばらせた。同時に、〝君らしくない〟という言葉の意味をつかみかねていた。

君らしくない、とはどういうことだ。〝一度死んだ〟という表現をさしているのだろうか。神崎はつみは、そんな言葉をつかう人間ではないと？

「君はどんなことがあっても、それを受けとめられる人間だと思っていたよ」

君国はいった。その声は自信をとり戻し、親しみがこもっている。

「――あなたはわたしをロボットのように扱っていた。まるでわたしには心がない、とでもいうように」

アスカの口が動いた。演技ではなかった。自然に言葉が口を突いたのだった。

どういうこと？　どうなっているの。

ふたつの人格がある。状況になんとか対応しようとしているアスカと、君国と会話をかわしている、まるではつみのようなアスカ。

君国はそうとは気づかず、話していた。

「そう。私もまちがっていた。君が私のもとを逃げだしたとき、正直私は驚いた。そして怒った。まるで君を、自分のペットのように思っていたのだ。だから神に命令を下した。

私は、長いこと、君が死んだとばかり思っていた。そしてそう思いこんでからずっと、苦しんでいた。ペットならば、死ねば新しい生き物を飼えばいい。だが、君の死は、私の中ではまったくちがっていた。君が死んだと思って初めて、私は私のまちがいに気づいた、君はペットなんかではなかったのだ」

アスカは無言だった。

「私が許してほしいといったのはそのことだ。君を殺しかけたことも、もちろんあやまる。だが私にとってもっと罪深いのは、君に人の心を見出そうとしなかったことだ」

アスカは不意に気づいた。君国の心はどこか歪《いびつ》だった。この男は人間を殺すことより、好きな女の心を傷つけたことの方が罪深いと思いこんでいる。

「死んでいった人たちにはどうあやまるの。河野刑事には、何といいわけするの」

アスカは不気味な思いで君国を見やった。君国は落ちつきはらっていた。

「彼女はいるべきでない場所にいた。これは私たちの問題であって、彼女には何の関係もなかったのだ」

それはちがう！　アスカは叫びたかった。だがけんめいに心を抑え、いった。

「いるべき場所にいなかったからといって、殺されてしまった人はそれで終わりなの」

「終わりではない。しかし彼女を呼んだのは君だ。私があそこに河野刑事を呼びだしたわけではない。――誤解しないでくれ、私は君を責めようとしているわけではない」

「だって、あなたは人を殺したのよ。あなた自身は手を下していないかもしれないけれど、殺すように命令したのはあなただわ！」

アスカはとうとう、小声で叫んだ。君国の顔にわずかだが驚きの表情が浮かんだ。

「君は、私が人を殺したことを非難するのかね」

「そうよ！　あたり前だわ」

君国の顔が無表情になった。アスカはより恐ろしさを感じた。君国はゆっくりと喋《しゃべ》った。

「君は……ずいぶんと、河野刑事の影響をうけたようだな」

「気づいただけよ」

アスカは恐怖を押し殺し、いった。

君国は首をふった。

「いや。君が、何というか、人格に大きな変化をきたしている、という報告を私はうけた。それを私は、頭に怪我をしたことによる一時的な障害ではないかと思っていたが、どうやらそうではないらしい」

「どういうこと」

「古芳という刑事だ」

アスカは目を閉じそうになり、あわててそれをこらえた。仁王のことまで君国は知っている。

「君たちのあいだにはパートナーシップがあったようだ。君は古芳を助け、私の部下に暴力までふるった。私はそれを不問にしたかったが、どうやらそうはいかないらしい」

アスカは無言で君国を見つめた。

「君は古芳が、死んだ河野刑事の恋人であったことを知っているかね」

「――それがどうしたの」

君国は小さく頷《うなず》いた。

「知っているのならかまわない」

君国が立ちあがった。滑らかな動きだった。アスカははつみの言葉を思いだした。君国の動作は洗練されていて無駄がなく、そして意表をついている。君国の言葉はおだやかで聞き心地がよく、説得力に富んでいる。

その心の歪さに気づかなければ、人を惹《ひ》きつける魅力に満ちていると思っただろう。

君国はアスカに背を向け、立っていた。閉じられていた窓のカーテンの端をわずかにめくった。弱い光が室内に流れこんだ。

「同情かね」

君国が訊ねた。そして言葉をつづけた。

「君が古芳に協力したのは、恋人を失った男への同情だったのかね」

アスカは答えなかった。

君国がさっとカーテンを開いた。強い光が部屋いっぱいに流れこみ、眩《まぶ》しさにアスカは目を細めた。

「答えるんだ！」

逆光の中でシルエットになった君国が叫んだ。

「どうして⁉ どうして答えなければならないの」

君国はふり返った。

「私が知りたいからだ。君は、同情で古芳と行動を共にしたのか。それともはっきりとした自分の意志で古芳を選んだのか」

アスカは君国の顔をまじまじと見つめた。怒りと痛みが混ざりあった苦悩の表情を浮かべている。

　アスカはそっと息を吸いこんだ。

「あの人は――わたしを守ってくれた。わたしを連れ、わたしを殺そうとする人たちと闘った……」

「仕事だからだ」

「ちがうわ」

　アスカはアスカとなって、断言した。君国は無言でアスカをにらんだ。

「あの人がわたしを助けたのは、それがあなたを苦しめることにつながるからよ。恋人を殺された復讐《ふくしゅう》に一歩でも近づけるからよ」

「――お前はそれを受けいれたのか」

　恐ろしい声だった。だがアスカはひるまなかった。なぜだかはわからないが、君国はもう二度と自分に暴力をふるわないだろうという予感があった。

「ええ。それがわたしの生きのびる唯一の方法だったから」

　君国は黙った。アスカをにらみつづけていた。

　やがて小さく首をふった。悲しげな仕草だった。

「君は……気づいていなかったのか。私がどれほど君を再び失うことを恐れていたかを」

「気づく筈はないわ。ライフルをもったあなたの部下に狙《ねら》われ、銃で撃たれ、野宿をして、心細い気持を味わいつづけたのに」

君国はため息をついた。

「つまり君はそれだけ、私によって傷ついたということか」

「忘れないで。あなたはわたしを殺そうとしたのよ。わたしの目の前で何人もの人が死んだわ」

「それがどうした」

君国は早口になった。

「君には殺人を非難する資格はない筈《はず》だ。君を自由にするため、幸福にするため、人が死んでいるのを忘れてはいないだろうな」

アスカは口を閉ざした。はつみのために君国が殺人を犯したと、はつみは暗に認めた。だがそのために、はつみは君国の奴隷になるのを受けいれたのか。ちがう筈だ。

「そのことであなたはわたしを一生縛るつもりなの」

「どうしたんだ⁉」

君国は叫んだ。

「まるで君じゃない。感情をコントロールし、私から愛されることを待ち、そのためにすべてを捧げた君はどこへいった⁉」

「死んだわ」

アスカの声は、自分でもぞっとするほど冷たかった。君国は絶句した。呆然《ぼうぜん》としたようにアスカを見つめた。アスカは見つめ返した。

ふたりは無言で見つめあった。

先に視線を外したのは君国の方だった。君国は無言で歩き去った。ドアが開かれ、そして閉じられるとともに、アスカはひとりきりになった。

アスカはそっと息を吐いた。

これで終わったわけではなかった。君国の責めは、これからが本番だった。

言葉ではつみを元には戻せないと知った君国は、今度は肉体を使ってくるにちがいなかった。

アスカにはそれが不安だった。はつみの体を知りつくした君国の〝攻撃〟が、自分にいったいどんな影響を与えるのか、想像もできないのだった。

73

廊下にでた君国を、神がひっそりと待ちうけていた。

「外へでる」

君国は短くいい、足早で歩きつづけた。

廊下のつきあたりに、海側のバルコニーへと通じる扉があった。バルコニーは、建物の端から斜面につきだすような形で、海の上に浮かんでいる。海面までは二十メートル以上あった。

君国はバルコニーの先端までいくと、手すりを握りしめ海面を見おろした。水深を感じさせる紺の水面に、岩礁がいくつか顔をだし、そこだけ純白の泡がうずまいている。長いこと瞬きもせず、君国はその純白の泡を見おろしていた。青い波が岩に叩《たた》きつけられると、海が傷ついて血を流すように、まっ白の泡がそこから生まれるのだった。ようやく君国は背後をふり返った。神は閉じた扉を背に無言でたたずんでいた。

「お前が正しかった」

君国は告げた。

「あいつは変わった。変わりすぎた」

空を見あげた。太陽は早い速度で西に向かいつつあった。

神は無言だった。

「お前の考えを聞かせてほしい」

神は目を上げた。その目には、いつものように何の表情も浮かんではいなかった。ついさっき見せた一瞬の反抗は、もはやかけらも残っていない。

「別人です」

神は短くいった。

「そんなことがあるのか」

「わかりません。頭の怪我が人格を変えてしまうという話は聞いたことがあります」

「別人だとすると危険かな」

「非常に危険です。彼女は、古芳とチームです」

「チーム？」

「つかまえたとき、彼女は自分だけなら逃げられた筈なのにその場へ戻ってきました。地元の奴《やつ》から銃を奪い、自分で車を運転して。なぜならその場に古芳がいると考えたからです」

「――助けに戻ってきたというのか」

神は頷いた。

「馬鹿な……」

「ですが結果はそうなりました。我々は彼女をつかまえたのでその場を立ち去り、古芳を見つけてとどめを刺せなかった」

君国は神を見つめた。

「――殺すべきか」

「会長がお決めになることです」

君国は顔をそむけた。怒りとやるせない気持が胸の底からふくれあがってきたのだ。

「――本当の別人なら、かまわないのだが」

「確かめられますか」

「確かめる？」

神の言葉の意味を反芻《はんすう》し、気づいた。

「いや。まだだ」

「それで結論がでると思います」

君国は小さく頷《うなず》いた。

「——京都に帰るべきなのだろうな」

「確かめるのは、こちらでもできます」

君国は深呼吸した。ひどく傷ついた気分だった。はつみが生きていなかった方が、どれほど楽だったろう。

「古芳はどうだ」

「捜させています。必要なら地元の県警も使います」

君国は頷いた。

「つかまえたら、殺す場に私もいあわせたい」

神は瞬きもしなかった。

「手配します」

「お前の銃を借りるかもしれん」

「ご自由に」

「わかった」

君国は神に背中を向けた。神がバルコニーをでていく気配は、まるで煙が流れでていくようだった。

君国は水平線に目を向けていた。この心の苦しみをどうすれば癒せるのか、そればかりを考えていた。

はつみをすぐに殺す気はない、少なくとも古芳が死ぬまでは。

古芳が死んだことをはつみに聞かせよう。そのとき、はつみの心に何かの変化が生まれるかもしれない。

はつみを殺すのはそれからでいい。

もちろん、この手で殺す。そしてすべてを忘れるのだ。

それが一番の方法のような気がした。我が手で殺してこそ、思い出をすべて断ち切れる。

澄んだ悲しみに似た気持の中で、君国は決心した。

74

電話が鳴ったとき、金村《かねむら》は遅い昼食を終えて机に戻ってきたばかりだった。

「はい、警邏《けいら》総務」

「金村さん、外線です」

「つないでくれ」

麻雀《マージャン》の誘いだろう。今夜は断わらなければ、女房の敦子《あつこ》が角をだす。今週に入って、二度も朝帰りをしていた。

「はい、金村」

ぶっきら棒な声を受話器に送りこんだ。公衆電話と覚《おぼ》しい騒音が向こうにあった。

「金村敏治《としはる》か」

男の声がいった。どこかで聞いたような声だった。すぐには思いだせなかった。

「そうですが」

口調を改め、警戒しながらいった。刑事部を離れて二年がたっていたが、すばやく服役《つとめ》に入っていた昔の自分のほしを思いかえした。

「古芳だ。小学校三年まで同じクラスだった——」

声はいった。

「カズか!?」

即座に金村は思いだした。いじめられっ子だった自分を、いつもかばってくれた無口な同級生を。

古芳のかばいかたは独特だった。金村がいじめられているところへ、いつのまにか現われ、いじめっ子とのあいだに無言で立ちはだかるのだ。ひと言も喋《しゃべ》らない。ただ黙って、いじめっ子どもの顔を見つめる。それだけでいじめっ子は立ち去っていった。

一度だけ、年上の、いじめっ子の兄がそこにいて引きさがらなかったことがある。

——何や、お前、どけ

古芳の肩をつきとばした。だが古芳はびくともせずにその兄を見返した。

――やんのか、ん？　やんのか!?

居丈高になった中学生はさらに古芳を小突いた。そのとき初めて、古芳が口を開いた。

「卑怯者《ひきようもの》」

ひと言だけだった。そしてあっけにとられている中学生にむしゃぶりついていったのだ。勝負はあっというまについた。押し倒された中学生は腰を打って動けなくなり、古芳は金村の手をつかんで逃げたのだ。

数日後、古芳は顔を大きく腫《は》らして登校してきた。そのときの中学生に仕返しされたのだという噂《うわさ》だった。金村は古芳に訊《き》いた。もしそうなら、あやまらなくてはならない。

――転んだんや
古芳はいいはった。何度訊いても、教師が訊いても、そうとしか答えなかった。

「そうだ」

幼馴染《おさななじみ》は答えた。

「今どこからかけてるんだ？」

金村は訊《たず》ねた。

「そっちの近くだ。――会えないか」

「ああ。いってくれ、どこへいけばいい」

古芳の口調は重かった。警官としてのキャリアが、この幼馴染がトラブルに巻きこまれていることを知らせた。

古芳は一軒の喫茶店の名を口にした。県警本部のある市からはローカル線で十五分ほどの駅のそばだ。

「いつ、これる？」

古芳の声はためらいがちだった。古芳と話すのは、四年ぶりくらいだろう。会うとすれば、十年かそれ以上になる。

「急いだ方がいいのか」

「できれば」

「今からいく」

金村はきっぱりといった。

「すまない。それと……ひとりで頼む」

自分の勘が外れていないことに満足しながらも、新たな緊張感を覚えて、金村は電話を切った。

古芳が自分と同じ職業を選んだことは知っていた。しかし今の自分とは、およそかけ離れた立場にいるのだろう。だからこそ、ひとりでこい、といったのだ。それは、金村に対する思いやりでもあった。

黒い鳩の群れの中にいる一羽の白い鳩、それが少し前までの金村だった。その鳩は別の群れに移され、自由に空を飛び回れなくなった。今の金村の仕事といえば交番の設置やそのメンテナンスなどの事後処理だ。たぶん、残りの警官人生のほとんどを書類やコンピュータと向かい合って過すことになる。拳銃《けんじゅう》や特殊警棒を身につける機会は、制服勤務にでも戻されない限り、二度とない。

金村は電話を切ったあとも、十五分ほどは仕事をつづけるふりをした。白い鳩が移されたのは灰色の鳩の群れだった。中に、黒い鳩と仲のよい者もいるのだ。目立つ動きは禁物だった。

十五分後、金村はトイレにでもいくような素振りで立ち上がった。課の部屋をでて、そのまま県警本部の建物をあとにした。通勤に使っている車は本部裏手の駐車場にある。そこはパトカーなどは止めてはいけない規則になっていた。したがって昼間はほとんど人影がない。

金村は自分のギャランで待ちあわせ場所に向かった。

車は喫茶店の前に止めた。店内に古芳らしい男の姿はなかった。十年会ってはいないが、最後に会ったときの体つきを考えれば、人ちがいをする心配はない。金村も体格には恵まれていたが、古芳に比べればひと回り小さい。

コーヒーを注文し、金村は古芳を待った。このあたりは農業とサラリーマンの兼業が多く、比較的裕福な土地柄だった。喫茶店には、サラリーマンに嫁ぐつもりだったのが農家の嫁になってしまい、それでも姑《しゅうとめ》との闘いに勝ちをおさめた若い主婦たちが軽自動車を乗りつけては、午後のお喋りに余念ない。

コーヒーを飲み始めて五分ほどたったとき、店の電話が鳴った。カウンターの内側で主婦たちとのお喋りに加わっていた中年の「ママ」が電話をとった。

「トシハル様、お電話です」

主婦たちの視線が集中するのを感じながら、金村は席を立った。

「もしもし」

「すまない。車できたんだな」

古芳はいった。

「そうだ」

「じゃ店をでて、今車を止めている方向に二百メートルばかり走ってくれ。郵便ポストがある。その前で俺《おれ》を拾ってくれないか」

「了解」

金村は短くいって、電話を切った。勘定を払い、喫茶店をでるとギャランに乗りこんだ。

いわれた通り車を走らせた。郵便ポストは、駅からの小さな商店街が途切れたあたりにあった。その先は空き地と雑木林、そして畑だ。

金村はポストの前で車を止めた。天気はいいが人通りはない。古芳の姿はどこにも見えなかった。車の前に、無人の軽トラックが止まっているだけだ。

再び目を前に向けたとき、軽トラックの助手席の扉が開いて、無人だと思っていた座席から大きな人影が降りたった。古芳だった。あたりを見回すと、すばやくギャランの助手席に乗りこんできた。

古芳はひどい姿をしていた。どろどろのジャンパーに染みだらけのジーンズをはいている。そして何より、乗りこんできた瞬間、濃い血の匂《にお》いがした。

「車をだしてくれ」

古芳はいい、助手席のシートを倒した。金村は無言でアクセルを踏みこんだ。ギャランはすぐに畑の中を抜ける農道に入った。

「何があった」

金村は運転に集中しながら訊ねた。

「その前に訊いておきたいことがある。『クライン』から金を貰《もら》っているか」

低い声がかたわらから聞こえた。金村は一拍おき、

「いいや」

と答えた。そして同級生を見やった。同級生はほっとしたように右手をジャンパーの内側から抜いたところだった。もっている、と金村は直感した。こいつは、俺が買収された汚職警官だったら、撃つ気でいたのだ。

「――『クライン』に追われている」

古芳はいった。

「なぜ」

「『クライン』のボスの女を護衛していた。保護を求めてきたんだ、警視庁に」

最後の言葉は金村の耳に苦かった。

「わかる」

とだけ、金村は答えた。

「龍牙湖の別荘に隠れていたが見つかった。女は奴《やつ》らに連れていかれた。とり返したい。手を貸してくれるか」

金村はしばらく無言だった。身重の妻、敦子のことが頭に浮かんだ。子供が高校を卒業するまでは、今の職場に耐えようと思っていた。

「他に仲間はきていないのか、本庁から」

「俺は残りカスさ。最初によこされた連中は皆殺しにされた」

金村はすっと息を吸いこんだ。

「『はつや旅館』か」

「そうだ。あれがチームの全員だったわけじゃないが」

金村は息を吐いた。

「一課は死亡者の身許を発表しなかった」

「だろうな」

「くそ」

金村は低い声でいった。

「助けてくれるか」

「お前が頼れるのは俺しかいない」

「すまない。奥さんは元気か」

来月子供が生まれる、といいかけ、金村は言葉を呑《の》みこんだ。もしいえば、古芳は罪の意識を感じるだろう。

「ああ。ところでお前、怪我をしているのか」

「軽くな」

「見せてみろ」

金村はブレーキを踏んだ。調整池のほとりで、他に車はいない。

「大丈夫だ」

「馬鹿野郎」

いって、古芳の手をふり払い、ジャンパーをめくった。ウエストにさしこまれたトカレフの銃把《じゅうは》が見えた。そして左肩の先が削られて血まみれになっていることを知った。

「何でやられた？　そいつか」

トカレフをさした。

「いや、四十五だ。君国の使っている殺し屋だ」

「奴か」

金村は目をつぶった。

「知ってるのか」

「機動隊時代に俺がかわいがっていた後輩がいた。ハコ番勤務に戻されてすぐ、野郎がこっちの連中をホテルに集めているところにいきあわせた。後輩は非番だった。だが野郎が銃をもっているとにらんで、トイレでばんをかけた。彼女とそのホテルのロビーでお茶を飲んでいたんだ。彼女から聞いた話さ。後輩が野郎を追っかけてトイレに入っていき、しばらくすると野郎が何もなかったようにでてきた。何時間かたってようやく、頭を撃ち抜かれた後輩が、ホテルの裏で見つかった。野郎はトイレの窓から死体をつき落としたんだ。俺はそのとき一課にいた。ほしは野郎しかいないと主張したんだが、結局、飛ばされた」

「今どこに？」

「警邏《けいら》総務さ。交番作るのが仕事だ、くそ」

「――きてるんだな、県警は」

「ぼろぼろだ。少しして、地元のやくざ者が自首したが、そいつじゃないことはわかってる。そんなことより、こいつは治療しないとまずいぞ。弾傷は化《か》膿《のう》が早い」

「いい医者を知ってるのか」

少し考え、金村はいった。

「幼女猥褻《わいせつ》でパクったことのある堕胎屋がいる。そいつのところにいこう。威《おど》せばやるだろう」

「すまない。それからナンバーを当たってくれ」

「車のか」

「そうだ。地元だ。いうぞ——」

金村は手帳をとりだした。古芳は地元ナンバーの三台の車を車種も含めて、暗唱した。

「わかった。コンピュータを叩《たた》けばすぐにわかる」

「それともうひとつ頼みがある」

「何だ」

「服を用意してくれ。これじゃ治療を受けても、外を歩けん」

金村は頷《うなず》いた。

「お安い御用だ」

金村は古芳を乗せて市内に戻った。堕胎屋はひと仕事を終えて、愛人の看護婦とお楽しみを始めようという矢先だった。金村はそいつが医師免許を失わずにすんだのが誰のお陰なのかを思いださせてやり、古芳を手術台の上にのせた。

古芳が治療を受けているあいだ、金村はデパートに走った。古芳にあうサイズの服は、そう種類がない。それでもコーデュロイのパンツとポロシャツ、人工皮革のジャンパーを手に入れた。

買物を終えると退勤時間が迫っていた。いったん本部に戻った方がいいことはわかっている。しかし、古芳をひとりにしておくことはできなかった。

堕胎屋の産婦人科に戻り、古芳に新しい衣服を渡した。堕胎屋は麻酔を使わず処置をしたといった。それを聞いてかっときた金村は堕胎屋を殴りそうになった。が、堕胎屋は泣きベソをかきながら、そうしろと古芳にいわれたのだといった。

金村は古芳を車に乗せ、自宅まで走らせた。ローンで買った建売りの3LDKだった。車で片道四十分かかる。

「立派な家じゃないか」

そうほめてくれた古芳に、

「田舎だからな」

金村は首をふった。頭金の半分は敦子の実家が肩代わりしてくれたのだ。

敦子には電話をかけてあった。大きく腹のせりだした敦子を見て、古芳は一瞬、言葉を失くしたようだった。

「いつ、生まれるんですか」

「来月です」

はにかんで答える敦子に、古芳が後悔したような表情を浮かべたのを、金村は見逃さなかった。

　狭い書斎でふたりきりになると古芳はいった。

「俺はすぐに失礼する」

「馬鹿いうな。俺がナンバーを洗っているあいだ、お前がいちばん安全に待っていられるのはここなんだぞ」

「そういう問題じゃない」

「とにかく、女房には飯を作れといってあるんだ。俺はこれから本部に戻って、コンピュータを叩いてくる。いって帰って二時間ちょっと——九時頃には戻ってこれる」

「金村——」

　古芳は痛みのこもった目を金村に向けた。

「助けたいのだろ、その女を」

「そいつは俺にもわからん。ただ……君国に会いたいのさ」

　古芳は目を伏せた。

「君国に？」

「ああ」

「パクるためか」

　古芳は一瞬、口ごもった。

「そんなようなものだ」

何かがあったのだ。刑事としての領域をこえる何かが、古芳と君国のあいだにはあったのだ。金村は直感した。だが、あえて訊《き》こうとはしなかった。

「とにかく待ってろ」

古芳にいい、金村は書斎をでていった。ビールとつまみを用意していた敦子にいった。

「ちょっとでかけてくる。奴は待っている」

「あら」

敦子は驚いたようにいった。

「お食事、どうします？」

「先にだしてやってくれ。それと、なるべく奴をひとりにしておいてやれ」

「わかりました」

敦子は頷いた。台所からはうまそうな煮物の匂いがしていた。金村が友人をこの家に連れてきたのは初めてのことだった。今、本部に、金村の友人と呼べる人間はひとりもいない。麻雀《マージャン》の相手は、一課時代につきあいがあった密告屋や更生したチンピラどもで、とても家に連れてこられるような手合いではない。敦子はだから腕によりをかけたのだ。

金村は身重の妻への愛おしさがこみあげるのを感じた。

県警本部の警邏総務の部屋にはもう誰も残ってはいなかった。捜査課とはちがい、ここでの仕事は本当の役所仕事なのだ。

金村がまずしたのは、拳銃《けんじゅう》保管庫へ向かうことだった。拳銃をひきだすのは、捜査一課をでて以来初めてだ。金村が官給されているのは、コルトの撃鉄内蔵式のオートマチックだった。三十二口径で、ひどく年式の古いものだ。

幸いに保管庫ではひきだし理由を疑われずにすんだ。年に二度の射撃訓練が、出張の都合で明朝早くに変更になったといういいわけが通ったのだ。

金村はショルダーホルスターごと拳銃を通勤用の書類鞄《かばん》につっこんだ。その足で交通課に向かう。

交通課にも人は少なかった。が、ここではコンピュータを誰かに叩かせねばならない。

金村は、手の空いていそうな、若い課員に歩みよった。食堂などで会っているので、互いに顔は知っている。確かこの春に内勤になったばかりの巡査だ。

「よう」

「珍しいですね。残業ですか」

コンピュータをおいた机の前でのんびりと出がらしの茶をすすっていた課員は顔をあげた。

「いや。そんなものじゃない。実はな、知りあいが車を当て逃げされてな。止めといてやられたんだが、何台か疑わしいのがいて、どれだかわからんのさ。ただ近くの人間が、夜だったんで車は覚えてないが運転していた奴《やつ》は見てる。それがどうも女らしくてな。ちょっとナンバーをあたってみてくれないか」

「いいですよ。完全なナンバーがあるんですか」

「ある。これだ」

金村はメモをとりだした。若い課員はそれを見つめ、

「三台ですね」

とつぶやいた。両手はすでにキィボードの上にのっている。

メモを見つめたまま指先がカシャカシャと動いた。

金村にはこのブラインドタッチができない。捜一ではそんなものはさして必要ではなかった。だが今の課では、山ほどの書類を作成しなければならない。金村の、雨だれ式のキィタッチは、他の課員の何倍も時間がかかった。

努力すれば身につくだろうとはわかっている。しかしそんなものに努力する気はなかった。金村は猟犬なのだ。猟犬が早くキィボードを打てるようになったからといって何になる。猟犬以外の仕事で有能になる気はさらさらない。

捜査畑から外されたとき、金村は、徹底的に県警のお荷物になってやろうと決めたのだ。

それにしても鮮やかな手並みだった。まるで体のごく一部のようにキィボードを使いこなしている。

あと十年もたてば、刑事ですらこの程度の技術は要求されるようになるかもしれない。だとすれば、結局自分は警官をやめざるをえないのではないか——金村は苦い気持で思った。

訊きこみや尾行、勘を働かせる捜査よりも、コンピュータを使ったデータ優先の捜査。令状をもって、夜明けにドアを蹴破《けやぶ》る仕事など消えていく運命なのだ。

「でましたよ」

金村は画面をのぞきこんだ。とたんに息を吸いこんだ。

三台の車はそれぞれ持主がちがっていた。二台は外車で、一台は国産のワゴンだ。ワゴンは、法人の名義になっていた。

「株式会社　橋内《はしうち》産業」

「女はいませんね」

その名前に心あたりがないのか、若い課員は気のない口調でいった。

「そうだな。だが一応メモをとっておくよ」

金村は答え、手帳を開いた。二台の外車の持主は、森末道夫《みちお》と比佐《ひさ》徹《とおる》という男たちの名になっていた。

二人とも橋内産業の社員だ。橋内産業は、もともと地元にあった大一会《だいいちかい》という暴力団から分かれた組織だった。「クライン」がこの土地に触手をのばしたとき、アフター・バーナーの小売をうけおったのが橋内産業だ。社長の橋内は、大一会の幹部だった。今、大一会は存在しない。主だった幹部はすべて殺され、残った組員の大半が橋内産業に吸収された。

「ベンツ、ベンツですよ。何者ですかね」

若い課員がつぶやいた。金村はその無知に、腹を立てるのを通りこし、哀れになった。かつては、たとえ内勤であろうと警察官は管内の暴力団はすべて知っていた。その主だった幹部の名も暗記していたものだ。

今ではそれがない。大一会が消え、表向きには、管内には十人以上の組員を抱える暴力団は存在しないことになってしまった。橋内産業の名を知るのは、現場の捜査員だけだ。そしてそのすべてが、黒い鳩の群れなのだ。

「何者かな。まあとりあえず向こうに伝える。どうもすまん」

「いいえ」

金村は課員の肩を叩き、交通課をでていった。

75

金村を見送った交通課の若い巡査は、しばらくその姿が消えた課の入口を見つめていた。

巡査は、金村の、名前は知っていたが、その経歴については何も知らなかった。内勤に移って、七カ月が過ぎていた。もともとハコ番などの仕事は好きではなく、のんびりとしたデスクワークがやりたかったのだ。警官になったのは、勤め先の少ないこの田舎で、食いはぐれのない公務員も悪くないと思ったからにすぎない。

たいして成績はよくなかったが、母方の叔父《おじ》が県警本部にいて、口をきいてくれたのだ。内勤も、その叔父がとりはからってくれた。

叔父は親戚《しんせき》の中では、いちばん金回りがよく、役所帰りによく酒を奢《おご》ってくれる。家作があるわけでもないのに、こづかいが豊富で、十《とお》下の愛人に駅前でスナックを開かせているのだった。

巡査はその叔父からいい含められていたことを今思いだしているのだった。

〝橋内産業という名がでてくるようなことがあったら何でもいいから俺《おれ》に知らせてくれ〟

わけは聞いていない。たぶん叔父の古い友人なのだろう。ひょっとしたら役員の名義でも借りているのかもしれなかった。

巡査は机の上の電話に手をのばし、時計を見た。

この時間、叔父は、例のスナックにいるだろう。最近、フィリピンから新しい娘たちが入ったという話だ。ひょっとしたら今夜は、その娘をひとりあてがってくれるかもしれない。

76

金村はできるかぎり車を飛ばして家に戻った。妻の敦子はキッチンの食卓で金村の帰りを待っていた。

「お帰りなさい」

「奴は？」

「さきほどお食事を運んだのですけど、あまり手をつけて下さらなくて……」

「疲れてるのさ。長旅だったらしいからな」

敦子は無言で頷《うなず》いた。食卓に並んだ皿に金村は目を落とした。

「うまそうだ。俺も食いたいな」

敦子の顔が輝いた。

「はい。今、あたため直します」

「じゃあビールといっしょに、俺の書斎にもってきてくれないか。奴と話をしている」

「はい。すぐに」

金村は書斎のドアをノックした。

「俺だ。今、帰ってきた」

ドアが開かれた。古芳は右手をうしろに回していた。金村がひとりで戻ってきたかどうかを疑っているのだ。

「無事だったか」

訊《たず》ねた古芳に、

「ちょろいもんだ」

金村は答えた。

「傷の方はどうだ」

「何てことはない。それより車の方は？」

「わかった。三台とも『クライン』のものだ」

「そんなことはわかっている」

かつての同級生は表情をまるで動かさずにいった。いかついその顔には、大小さまざまな傷があった。

いったいこの男はひとりで何人の「クライン」を敵に回してきたのだ——金村は思わずにいられなかった。

「持主の住所は手に入ったのか」

古芳は訊ねた。

「もちろんだ」

「俺をそこへ連れていってくれるか」

「お安い御用だ」

「そうしたら帰ってくれ」

「馬鹿をいうな！」

怒った金村がさらに言葉をつづけようとしたとき、書斎のドアがノックされた。敦子だった。

「失礼します」

敦子は盆に、湯気のたちのぼる料理をのせ、運んできたのだった。冷えたビールとグラスもいっしょだった。

「お代わりもありますから」

敦子は金村を見て微笑《ほほえ》んだ。

「すまん。遅くなるかもしれんから先に寝《やす》んでてくれ」

「ええ。きっと積もる話がいっぱいあるんでしょう」

敦子は盆を大きな腹の上で抱き、いった。

「俺は子供の頃、いじめられっ子でな。いつもこのカズが助けてくれたんだ」

「あなたがいじめられっ子⁉　まさか」

敦子は大きな目をくるりと回していった。

「本当さ」

「嘘《うそ》ですよ、奥さん、信じちゃいけない」

古芳が首を振った。

「そうね。信じられません。いじめっ子だったっていうのならわかるけど……」

「何てことをいうんだ、女房のくせに」

敦子はおかしそうに笑った。

「今度、主人の子供の頃のことを話して下さい」

古芳は微笑んで頷いた。

「生まれてくるお子さんはどちらか、わかっているんですか」

金村が答えようとすると、敦子がすばやくいった。

「わたしにはわかってるんです。お医者さまが教えてくれましたから。でもこの人は聞きたくないって。わかっていたら、生まれたときの感動がないからって――」

「もう、いうな」

金村は急いでいった。敦子は再び笑い声をたてた。古芳がいった。

「どっちにせよ、奥さん似であることを祈りますよ。ガキの頃のこいつときたら、それはひどい面《つら》で」

敦子は身をよじった。

「よくいえるな、自分の面をタナにあげて」

「――どうか、ごゆっくりしていって下さい。お泊まりになれるように、向こうの和室に布団をしいておきましたから」

敦子は嬉《うれ》しそうにいって、書斎をでていった。

足音が廊下を遠ざかっていくと、古芳が口を開いた。

「いい嫁さんだな」

「ああ。田舎者だからな、明るいのと働き者なのが取り柄だ」

「結婚式もでたかったんだが――」

「お互い商売だ、仕方がない。そっちはどうなんだ。いい人はいるのか」

古芳の目が翳《かげ》った。

「今年の春にあったホテル襲撃を覚えているか」

「本庁の婦警が殉職したという奴《やつ》か」

古芳は小さく頷いた。

「君国の情婦を保護しにひとりでいったんだ。ひとりの方が目立たない、という理由で上司から特命を受けてな」

古芳の声は低くなった。

「それが――お前の……？」

古芳は淡々といった。

「羽田空港で指輪を渡した。プロポーズのつもりで」

金村はそっと息を吐きだした。

「そいつはひどい――」

古芳が深々と息を吸いこんだ。

「俺も、自分があんなに荒れるとは思わなかった。お前も知っているように俺はひとりぼっちに慣れているつもりだった。親父が死に、弟が死に、お袋が死んで……。なのに、恋人だった明日香が死んだとき、何だかわからないが、何のために自分が生きているのかすらわからなくなっちまった。やけくそって奴だ。酒くらって、『クライン』の売人を街で見かけたらひとり残らずぶち殺してくれようかと思ったこともあった。役所休んで街をホームレスみたいになってほっつき歩いてた。あるとき、追っかけられてる売人のチンピラとでくわした。まだ子供だったよ。高校生くらいのもんだ。

魔がさしてな。アフター・バーナーよこしたら逃がしてやるっていった……。いったい、アフター・バーナーってのがどれくらいのものなんだか、もしやったら、このどうしようもない気分が少しは晴れるのかって……」

金村は声を押し殺して訊ねた。

「で、逃がしたのか……」

「ああ。だが結局そいつはパクられて、俺は、本来なら懲戒免職になるところを、格別のお情けでもって停職ですんだ。停職が明ければ、たぶん本庁をはずされてどっかの所轄いきだろう。ところが、その停職の最中に、上司から電話がかかってきたんだ。復《ふく》讐《しゅう》の機会をやる、とな」

「それが君国の女のボディガードか」

「恋人が最初に受けて殺された任務が俺《おれ》に回ってきた。上司が二番目に編成した特別チームは全滅した。本庁にもスパイがいることはわかっていた。彼女が殺《や》られたのは、ホテルが向こうに知られていたからだからな。上司は最後の手に俺を使ったってわけだ。もちろん俺は停職中だから、公の活動ができない。応援も要請はできん。だが上司はそれでよかったのさ」

「どういうことだ」

古芳は煙草の袋をのぞきこんだ。空だったのか握り潰《つぶ》した。金村は自分の煙草を手渡した。

「囮《おとり》なんだ」

火をつけ、古芳はいった。

「いや、囮だった、というべきかもしれん。彼女と君国の女が襲われて、君国の女だけが生き残った。当初はふたりとも死亡したと伝えられていた。もし生き残ったのなら、そのまま死んだと君国には思わせておけばよかったのを、上司は公表した。もちろん内うちにだがな。どういうことか」

「スパイ狩りか」

「そうだ。獲物がまだいるってことを猟師に教えてやったのさ。そしてその獲物に向けてどこから鉄砲玉が飛んでくるかで、スパイの正体をつきとめようとした」

「うまくいったのか」

「わからん」

古芳は首を振った。

「わからん、とはどういうことだ」

金村は訊ねた。

「上司が撃たれちまったのさ。ＩＣＵだ、今は」

金村は目をみひらいた。

「まさか」

「本当だ。撃ったのは、同じ保安の部長刑事《でかちょう》だ」

「撃った奴はどうなった。そいつから――」

古芳は首をふった。

「死んだ。撃ちあいになったらしい。信じられるか。刑事どうしが本庁の中で撃ちあったんだ」

金村は目を伏せた。

「俺には信じられる。『クライン』は、身内には甘いんだ。転んだ刑事の家族に病人がいりゃあ病院を紹介してやり、子供には就職の世話をする。そのかわり逆らった野郎はとことん潰される」

目をあげ、古芳を見すえた。怒りがこみあげてきた。

「奴らが銭だけで刑事を転ばせていると思ったら大まちがいだ、カズ。それだったら、県警はこれほど駄目にはなるもんか。もっと濃いのさ。地縁、血縁を最大限に利用して奴らは入りこんできやがる。組合みたいなものなんだ。入ってない奴は爪弾《つまはじ》きさ。俺がそうだ。捜一を外されて、下らねえ書類ばかりだ。交番におく便器の型がどうしたとか、電球は何ワットがいくつついているとか……」

古芳は首をふった。

「よほど辞めちまおうかと思ったさ。だが敦子がいて、子供も生まれてくる。俺は決めたんだ。この際、思いきり県警のお荷物になってやろうとな」

古芳は厳しい表情のまま黙った。

怒りが少しおさまってくると、金村はいった。

「だが本庁のスパイはそれで片がついたのだろう」

「いや。課長を撃ったのは捨てゴマだ。君国は、本当のスパイがばれないように先手を打ったのじゃないかと俺は思っている」

「なぜそう思うんだ」

「部長刑事じゃ小物すぎるんだよ。明日香が泊まっていたホテルを知っていたのは、もっと大物だ」

「誰だかわかっているのか」

「多分な」

暗い表情で古芳はいった。

「課長も見当がついているのじゃないかと思う。だからこそ罠《わな》をかけた。ところが当の本人が撃たれちまって身動きがとれない」

金村は息を吸いこんだ。

「どうしようもねえ、か……」

だが古芳は淡々といった。

「俺にはスパイは関係ない。その野郎だってしょせんは君国の飼い犬だ。飼い犬をぶち殺せばただの野良犬なんだ」

「君国を殺る気なんだな」

「そうだ。俺が任務をうけたのもそのためだ。野郎を殺るチャンスがあるかもしれないと思ったからさ」

「君国の女はどうなんだ」

金村が訊《たず》ねると、古芳は顔をそむけた。

「わからん」

「わからん？　わからんとはどういうことだ」

「俺は初め、その女が許せなかった。その女さえいなけりゃ俺の恋人の明日香は死なずにすんだ。だから女のことは、とことん君国を殺るためのエサにしてやろうと思っていた」

「そうはいかなかったのか」

古芳の顔がつかのまだが苦しげになった。

「妙なんだ。似ているんだよ、そいつが」

「誰に」

「明日香だ。顔も体もぜんぜんちがうのに、何ていうのか、根性が似ているんだ」

いって古芳は金村の目を見つめた。

「明日香っていうのは、とんでもないハネ返りだった。大女で、しかも古武道の達人なんだ。奴の蹴《け》りはハンパじゃない。一発のキックで大の男が昏倒《こんとう》するんだ。色気なんかまるでなくて、いつも肩肘《かたひじ》張っているような女さ。なのに妙にかわいいところがあった。俺たちはコンビだった。ガサ入れも検挙もしょっちゅういっしょに動いてた。だから修羅場になったとき、奴の考えることは全部俺にはわかった。互いに命を預けあっていたからな……」

「君国の女っていうのは、そんなに強いのか」

金村は驚いて訊ねた。この古芳がそこまで認めるとなると、半端ではない。

だが古芳は首をふった。

「いや、まるで素人だ。細っこくて華奢《きゃしゃ》で、それこそ顔はすごい美人だが、まるで人形さ。ちょっとでも殴られたら粉々に砕けちまいそうな感じなんだ。なのに、俺といて弱音をひとつも吐かない。刺された俺を車にかつぎこんで車を走らせて、龍牙湖の別荘じゃ顔色ひとつ変えず、俺の治療をした。並の根性じゃない。別れ別れになった今朝まで、殺し屋どもに追っかけられているってのに、恐いのこの字もいわない。そんな根性のある女、そうはいない。俺が今まで知っている限りじゃひとりだけ、明日香だけだった」

金村はじっと古芳を見つめていた。そして古芳が苦しんでいる理由をようやく悟った。

そして古芳自身はまだ、その理由に気づいていないこともわかった。

「その女を助けたいのだろ」

「ああ」

古芳は低い声でいった。

「奴はきっと今、君国といる。俺は君国を殺って、女をとり返したい。だがふたつはきっと無理だろう。そうだとすりゃ、あの女をあきらめるしかない」

苦渋のにじんだ声だった。

「カズ」

「何だ」

「お前はその女に惚《ほ》れてるよ」

古芳はかっと目をみひらいた。

「馬鹿をいうな！」

「いや、惚れてる。だから苦しいんだ。聞け。お前は、その明日香さんをなくした苦しみが消えていないのに、別の女に惹《ひ》かれかけている自分が許せないんだ。だからふたりが似ている、と思うことで、どこかごまかそうとしている――」

「ちがう、本当に似ているんだ」

古芳は強い口調でいった。金村は頷《うなず》いた。

「いいだろう。似ているとしよう。お前は強い女が好きだ、だから明日香さんに惚れた。ちがうか」

「強いだけだったわけじゃない――」

「わかってる。それだけじゃ、男は、女といっしょになりたいなどとは思わんさ。結婚に関しちゃ、悪いが俺はお前の先輩だ。いっしょになろうとまで思うのには、ひとつだけじゃない、いくつもの理由がある。だとしたら、だ。お前が明日香さんを好きになったのと同じような理由が、その女にはあるのさ」

「俺はそんなつもりで奴《やつ》を見ちゃいない」

「それは見られないだろう。明日香さんをなくして、お前の性格なら、とても他の女に気持など向けられなかったろうからな。お前はお前自身を、それじゃ許せん」

「そうだ。だから――」

「だからじゃない。なのに、なのさ。なのに、彼女に惹かれちまった。それをお前は否定したいから苦しんでいる」

　古芳は顔をそむけた。

「そんなことはあるものか。ただ、はつみが明日香に似ているから……明日香を思いだしちまって、気になるのさ」

「いいじゃないか、それだって。似ているから惚れるのが、そんなに悪いことなのか」

「はつみは君国の女だ。明日香が死んだ原因になった女なんだ」

「だがお前は助けたい、そうだろ」

　古芳は歯をくいしばっていた。切なさがありありとその横顔にはあらわれていた。金村はそれを見つめ、胸が塞《ふさ》がるのを感じた。

この、恐れるもののない、タフで強い、意志のかたまりのような幼馴染《おさななじみ》が惚れた女を二度失うことを恐れている。

ひとりめを失い、ふたりめは絶対に失いたくないと、心の奥底で叫び声をあげている。

どれほど家族に縁薄く、どれほどひとりぼっちにされても、今まで一度たりとも、「寂しい」という言葉を吐かなかったこの男が、今、女を失う恐怖に心を痛めているのだ。

「助けようぜ、その女を」

金村はいった。

「君国はそれから殺ればいい。俺たちふたりなら、きっとできる」

77

夜になっても、君国はつみをひとりにしておいた。もちろん、もう二度とは逃げだせないように部屋の前に見張りをつけてある。

君国は別荘の奥にある書斎にいた。

書斎は、田舎やくざの典型であるこの別荘のオーナーの、見栄の部屋だった。価値もわからないまま買い集めたにちがいない書画や壺《つぼ》がところ狭しと並んでいる。

書架には、背文字だけが立派で、一度も手にとられたことはないであろう文学全集が満たされていた。

オーナーがこの別荘にきてすることといえば、せいぜいが子分どもを乗せて船をだし、釣ってきた魚で酒盛りをするか、ボディガードをひき連れてゴルフをするくらいだろう。建物や内装の趣味は悪くないが、金にあかせて設計士やデザイナーにやらせたものにちがいなかった。

まるで教科書通りの造りが、いかにも持主の趣味の貧困さをあらわしている。大きな紫檀《したん》のデスクにのったランプを点《とも》し、それ以外の明りをすべて消した書斎で君国は本を広げていた。

カーテンを閉めた窓の向こうから、かすかに海鳴りが忍びこんでいる。静けさに満ちた屋敷の中で、フランツ・カフカのもつ残酷な寓意《ぐうい》性《せい》はひどく自然に君国の心に溶けこむのだった。

ノックの音がしたとき、君国はデスクの上におかれた飾り時計にまず目を向けた。半球型のガラスのケースにおさめられた、純金とダイヤの文字盤をもった置き時計だ。十時にあとわずか、という時刻だった。

「何だ」

ドアが細めに開かれ、神が姿を見せた。

「古芳の手がかりがつかめました」

君国は皮ばりのリクライニングチェアに背中を押しつけた。

「居どころじゃないのか」

「こちらの県警の金村という男といっしょにいると思われます」

「県警の？」

「地元の話では、捜査一課を外された造反分子だということです。古芳との関係はわかりませんが、その男が今朝の狩りに使った車の番号を交通課に問いあわせてきたそうです。そこで少し調べさせたところ、今日の午後に知りあいの医者に血まみれの大男をかつぎこんでいたことがわかりました」

「助けたわけだ、古芳を」

神は無言だった。

「その男の家はわかるか」

「わかります」

「お前がいけ」

君国は命じた。

「もし古芳がいなければ、どこにいったかを吐かせろ。古芳を見つけて、連れてこい」

「承知しました」

「何時でもいい。それと、何をしてもいい。目的を果たせ」

神は頷いた。ドアが再び閉まった。

78

久しぶりに装着したショルダーホルスターは、妙におさまりが悪かった。金村はいくどか上着の中に手をさしいれてストラップの位置を調節した。

金村と古芳は、駅前の繁華街に近い路上に止めた金村の車の中にいた。

「――妙だな」

金村はいった。

「何がだ」

古芳が訊《たず》ねた。

「今日はやけに奴らの数が少ない。売人もあまりでてないようだ」

「なぜだと思う」

低い声だった。キャップをま深にかぶり、金村が買ってやったジャンパーの襟に顎《あご》を埋めるようにしてすわっている。

「昔なら抗争《でいり》だな。抗争が始まれば、用もないのにうろつく奴はいなくなる。動くときは固まってぞろぞろとやってきたもんだ。だが今は、抗争の相手なんかいやしない。橋内の若い奴らは肩で風を切ってやがったもんだが――」

「自粛命令がでたか」

「かもしれん。よほど大物がきているか」

「君国だ」

古芳がいった。

「君国がきているんだ。だから売人をうろつかせないんだ。万一何かあって、君国とつなげられるのを恐れてる」

「それだけじゃないと思うが――」

いいかけ、金村は言葉をとぎらせた。ようやく見覚えのある顔を雑踏の中に見出したからだった。

橋内のチンピラ、ふたり組だった。ひとりはアフター・バーナーの売人を何人か束ねていて、そこそこの顔だ。名前は確か吉木《よしき》といった筈《はず》だ。

「いたぞ」

吉木と連れは、消火栓のまん前に堂々とＢＭＷを乗りつけ、降りたったところだった。目抜き通りを一本外れた、飲み屋街の細い小路に入っていく。

「はさみうちだ。カズはあとを追っかけてくれ。俺《おれ》はそこの飲み屋横町の出口に回る」

「わかった」

古芳はいって、ギャランのドアを開いて降りた。大柄な体を目立たないように背中を丸め、うつむいて歩いていく。

金村はギャランを発進させ、すばやくハンドルを切って、飲み屋街と平行する一方通行を走った。飲み屋街へは車は進入できないようになっている。一方通行をでると車をバックさせ、飲み屋街の出口を塞《ふさ》ぐようにして止めた。

心が弾んでくるのを感じた。いったいどれくらいぶりだろう。また街にでて、悪《わる》を狩っている。しかも相棒は幼馴染だ。

ギャランを背にして立つと、わずか五十メートルほどの細い飲み屋街に目を向けた。吉木とチンピラは気づかずに、並んだネオンを見あげている。そのすぐ背後に頭ひとつ大きな古芳が迫っていた。

金村はゆっくりとふたりに歩みよっていった。

「よう」

声をかけられて初めて、吉木は金村に気づいた。一瞬嫌な顔をしたが、すぐに相手がもう捜査員でないのを思い出したのか、強気にでた。

「久しぶり、すね。なんすか。飲みにきたんすか」

「なあ」

金村は逃さないように、肩を抱くふりをして吉木の首をつかんだ。かたわらのチンピラが、

「なんだてめえ――」

といいかけ、息を詰まらせた。古芳の左腕が宙から降ってきて、喉《のど》を絞めつけたからだった。

吉木は連れの方をふり返り、古芳に気づくと息を呑《の》んだ。それを見た瞬間、金村は「触れ」がでていると勘づいた。橋内産業には、古芳を捜せという指令が渡っている。

古芳に喉輪をかまされ宙吊《づ》りになったチンピラが激しく足をばたつかせた。

「どうやらこのお兄さんを知っているようだな、え？」

金村は吉木の首をつかんだ手に力を加えた。吉木は目をみひらき、古芳の顔を見つめたまま、首をふろうとした。

「俺ぁ、知らねえ」

「そうかい。ちょっとつきあってもらおうか」

「何の権利だよ！　冗談じゃねえぞ！」

吉木はわめきだした。金村はすばやく鳩尾《みずおち》に短いパンチを放った。吉木がぐっと息を詰まらせる。

耳もとに囁《ささや》きかけた。

「手間かけるんじゃねえ、チンピラが」

あたりを見回した。雑居ビルのすきまに人目につかない袋小路があった。そこへ吉木をひきずりこんだ。

古芳はチンピラを吊るしあげたまま、あとをついてきた。ちょうど古芳の背中が通行人からの視線をさえぎる盾になる。

金村は吉木を雑居ビルの薄汚れた壁に押しつけた。吉木の頭上には、古い換気扇の脂ぎった吹出口がある。

「客人がきてるだろう、え？」

　吉木はぐらぐらと首をふった。

「知らねえよ」

「そうかい」

　金村は顔をそむけ、いきなり膝《ひざ》を吉木の股間《こかん》につきあげた。

　吉木は体をふたつに折りかけた。それを引き戻し、壁に後頭部を叩《たた》きつけた。

「おーし、いい子だ。その調子でがんばれよ。久しくお前らいたぶってないんでな、楽しくてしょうがねえんだよ。客人はどこだ？」

「知らねえ……ってば……」

　金村は吉木の首をこわきに抱え、今度は顔面に膝蹴《げ》りを浴びせた。吉木の鼻が折れ、血が噴きだした。

「か、勘弁してくれよ――」

「嫌だね。どこにいる」

「本当なんだよ。きてるってのは聞いたけど、どこにいるかは知らねえ」

「そうかい。じゃ誰なら知ってる」

「か、幹部会」

「たとえば？　たとえば森末か？　ん？」

「も、森末さんとは連絡がとれねえよ。他にも何人も、連絡がつかない組員がいるんだ」

「そうかい。じゃそいつらは皆んな、くたばったか病院にいるんだろうよ。連絡がつく幹部は誰だ」

「な、中野さん」

「おう、中野か。橋内の下だったな。どこにいる」

「事務所に」

「なめてんじゃねえぞ、この野郎」

「本当です、本当に事務所にいるんです」

吉木は泣きべそをかいていた。

「橋内は」

「ご自宅です……」

金村は古芳をふり返った。古芳が、低い抑揚のない声でいった。

「俺を見つけたらどうすることになっていた？」

「じ、事務所に電話を……。手はだすなって……」

「じゃ、電話をしろ」

古芳はいった。金村は首をふった。

「そいつはまずい。橋内にはまだ山ほど兵隊がいる。押しかけてくるぞ」

古芳は空を見あげた。金村は吉木をひきよせた。

「お前らの使っている病院はどこだ」

「な、何ですか」

「とぼけるな。サツに知られたくない怪我はどこで治療してるんだって訊《き》いてんだよ」

「東由会《とうゆうかい》病院です」

「東由会？ なるほどな。考えやがったな」

金村は吉木をうしろ向きに立たせ、手錠をかませた。古芳をふり返り、

「いこう」

とうながした。

金村は古芳とともに、吉木とチンピラをギャランに押しこめた。車に乗りこむと、古芳がトカレフを抜いた。ふたりを暴れさせないためだった。トカレフを見て、チンピラはまっ青になった。

「こ、殺さないでくれ」

「お前らしだいだ」

金村はいって、ギャランをスタートさせた。助手席にうしろを向いてすわった古芳が訊ねた。

「東由会病院てのはどこにあるんだ」

「郊外だ。畑のまん中さ。もともと精神科が専門なんだ。一般の患者はほとんどこない。前から、患者を虐待してるって噂《うわさ》があったところだ」

車で一時間近くかかる距離だった。街をでると金村はスピードをあげた。東由会病院を内偵する話が捜一時代にでたことがあった。が、いつのまにかうやむやになって立ち消えた。橋内とのからみがあったからにちがいない。

東由会病院まであと数キロに迫った田園地帯で金村は車を止めた。あたりに人家はなく、使われなくなった農具小屋だけがある。

吉木とチンピラの身体検査をして携帯電話とナイフをとりあげた。二人の体をトランクにあったロープで縛り、農具小屋に転がした。少なくとも朝までは誰にも気づかれないだろう。

車に戻って走りだすと、金村は古芳に訊ねた。

「だいぶ怪我を負わせたのか」

「四、五人だろう。死んだのもそれくらいいる筈だ」

金村は首をふった。

「何の報告もきちゃいない。橋内の奴《やつ》らはよほどきれいに跡始末をつけたんだな」

「君国のさしがねだ」

「たぶんな。奴らにかかると、殺しが殺しでなくなるんだ。身代わりのほしでごまかすよりタチが悪い」

東由会病院は、使われなくなった農地を数区画買収して建てられたのだった。およそ千坪ほどの敷地の周囲に有刺鉄線をはりめぐらせ、四階建ての横長の病棟がその中心部にある。囲むように駐車場があって夜間でも煌々《こうこう》と水銀灯が点《とも》っていた。

「しめた。ゲートが開いてるぜ」

スライド式の鉄扉が開いてるのを見て金村はいった。

「付添いの組員たちの出入りのためだろう」

そう答えた古芳の言葉通り、影のない駐車場には遮光シールを貼《は》った高級車が数台止まっていた。

そのかたわらに金村はギャランを止めた。赤い明りの点った「緊急出入口」が病棟の横手にある。

ギャランを降りた二人はその出入口をくぐった。入ってすぐ左手に警備室があり、初老の制服警備員がいた。二人の姿を見ても、誰何《すいか》の声もかけず、テレビに見いっている。

金村は窓ガラスを叩《たた》いた。

「森末の兄貴はどこにいるんだ?」

横柄な口調でいった。

「橋内さんとこの患者さんなら、いちばん上の階の奥です」

警備員は怯《おび》えた口調で答えた。

「そうか。うちの人間、何人かきてんのか」

「若い方が三、四人ほど……」

金村は頷《うなず》いた。

「ご苦労さん」

警備室の先に観音開きのガラス扉があった。それをくぐるとすぐ階段だった。

「一気にカタをつけようぜ」

金村はいって、ショルダーホルスターから拳銃《けんじゅう》を抜いた。さすがに掌《てのひら》が汗ばんでいた。

古芳が首をふった。

「ここから先は、俺《おれ》にやらせろ。お前にはカミさんがいるんだ」

「馬鹿いうな。ひとりでいかせられるか。それに森末が与太《よた》を吹かしてもお前には見抜けない。地元の刑事《でか》じゃなきゃ、いってることが嘘《うそ》か本当かわからん筈《はず》だ」

古芳は黙った。目を伏せる。

「ふたりでやろうぜ」

金村はいった。

「すまん。久しぶりに会えたと思ったら、とんでもないことに巻きこんじまった」

「カズ。俺はけっこう楽しんでる。奴らを締めあげるのは、こんなに気持よかったっけという気分なんだ」

古芳は頷いた。迷いをふっきるようにいった。

「わかった。ただし俺が先頭だ。うしろを固めてくれ」

目には、絶対退かない光があった。金村はしかたなく頷いた。

「任せる。いこう」

古芳はトカレフを抜き、スライドを引いた。金村も同じく第一弾を薬室に送りこんだ。訓練場外での発砲は、もう三年も前に、一度威嚇でしただけだ。

古芳は足早に階段を駆けあがった。その体力に金村は驚きを感じた。今日の午後、再会したときの幼馴染《おさななじみ》は、血まみれで土色の顔をしていた。だが今のこの男は、撃たれた左肩がやや動かしづらそうなのを別にすれば、まるで苦痛を感じていないかのように見える。

もちろんその筈はない。体の痛みを越えるものがこの男を動かしているのだ。

四階にあがった。

古芳は平然と廊下を進み、ナースステーションの前をよこぎった。奥に看護婦と医師がいたようだが、注意を払う者はなかった。

ナースステーションの先に喫煙所があった。長椅《ながい》子《す》が二脚と灰皿がおかれている。その長椅子に、橋内の若い衆が四人いた。

男たちは古芳の姿に気づくと、あっけにとられたように目と口を広げた。

「てめ――」

立ちあがりかけたひとりの側頭部を古芳はトカレフの銃身で殴りつけた。灰皿を倒しながら転がった。

「動くなよ」

残りの三人に銃口を向けた。しかしひとりがブルゾンの下からリボルバーを抜きだそうとした。

古芳が発砲した。膝《ひざ》のすぐ上を撃ち抜かれ、男は悲鳴をあげた。

ナースステーションから医者と看護婦がとびだしてきた。

「そのままで！　警察だ！」

拳銃を右手に、警察手帳を左手にかざして金村は叫んだ。医師と看護婦は立ちすくんだ。

「中に入っていなさい。危険だ」

金村は背後をふりかえりながらいった。古芳は無傷の二人を、床に腹這《はらば》いにさせていた。四挺《ちょう》の拳銃をとりあげた。

「森末の部屋はどこだ」

見覚えのあるチンピラに金村は訊《たず》ねた。

「い、一号室」

リノリウムの床にべったりと頬《ほお》を押しつけ、チンピラは震え声で答えた。

「よし。そこにいろよ。ちょっとでも動いたら一発くらわすからな！」

撃たれた男の呻《うめ》き声に負けないように大声で金村はいった。拳銃をもつ手がかすかに震えていた。

一号室は廊下のいちばん奥にあった。古芳がドアを蹴《け》り開けた。

腰から下をギプスで固定された橋内産業の幹部がいた。ベッドから一歩も動けずにいる。

「こ、殺すなら殺しやがれ！」

森末はわめいた。

古芳はのばした右手に握ったトカレフの銃口を森末の左目に押しつけた。森末はひっと息を呑《の》んだ。

「一度しか訊かない。次はお前を殺して他の奴に訊く。君国はどこにいる」

森末の喉仏《のどぼとけ》が盛んに動いた。激しく瞬きする右目から涙がこぼれた。

森末は吐きけをこらえるように小刻みな呼吸をくりかえした。

「く、組長の別荘」

蚊の鳴くような声だった。

「聞いたことがない」

金村はいった。古芳は無表情で、拳銃を握る手に力をこめた。

「本当だ！」

森末が泣き声で叫んだ。

「岬にあんだよ……。秘密の別荘なんだ。抗争《でいり》になったらそこへ避難するつもりで作ったんだ……」

「はつみもそこだな」

「そうだ」

古芳は金村をふり返った。そういえば、橋内が要塞《ようさい》のような別荘を建てたという噂は聞いたことがあった。だが正確な場所や規模までは、本当の幹部連中しか知らないという話だった。

「場所をいってみろ」

金村はいった。

79

橋内産業の若い人間が、地図を頼りに捜しだしたのは、たいして大きくもない建売り住宅だった。周りにはまだ田畑が残っている。「金村」という表札が郵便受にでていた。

車を止めた羽佐間は神を見た。

「待ちますか」

「いや、お前はこい。あとの者は残れ」

神は無表情にいって、ドアを開けた。羽佐間はパーキングブレーキをかけるとあとを追った。

神は門灯のついた玄関までくると、コルトを抜いた。

玄関のすぐ横が台所のようだった。明りがつき、水を流す音が聞こえている。

「裏へ回れ」

神は低い声で羽佐間に命じた。羽佐間はベレッタを手に中腰で建売り住宅を回りこんだ。中にあの大男がいるかもしれないと思うと、緊張がこみあげてくる。会長は生きて連れてこいといったが、出くわしたら撃たずにいられる自信はなかった。

建売り住宅の庭側に、プラスティック屋根のガレージがあった。車は止まっていない。庭に面した窓にはカーテンが下りていた。

戻るとそれを神に報告した。

神は頷いた。拳銃をしまい、ドアのかたわらにあるインターホンを押した。

水音が止んだ。

「はい？」

インターホンから女の返事が聞こえた。

「県警本部の者ですが、巡査部長がお忘れになった書類を届けにきました。ご在宅ですか？」

「いえ。ちょっとお待ち下さい」

ドアの向こうで足音が聞こえ、錠が解かれた。ドアの前に立った羽佐間は、開いた女の姿を見た。妊婦だった。髪を短く切り、今にも生まれそうなほど大きな腹をしている。くりくりとした明るい目をしていた。

「ご苦労さまです」

女は羽佐間に目を止め、いった。神がドアを大きく開いた。女が驚いたようにふり仰ぐ。神の手にコンバットナイフがあった。

　ナイフは女の喉もとにつきつけられた。

「大きな声をだすと、腹の中の赤ん坊まで死ぬ」

　神はいって、玄関に入りこんだ。羽佐間はそのあとに従い、うしろ手でドアを閉じた。

　女が後退りするのにあわせて、神と羽佐間は家の内部へと進んでいった。

　小さな居間の、中央におかれたテーブルまでくると、女はうしろに回した両手で体を支えた。

「なんですか、いったい……」

　居間の中には、濃い煮物の匂《にお》いが漂っていた。

「旦那《だんな》はどこにいる」

　神は無表情に訊ねた。

「出かけています。それより――」

「静かに」

　神のナイフの刃が女の喉もとにあてがわれた。ゆっくりと神がナイフを滑らせると浅く皮膚が切れ、血がにじみだした。

　女は両目をいっぱいにみひらいた。涙が浮かびあがった。

「殺さないで……」

　ささやくような声だった。

羽佐間はそっと目をそらした。神はあくまでも淡々としている。

「客がきたろう？　大きな男だ」

「はい……」

「どういう関係なんだ？」

「幼馴染だって――」

「今どこにいる」

「知りません。ふたりで出かけて……。本当です」

沈黙があった。羽佐間はふり返った。

神はじっと女の目をのぞきこんでいた。女は恐怖に金縛りにあったように、神の目を見返している。

「――本当だな」

神が訊ねた。

「はい……」

「いつ帰ってくる」

「わかりません」

神がふと羽佐間の方を向いた。羽佐間は無言だった。神が考えていることはわかった。ここで待ちうけるか、それとも追うかを迷っているのだ。

神は再び女を見た。

「旦那はどんな風だった？　嫌々出かけていったのか。それともはりきっていた？」

「しゅ、主人は、元気でした。お友だちと久しぶりに会えて、嬉《うれ》しそうでした」

「そうか」

神は小さく頷《うなず》いた。

「その友だちは、何か話したか？　どこへ行くとか、何をしたいとか」

「いえ。何も。わたしの前では何も」

女は首をふった。神は目を伏せた。せりだした女の腹を見つめた。

「赤ちゃんがいる。そうだな」

「は、はい」

「いつ生まれる？」

「ら、来月」

「名前はもう考えたのか」

女は首をふった。

「男、女、どっちだ？」

女が唇をかんだ。

「わからないのか？」

羽佐間は思わず女を見つめた。知っているのだが、答えたくない——そんなようすにもとれた。

「わかりません」

女が答えた。震え声だった。

「嘘《うそ》はよくないな、奥さん」

神がいった。

「ほ、本当です」

女の顔は蒼白《そうはく》で、苦しげだった。

「ひとつ嘘をつくと、それまでに話したことすべてが嘘になってしまう。もう一回、やり直しだ」

「本当なんです！　知りません！　主人がどこへいったのか」

神はさっと女の口に手袋で蓋《ふた》をした。

「大声はいけないといった筈《はず》だ」

そして女の耳に口を寄せた。

「子供を産みたいか？」

女は口を塞《ふさ》がれたまま頷いた。目尻《めじり》から涙が流れ落ちた。

「だが父親はいないぞ。それでも産みたいか？」

女の目ははり裂けそうに開かれた。膝《ひざ》が崩れそうになる。

羽佐間は再び目をそむけた。男を痛めつけるのとも、若い女を犯すのとも、ちがう。

妊婦をいたぶるのは見たくない。

それに気づいたように、神が羽佐間をふりかえった。

「車に戻っていていいぞ」

静かな声音だった。羽佐間は小さく頷いた。ほっとした気持だった。

神に背中を向け、数歩歩きかけたとき、

「羽佐間」

呼びかけられ、ふりかえった。神がゆっくりとナイフの刃を女の喉《のど》に滑りこませていた。神の口もとには、悪戯《いたずら》を見られた子供のような笑みが浮かんでいた。

80

カーテンの外は闇《やみ》だった。その闇の底からかすかに海鳴りが響いている。

アスカはベッドに腰かけ、じっと身じろぎもせずにいた。

夕方の不安とは裏腹に、もう何時間もひとりきりだった。

寝室はバスルームも備えているので、アスカは一歩も部屋をでていなかった。屋敷の中からは、他の物音は何も聞こえてこない。

まるでアスカひとりを残して全員がこの屋敷から引き揚げたかのようだった。

もちろんそんな筈はない。扉の向こうには見張りがいるだろうし、君国はひょっとしたら隣の部屋かもしれない。

脱出の方法は思い浮かばなかった。窓の下は、何十メートルという断崖《だんがい》だ。ロープもなしではとても降りてはいけない。

部屋の見張りを倒したとしても、他にも必ず人がいるにちがいない。連れてこられたときのことをはっきりとは覚えていない。しかし十人以上の君国の手下がこの屋敷には詰めている筈だった。

なぜ君国はここを立ち去ろうとしないのだろう。

アスカは考えていた。ここは君国の城ではない。ここがいったいどこなのか、アスカには見当もつかなかったが、少なくとも君国の城でないことだけは、はっきりしている。

アスカはベッドの足もとの方角におかれたドレッサーを見つめた。鏡にはカーテンが下りているが、化粧品がその前には並んでいる。この屋敷をはつみは訪れたことがあったのだろうか。

そっと立ちあがり、歩みよった。見たことのないブランドの化粧水やクリームの壜《びん》が並んでいる。

口紅もあった。

それらを見つめ、はつみのものなのかどうかを判断しようとした。

ちがう、という気がした。ここにある化粧品は、はつみよりもっと年輩の女性のためのもののようだ。

とすると、この屋敷は君国のものではない。

ドレッサーの上にはコードレス電話の台のみがおかれていた。本体の受話器は持ち去られている。

だがたとえここに電話があったとしても、アスカにはかけるべき相手はいなかった。芦田課長はＩＣＵにいるという。今、アスカをここから救いだせるのは仁王しかいない。

芦田がもし死ねば、アスカを手術した数人の医師をのぞいて、世界中の誰も自分の本当の正体を知らない。自分は神崎はつみではない、とどれほど主張しようが、それを信じる人間はいないだろう。

仁王が裏切り者でないと知った今、こうして離ればなれになると、なぜ本当のことを伝えなかったのか、それが悔やまれた。

仁王は確かに何かを感じていた。この、外見は神崎はつみの、内側に存在する心に、何かを感じていた筈なのだ。

君国は仁王を殺す気だ。

もし仁王が死んだら、自分はそれを告げる機会を永久に失ってしまう。

つかのま、アスカは、自分がはつみになりきって君国の許しを乞うことすら考えた。君国の愛を受けいれ、君国の心を懐柔する。そして仁王のことを忘れさせるのだ。

やがていつか、アスカは君国のもとを逃げだすチャンスをつかめるかもしれない。はつみがそうしたように。そのとき、仁王に会いすべてを告げれば――。

できない。そんなことはできない。仁王がそのときアスカの言葉を信じたら、それはアスカの裏切りをも知ることになる。河野明日香の心をもった女が、たとえ芝居とはいえ、君国の愛人をつとめていたなんて。

仁王は許さないだろう。絶対に。

アスカの君国への偽りの愛が仁王を救ったと知れば、さらに許さない筈だ。

今だ。今しかないのだ。

自分はどんなことがあっても、仁王に真実を告げなければならない。

君国が今、心に傷を負ってアスカに近づいてこないのは幸いだった。

君国は、その歪《いびつ》な心なりに、はつみを深く愛していたのだろう。

それを思ったとき、アスカの心に鋭い痛みが走った。

手をのばし、ドレッサーのカーテンをめくりあげた。

不安げな面持で、自分が立っている。この自分に、アスカの心は慣れ始めていた。

君国はこの顔の女を愛し、この顔の女を失うことを恐れている。

再び心が痛んだ。

この顔をもっていた、本当の女は、もう生きてはいない。彼女は死んだ。

はつみは死んだ。

彼女だって生きていたかった。

だからこそ、君国のもとを逃げた。生きることに興味を失くしていたなら、ずっとそこにいたろう。

なのにその願いは断たれ、代わりに自分のこの心が生き残った。

もし立場が逆だったら。

アスカは自分の顔がこわばるのを見つめた。

芦田課長は、はつみの心にある情報を何としても手に入れようとしたにちがいない。

もしそうだったら、神崎はつみの心をもったアスカが生まれている。

はつみはそれでも生きたかっただろうか。

アスカは目を閉じた。鼻の奥が熱くなった。こらえきれなくなって目を開くと、涙が流れ落ちていた。

生きたかったにちがいない。

この命は、アスカひとりのものではない。はつみのものでもあるのだ。

生きのびよう。

どんなことがあっても、生きのびよう。

そのとき、部屋のドアがノックされた。

81

「奴《やつ》らはすぐに知らせるぞ」

古芳がいった。

「わかっている。だが皆殺しにするわけにはいかないからな」

金村は答えた。金村がハンドルを握るギャランは、東由会病院の駐車場をでて、まっ暗な田舎道を走りだしたばかりだった。

「頼む。この先は俺《おれ》ひとりにしてくれ」

古芳がいった。

「馬鹿なことをいうな」

金村はいった。

「駄目だ。絶対に駄目だ」

「それはこっちのセリフだ、金村。お前には嫁さんがいる。生まれてくる子供もいる。こんなことにつきあっちゃいかん」

「こんなこと？」

金村は怒りを感じて、幼馴染《おさななじみ》をにらんだ。

「悪い奴らを叩《たた》きのめすのが、なぜこんなことなんだ。奴らは人を殺し、麻薬を売り、法をねじ曲げている。放っといていいのか」

「忘れるな、金村。これは復讐《ふくしゅう》なんだ。法の執行じゃない」

「だとしても結果は同じだ」

「ちがう！」

古芳が強い口調でいった。

「警官が仕えるのは法だ。その法にしたがって動く限り、何が起ころうと後悔はせずにすむ。もし俺とお前が職務で動いているなら、そしてどちらかが殉職すれば、残った方は苦しみはするだろうが後悔はしない。自分も相手も、やるべきことをやった、そう考えられるからだ。だがこれはちがう」

「お前は職務じゃないのか」

「いったろう。職務という形をとっているが、本当はちがう、と。俺は君国をパクろうとは思っていない。殺そうと思っている」

「それは正しいさ」

「俺には、な。だが金村、お前にはちがう」

「くどいぞ」

金村はいった。迷いや恐怖がないといえば嘘だった。しかしいかねばならない、という強い意志が自分を動かしている。この幼馴染を、「クライン」の殺し屋どもが待つ別荘に、ひとりで送り届けることなど絶対にできない。

それをしたら、自分は警官でいられなくなる。いや、それ以前の問題だ。人間ではいられなくなる。

古芳が深々と息を吸いこんだ。

「どうしてもいく気なのか」

「当然だ」

「わかった。じゃあその前に、お前の家に寄ろう」

「なぜだ」

「奥さんに会っていけ。もしものときに後悔しないように。それと、奥さんにしばらく家を離れるようにいうんだ」

金村は考えた。敦子に会うのは、正直にいえば嫌だった。臆病風《おくびょうかぜ》に自分が吹かれそうだったからだ。だが〝避難〟しておくように伝えるのは大切だ。このあと、自分の身に何が起きようと、敦子には丈夫な赤ん坊を産んでほしかった。それで、自分がこの世に生きた証は残る。この金村敏治が死んでも、その血をひいた子供が残る。

「――わかった。どうせ、橋内の別荘に向かう途中だ。寄っていこう」

金村は答えた。敦子にはなるべく心配をさせたくなかった。適当な口実をつけて、実家に帰す他はない。どうせなら生まれるまでそうしてもらおう。

家の前に戻ってきたのは、午前零時過ぎだった。台所の明りが点《とも》っていた。

「まだ起きているのか、あいつ。寝ていろといったのに」

金村は舌打ちした。車をガレージに入れず、玄関の前に横づけにした。

「俺はここで待っている。奥さんにはとても顔を合わせられない」

古芳が低い声でいった。

「わかった。悪いがキィは抜いていくぞ」

金村はいって、ギャランのエンジンを切り、キィを抜いて降りたった。敦子と話しているあいだに、古芳がひとりで向かうかもしれないと思ったからだ。それに家の鍵《かぎ》がキィホルダーにはついている。敦子には、ひとりでいるときは鍵をかけておくよう、いってある。

門をくぐり、玄関に歩みよった。鍵穴に鍵をさしこんで気づいた。鍵がかかっていない。

金村の背を冷たいものが駆けのぼった。

金村は車をふり返った。古芳は金村の表情の変化に気づいた。すぐに車を降りて、あたりをすばやく見回した。

「どうした」

低い声で訊《たず》ねた。

「鍵がかかってない」

古芳がトカレフを抜いた。ギャランの後部席には東由会病院にいた連中からとりあげた拳銃《けんじゅう》がまだ何挺《ちょう》も転がっている。

「退れ」

古芳はいって、ドアの正面をさけるような姿勢で進みでた。金村も自分の銃を抜いた。

喉《のど》がからからに渇いていた。

頼む。心の中で願った。頼むから、単なる鍵のかけ忘れであってくれ。

古芳の手がそっと金村を押しやった。身を低くしながら左手でドアノブを握る。

ゆっくり、細めにドアが開かれた。屋内の空気が流れでてくる。その匂《にお》いを嗅《か》いだ瞬間、金村は自分の願いが虚《むな》しかったことを直感した。

古芳も気づいていた。さっとドアを引き開けるとトカレフをかまえ、とびこんだ。

銃弾は襲ってこない。金村は耐えられなくなった。

「敦子！」

声をかけながら玄関をくぐった。廊下を進み、暖簾《のれん》をはねあげて居間へとつき進む。

「ああ」

立ち止まった。

自分の声だった。

「ああ」

敦子が床にすわりこんでいた。背中をテーブルに預け、顎を胸にひきつけるようにして両足を投げだしている。

まるで眠っているようだった。だがそのマタニティウエアと床に広がった夥《おびただ》しい血がそうでないことを示していた。

「敦子……」

金村は床にひざまずいた。両手で敦子の頰《ほお》をはさんだ。冷たい。

「敦子、おい……」

声が震えていた。死んでいる。ちがう、そんな筈《はず》はない。敦子が死ぬ理由は何もない。家にいて、俺の帰りを待っていて、飯を作ってくれ、そして俺たちの赤ん坊を産んでくれる筈の敦子が、死んでしまう筈はないのだ。

だが死んでいる。

死者の姿を、金村はこれまでいくども見てきた。刺し殺された者、撃ち殺された者、絞め殺された者、殴り殺された者。

死者たちは皆、暴力によって命を奪われたのだった。今、敦子が同じ姿になっている。ちがう。それはちがう。敦子が、あの死者たちと同じなわけがない。敦子が殺されなければならない理由などどこにもない。

だが、同じなのだった。金村の経験は、ひと目で敦子が殺されたのだと見抜いた。死後すでに数時間が経過している。

敦子の命は戻らない。敦子を生き返らせるすべはない。

敦子は消えてしまう。敦子は消えてしまう。敦子の笑顔や話し声、そしてこの家全体を暖かにしていた敦子の存在が、何もかもなくなってしまう。人が死ぬとはそういうことだ。

「冗談じゃないぞ……冗談じゃないぞ……」

つぶやいている自分がいた。

「金村……」

そっと自分の肩に手がのせられるのを感じた。ふりかえると目をまっ赤にした古芳がいた。瞬間、その顔がぼやけた。

古芳は無言で敦子の右手をさした。金村は目を落とした。

敦子の右手の人さし指に乾いた血がこびりついていた。そしてその先に文字があった。

「おとこのこ　うみた――」

金村は息を吸いこんだ。こらえられず喉がひゅっと鳴った。くいしばろうとした歯のあいだから泣き声が洩《も》れた。

男の子、産みたい……敦子はそう書こうとしたのだ。生まれてくるのが男の子であったと、金村に知らせようとした。

俺の男の子。俺の息子。

「いこう、金村。ここは危険だ」

古芳がいった。金村はさっとふり返り、古芳をにらんだ。自分の目に憎しみがこもっていることを感じた。

古芳が小さく頷《うなず》いた。

「俺のせいだ。すまない」

ちがう、という言葉が胸につかえ、でてこなかった。この幼馴染が現われることさえなければ、敦子は死なずにすんだ。たとえ県警の窓際族であっても、仕事や上司にどれほど不満があろうとも、暖かい家とやさしい妻、子供は、自分から奪われることはなかった。

金村は無言で古芳の襟首をつかみ、ひきよせた。鼻と鼻が触れあうまでひきよせると、

「俺《おれ》は——、俺は……」

くいしばった歯のあいだからいった。

古芳は無言だった。

「俺は……許さねえ……」

自分をまず許せなかった。敦子を死に追いやったのは、この男でも「クライン」でもなく、まず自分の軽率な行動だった。

「俺を殺したければ殺せ。奴《やつ》らを片づけたあと……」

古芳が低い声で告げた。

「奴ら——」

「やったのは君国の殺し屋だ。必ず殺《や》る」

古芳はひと言ひと言を、はっきりと口にしていた。そうすることで、腹の底から噴きあがる何かをおさえつけているようだった。

金村の手から力が抜けた。敦子をふり返った。敦子はまだそこに同じ姿でいた。

敦子は目を閉じていた。不思議だった。暴力によって命を奪われた人間のほとんどは目をみひらいたままの状態で死ぬ。現場検証のとき、運ばれていく死体の目を何度も金村は閉じてやった。なのに敦子の目を閉じてやることはできない。金村はそっと掌《てのひら》を敦子の目もとにあてがった。自分の思いが掌を通して、冷たくなった妻の体のどこかに少しでも残っているかもしれない魂に伝わることを願った。

待っていてくれ。あの世で立派な息子を産んで。

掌を血の染みた敦子の腹部にあてた。何度も何度も、そうして敦子の中の生命を感じた。生命は金村の掌を押し返し、ときには激しく動いた。

——あ

敦子が小さく叫んで押さえることがあった。

——蹴《け》ったのよ、今。すごい勢いで

しかし敦子とともにその命も遠くへいってしまった。

お母さんとずっといっしょにいろよ。お父さんも必ず会いにいく。

立ちあがった。古芳の顔を見た。古芳の顔からいっさいの表情が削げ落ちていた。

「いこう」

金村はいった。

「奴ら……皆殺しだ……」

82

「はい」

アスカは返事をした。君国がドアを開け、入ってきた。ひとりだった。ひどく疲れた顔をしていた。君国の顔立ちが整っているだけに、疲れはその美貌《びぼう》を無惨に壊している。

「お前を抱きたい」

君国は不意にいった。アスカは言葉を失って君国を見つめた。

君国は数歩踏みだし、立ち止まった。アスカをにらみ、言葉を押しだすようにして喋《しゃべ》った。

「初めてだ。こんなことをお前にいうのは」

アスカは君国の顔だけを見つめていた。突然、そうした言葉をぶつけられ、頭の中が痺《しび》れたようになっている。

「お前に許しを求めたことなどない。お前はいつも、俺が抱きたいとき、そこにいた。俺はすぐにお前の体に入った。お前も拒否したことはなかったし……」

アスカは無言だった。

「今、お前を抱きたい。どうしても抱きたい。ずっとお前を抱きたくて、どうしようもなかった」

「──嫌よ」

　ようやく言葉がでた。

「二度と抱かれたくない。いったわ。もう、わたしは前のわたしじゃない」

君国は目をみひらき、アスカの顔を凝視している。

「神崎はつみは死んだわ。ここにいるのはちがう人間よ」

「じゃあ誰だ」

　アスカはゆっくりと首をふった。

「誰なんだ⁉」

君国が声を荒らげた。恐怖が足もとから這《は》いあがってくる。膝《ひざ》が震えている。

「あなたとは関係のない人間よ」

君国が早い動きで前へ踏みだした。逃れる暇もなくアスカは腕をつかまれていた。

「関係のない人間だと──。どこが関係ないんだ。お前はすべて俺が作ったものだ」

「ちがう」

「ちがわない」

荒々しい口調で君国はいい、アスカの目をのぞきこんだ。アスカは歯をくいしばってその目を見返した。

「わたしとしたかったら殺しなさい。殺して、抱けばいい」

「ふざけたことをいうな」

君国の手がアスカのシャツにかかった。それをふりはらった。さらにつかもうとする君国の股間《こかん》を膝で蹴りあげた。

君国がうっと呻《うめ》いて、前かがみになった。憎しみのこもった目でアスカをにらんだ。

「出てって。わたしは闘うわよ。もうあなたに二度と触らせない――」

次の瞬間、強烈なバックハンドがアスカの頬に浴びせられた。目の前がぱっと白くなり、アスカはよろめいた。

君国がアスカの体をつきとばした。アスカは支えるものを捜したが、見つからず床にあおむけに倒れた。君国がのしかかった。アスカは両足を閉じた。口の中で濃い血の味がした。

君国の手がシャツのボタンをひきちぎった。勢いでアスカの上半身が反り、背中が床にぶつかる。

「お前をとり返すために、どれだけの思いをしたと思う」

アスカは拳《こぶし》を握りしめた。かつての自分の拳に比べ、どれほど小さく、華奢《きゃしゃ》であっても、今はこの拳しかない。

ブラジャーがひきむしられた。君国の手が固くあわさった膝を割ろうとする。狙《ねら》いすました一撃を君国の左目に叩《たた》きこんだ。

君国は悲鳴をあげた。思わず手をやって体を離した。そのすきにアスカは逃れ、ドアへと走った。

ドアを開けた。廊下の離れた位置に見張りが立っていた。反対側を見る。そこにも見張りはいた。かまわず走った。

見張りがとまどったようにアスカを止めようとした。体ごとぶつかる。

若いやくざとアスカはいっしょになって廊下にころがった。そのやくざの腰に拳銃《けんじゅう》がさしこまれていた。それを引き抜こうとした。が、男が気づいてアスカの手をおさえた。渾身《こんしん》の力をこめたが駄目だった。若者の力の方が強い。アスカは若者の手の甲に爪《つめ》を立てた。

若者が呻き声をもらした。さらに銃を奪おうとアスカが床に膝をついたとき、背後から激しく殴りつけられつんのめった。

顔を怒りに染めた君国が立っていた。左目の血管が切れ、目全体がまっ赤に染まっている。

「会長！」

若者が叫び声をあげた。アスカは立ちあがろうとして足を払われた。

「押さえつけろ！　この女を！」

君国は叫んだ。若者は無言でアスカにとびついた。アスカは足で顔を蹴った。が、若者はひるまなかった。

「思い知らせてやる」

君国はくいしばった歯の奥でいった。別の見張りも駆けつけてきて、アスカの肩を上からおさえた。身をよじろうとすると、両腕をおさえられた。

「脱がせろ！」

君国は命じた。そしてアスカの目をみつめ、

「お前を殺さず、犯してやる」

と告げた。

「遅いわ！」

アスカは叫んだ。限界だった。このままではまちがいなく、自分は犯される。

「神崎はつみはもう死んだのよ！　あんたの目の前にいる女は、脳を移植されたまったく別の人間よ！」

「馬鹿なことを！」

「本当よ！　わたしは河野明日香巡査、警視庁保安二課所属の刑事。あなたの愛人は頭を撃ち抜かれて死んだ。体を撃たれたわたしは、脳だけをすっかりこの体に移しかえられたの」

「嘘《うそ》をつくな！」

「嘘じゃない！　わたしは防犯の刑事として、あんたたち『クライン』の売人を何人もしょっぴいてきた」

君国は目をみひらいた。

「ふざけるな！　誰が信じるか――」

「わたしの直属の上司は、保安二課、芦田課長、あんたたちの送りこんだ殺し屋のおかげで、ＩＣＵに入っているわ」

「何のためだ、いってみろ！」

「スパイよ！　警視庁内部のスパイのおかげで、わたしとはつみさんは銃撃された。課長はそのスパイを見つけるために、わたしを囮《おとり》にした。あなたたちは関藤さんを使って課長を狙わせた。関藤さんは死んだ。けれどわたしは、まだ他にもスパイがいることを知っている」

「当然だ、お前はその男に会っているからな」

君国はまだ信じようとしないのか、いった。

「じゃあ、名前は知っている？　その男の」

君国は黙った。

「あててみせましょうか。中西警視正。警視庁薬物対策本部特別取締隊の隊長よ」

君国の顔つきが変わった。

「わたしは、あなたの愛人を保護する仕事につく直前、中西から特取に加わらないかって打診をうけた。断わったけど」

「お前……」

君国はつぶやいた。

「残念だったわね。わたしのこの頭の傷は、移植手術の跡なのよ。あなたの愛した女はとっくに死んでいる。あなたが殺させたのよ」

「そんな馬鹿なこと……」

「馬鹿でも何でも真実よ！」

アスカは叫んだ。

君国は言葉を失ってアスカの顔をにらみつけていた。その心の中で、ずっとくすぶりつづけていた疑問がひとつの答にすべて落ちついていくのが、顔を見上げているアスカにもわかった。

君国は気持を整えようとしてか、深呼吸した。

「お前は罠《わな》のエサということか」

「そう。世界で初めての脳移植手術の成功例。いつまで生きられるかわからない。だからこそ、この命を有効なことに使いたかった。あなたたち『クライン』を叩き潰《つぶ》すという目的のために！」

君国は目をかっとみひらいた。鮮血に染まった左目は、もはや白目と黒目の境がなかった。

「潰すだと……」

「ええ！　アフター・バーナーがどれだけ子供たちを汚染しているか。アフター・バーナーを買うこづかい欲しさにいったい何人の子供たちが犯罪に走っているか――。あなたは考えたことがあるの！」

「下らん。我々が子供たちをつかまえむりやりアフター・バーナーを飲ませているわけではない。客は自分の意志でアフター・バーナーを選ぶのだ。煙草を買うのや酒を飲むのと同じことだ」

「アフター・バーナーはそんな代物じゃない」

「試したことがあるのか、お前は」

君国はやや落ちつきをとり戻したかのように見えた。

「あるわけないわ！」

「ならばなぜアフター・バーナーが悪いものだと決めつけることができる。法律が決めたことだからか。法律など人間が作るものだ。人が変われば、いいか、酒だって煙草だって禁制品になる。それどころか、コーヒーや牛乳でもそうなるんだ。お前たちはそれでも取締るのか!? 法が決めたから、すべてが悪いことだと決めつけるのか」

「詭《き》弁《べん》だわ！」

アスカは押さえつけられたまま叫んだ。

君国はゆっくりと首をふった。

「いいや、詭弁ではない。この世の中には、アフター・バーナーをさばくよりもっと取締らなければならない犯罪はたくさんある。お前たちはそれを考えようとせず、上からの命令にただ従っているだけだ」

「じゃあ、あなたが人を殺すのはなぜ。アフター・バーナーを売るために邪魔になる人間を殺したり、愛人までをも殺すのは何なの」

　君国はわずかに目を細めた。

「それがこの世界のルールだからだ。ビジネスの世界には、そのビジネスの数だけ、ルールがある。我々のビジネスは法律には縛られない。法律よりもビジネス上のルールが優先されるのだ」

「それでは人間は生きていけないわ。原始時代といっしょよ。自分が生き残るためには相手を殺して獲物を奪う。恐竜と同じだわ」

　君国は微笑《ほほえ》んだ。その目に何か邪悪な思いつきが宿っていることにアスカは気づいた。

「恐竜にアフター・バーナーは作れない。お前自身がそれを経験すればわかることだ」

　恐怖がアスカの体を硬直させた。

「嫌よ！」

　君国が背後をふりかえった。そこにはアスカらを遠巻きにして見守る手下たちの姿があった。

「誰か、アフター・バーナーをもってこい――。待て、二袋だ。二袋を水に溶かしてもってくるんだ」

　アスカは目をみひらいたまま、動けなくなった。君国が見おろした。

「やってみればお前にもわかることだ。特にお前の体はな」

　絶望が毒のようにアスカの体を重くした。やはりそうだったのだ。神崎はつみは、アフター・バーナーの中毒者だった。アフター・バーナーを摂取したとき、心はともかく、この体がそれにどう反応するか想像もつかない。はつみは、君国の性奴隷だった。アフター・バーナーの摂取は、この体にそのときの記憶をよみがえらせるかもしれない。

そうなったときでも、君国の体を拒むことはできるだろうか。

恐ろしさに心臓が早鐘のように打ち始めるのをアスカは感じた。自ら進んで君国の体を受けいれてしまうのではないか。

そんなことはない。そんな筈《はず》は絶対にない。この体はもう、自分のものだ。意志と裏腹に体が反応するなどということはありえない。

そんなことになったら、自分は、自分は――。

恐怖とくやしさに涙が浮かびあがった。視界がじんわりとにじむ。

強姦《ごうかん》よりも我慢できない。人間としての尊厳をずたずたに引き裂かれるのと同じだ。君国の手下のひとりが歩みよってきた。手にグラスをもっている。中には半分ほど、白濁した液体が。

アスカは身をよじった。必死になって逃れようとした。顔をそむけた。

グラスを受けとった君国と手下が近づいてくる。

「頭をおさえて鼻をつまめ」

アスカは無言で抗《あらが》った。

「加減するな！」

君国の怒声が飛んだ。

「この女が自分でいったろう！　こいつははつみじゃないんだ。警察が送りこんだスパイなんだ。薄ぎたないメスイヌなんだ！」

額をつかまれ、鼻をつままれる。君国の左手の指が頬《ほお》にくいこんだ。君国がのしかかった。瞳《ひとみ》にサディスティックな光が浮かび、ぎらぎらと輝いている。

アスカは耐えた。君国は目を細め、笑みすら浮かべていった。

「がんばれよ。息がどれだけもつかな。貴様のせいではつみは死んだ。はつみの苦しみをお前に味わわせてやる」

嘘だ。はつみを殺したのはお前だ。アスカは胸の中で叫んだ。君国の歪《いびつ》な心の奥で〝すりかえ〟が起こっている。はつみを失った怒りを、自分ではなくアスカに向けることで、自分を正当化しようとしているのだ。

視界が狭まってくる。苦しい。鼻から息を吸おうとするのだが、手下の手がきつく鼻孔を閉じていてできない。

それならそれで窒息してもいい。アフター・バーナーを飲まされ、君国の体を進んで受けいれるような奴隷にされるくらいなら死んだ方がましだ！

瞳の涙がこぼれ落ちた。

仁王！　助けて、仁王！

耳の奥の血管が轟音《ごうおん》を発している。それでも口は開くものか。

しかし、窒息が進み、脳への酸素が欠乏してくると、アスカは体から力がぬけ始めるのを感じた。君国の指の圧迫がじょじょに上顎《あご》と下顎のあいだのすきまを押し広げていく。

意識が遠のいた。いけない！

そう思った次の瞬間、アスカの口は開き、そこへ空気と同時に冷たい液体が流れ込んだ。液体は気管に流れこみ、アスカは激しく咳《せき》こんだ。それでも君国は流しこむのをやめようとしなかった。グラスの中が空になるまで、君国はアスカの口に押しつけていた。

「よし、放してやれ」

アスカは体をふたつに折り、咳こみ、喉《のど》を鳴らした。頬と髪がぐしょぐしょだった。床にも染みが広がっている。

グラスの中身の大半は、アスカの口からこぼれたり、逆流していた。しかし、底の方に沈殿していた濃い部分は確実にアスカの体の中に流れこんでいた。

まだ咳が止まず、床に両手をついて喘《あえ》いだ。吐いてやる。アスカが指先を喉の奥にさしこむと、

「おさえろ！」

君国の声が飛んだ。

再び、両手両足をおさえこまれた。アスカは激しく体をねじった。本当はいけないこ

とはわかっている。暴れれば暴れるほど、アフター・バーナーは血液中にとりこまれやすくなる。

「会長、お電話です」

アスカが身動きできないようにされたとき、手下のひとりが君国に声をかけた。コードレスホンをもっている。

「誰だ」

君国は、満足と好奇心のいり混じった目でアスカを見おろしながらいった。

「神さんです」

「よこせ」

ふりむきもせずさしだした手に受話器が渡された。

アスカは呼吸を整えようとした。落ちつけ、落ちつくんだ。薬はしょせん薬だ。酒と同じで、意志の力でコントロールできるかもしれない。

「私だ」

君国はコードレスホンに声を送りこみ、相手の返事に耳を傾けた。

そのとき、視界に変化が生じた。ひとつひとつの色が突然鮮やかになった。まるで色の微粒子が粟立《あわだ》っているかのようだ。

そして体があたたかくなる。あたたかくなると同時に突然、軽くなった。

「——わかった。つづけろ——」

君国の声がとぎれとぎれに聞こえた。

アスカは瞬きした。変だ。おかしい。薬が自分の中で何かを起こしている。

首をねじった。その瞬間、急な速度で景色が動いた。まるで高速で移動する車内から外の景色を見たようだった。

不意にすべてがどうでもよくなる。幸福感とはちがう。気にならなくなっただけだ。何もかもが気にならない。すべては何があっても当然だ。起こりうる何もかもを、受けいれてしまえる自分がいる。

アスカはひどく自分が自由になったような気がした。たとえ両手両足をおさえつけられていても、鳥のようにあたりを飛び回れる解放感がある。

君国に目を向けた。その男の名など、どうでもよかった。

男だ。ただの男。名前も顔も、何の意味もない。

（しっかりしてよ！）

誰かが叫んでいる。何にしっかりしろというのだ。しっかりなんかできる筈がない。

すべては無。ふわふわと浮かんでいるだけ。

（駄目！ 薬のせい！ 自分をとり戻すのよ！）

自分、自分が誰だかわからないのに、何をとり戻すのだ。とっくに〝自分〟には羽が生えて、遠い空に飛んでいる。

目の前の男がコードレスホンを別の男に返した。

「はな、して、や、れ」

のんびりというのが聞こえた。あたりのものすべてがひどくゆっくりと動いている。

スローモーションだ。

手と足に加えられていた力が消える。

駄目よ、飛んでいってしまうじゃない。

「立、た、せ、ろ」

声がした。体がもちあげられる。膝《ひざ》に力が入らない。

（いけない！　いうことを聞いてはいけない！）

男が自分の顔をのぞきこむ。

「効、い、て、いる、な」

効いている？　何が。何をいっているの。

「楽、しみ、た、い、か」

何を楽しむのだ。何か楽しいことがあるなら、そこへいこう。どこへいくの。何をすればいいの。

（ちがう！　ちがう！　ちがう!!）

男が手をつかんだ。

「こっち、へ、こ、い」

跳ねるように足が踏みだされる。笑いたくなる気分だ。どこへでも飛んでいける。

「思、い、だし、たか」

思いだした、何を――。

男の手がむきだしの乳房に触れた。その瞬間、甘い電流が体を貫く。切ないような、身《み》悶《もだ》えするような甘さ。

（やめて！　やめて！）

「そ、う、だ。覚、え、て、いる」

歩きながら男の手がうなじに触れてくる。髪をかきあげるようにして。鳥肌がさっと立つ。鋭い快感に、乳房の先が痛いほど固くなる。そして――。

早く。早く、欲しい。

絶望的な飢えが、自分の下腹部にある。欠けているものをぴったりと補って欲しい。そこに埋めこんで、飢えを満たして欲しい。

長いあいだ忘れていた、幸福。もどかしい。早く、早く、そこを熱いうねりで満たして欲しい。

（お願いだから……。どうすればいいの）

男の手がドアを押し開く。寝室。ベッド。そこまで待ちきれない。今この瞬間、満たして欲しい。

男が大きく笑っている。

（止まらない。止められない……）

男の腕が自分を抱きよせる。懐かしい匂《にお》い。体臭とコロンの混じった、懐かしい匂い。この匂いとともに、いつも飢えが満たされていた。

匂い、匂い。

男の手が自分の下腹部にのびてくる。変化を感じとり、男の目に欲望がはっきりと火となって浮かぶ。

匂い。匂い。

もう片方の男の手が、自分の手を導く。固く、大きく存在を主張するもの。飢えを満たすもの。

匂いが強くなる。

でもちがう。男の匂いではない。この匂いは——。この匂いは……。

鼻の奥にくる、ツンとした匂い。嫌だ。この匂いは嫌だ。この匂いがくると、嫌なことがおこる……。

（どうしよう。発作が——発作がおきかけている）

鼻の奥の匂いはしだいに強くなる。そして、遠くからやってくる虫の羽音がどんどん大きくなるように、錐《きり》で刺されるような頭の奥の痛みが強くなってくる。

（我慢できない！　我慢できない！）

男が異変を察知する。女の手の動きに、心地よさげに細めていた目を、開く。

「ど、う、し、た？」

答えられない。痛みはどんどん大きくなる。頭の内部でふくれあがってきて、今にも破裂しそうだ。

(破裂する、破裂する! 破裂する!!)


アスカは目をみひらき、絶叫した。

83

橋内産業の幹部、中野から連絡が入ったのは、金村という刑事の家をでてすぐだった。それが羽佐間の気持を救った。妊婦の喉《のど》を掻《か》き切った神に対し、羽佐間はどう口をきいてよいかわからなかったのだ。もし、何か自分から話しかけようとしたら、声に嫌悪感と恐怖が混じるのを止めようがなかったろう。

携帯電話のベルに応え、耳を傾けた神は、相手の話に、

「わかった」

とだけ答えた。

無言でいる羽佐間に告げた。

「中野からだ。奴《やつ》らが橋内の病院を襲った。別荘の場所を訊《き》きだしていったそうだ」

「べらべら喋《しゃべ》りやがって」

目の前の男への嫌悪感を、刑事にうたった連中にすりかえて、羽佐間はいった。

「先回りする。病院から一時間以上はかかる。半島の途中の道で、奴らを始末する」

神はいった。

「会長は生きて連れてこい、と――」

羽佐間がいいかけると、神は小さく頷《うなず》いた。

「五体満足で、とはいわなかった」

羽佐間はうつむいた。

「ふたりだけでやりますか」

低い声でいった。あのでかぶつは腕が立つ。それに今は相棒までいる。たった今、女房を殺されたことを知らない、相棒が。

「恐いのか」

神が訊《たず》ねた。抑揚のない声だった。

「いえ」

羽佐間は急いでいった。

「心配するな。橋内からも助っ人が来る。道具もそろえさせた」

神は淡々といった。羽佐間は無言で頷いた。

何かがぎくしゃくとしている。

自分と神との関係、神と会長との関係。

あの女が逃げ、この騒ぎが始まってから、「クライン」の中枢に、目に見えない細かな亀裂《きれつ》が走り始めたような気がする。

　それがどうしたというのだ。

暗い田舎道を走りだし、羽佐間は自分に問いかけた。もともと未来などというものに興味はなかった筈《はず》だ。暴れ、金をつかみ、飲み、抱けば、それでいい。そんな人生を自分は手に入れたかったのだ。だからこそ神についてきた。

　腹のでかい女を殺したからといって、それが何なのだ。戦場では、もっとたくさんの人間が、妊婦も年よりも子供も、殺されている。殺しは人間の本能だ。殺して人間はでかくなる。死骸《しがい》を踏み台に、高いところへ到達するのだ。

　第一、死んでしまった人間のことをあれこれ考えても何の意味もない。死人はただの死人だ。楽しみは生き残った奴にしか与えられない。生き残るためには殺す。それが自分のいる世界だ。

　今を生きのびることだけを考えろ。

84

集中治療室での事情聴取は一日に二度、午前と午後に分かれて十分間ずつおこなわれた。芦田の予期した通り、最初にやってきたのは捜査二課の人間だった。警察官の犯罪を扱うのは捜査二課と決まっている。

彼らには、おこったことのすべてを話した。動機については、個人的なものとは考えられないと告げた。

二課の人間は信用してよいだろう。だが情報がどこへ流れるかを考えれば、知っていることのすべてを告げるわけにはいかない。

やがて情報がもたらされた。関藤に関するものだった。

関藤はやはり死亡していた。即死だった、と二課の刑事は告げた。そして関藤の妻が末期癌《がん》におかされていて、事件の直後、手厚い看護で知られるホスピスに移されていたことも知らされた。入院費用は、死亡時までの全額が関藤の名で払いこまれていた。

それによって「私闘」による銃撃戦、という疑いは晴れた。だが芦田はまだ一般見舞客との面会を許されなかった。

芦田には会いたい人物がいた。しかしその人物が病院に足を運んできても、会うことは許されないだろう。

せめて家族と会えれば。家族を使ってその人物への伝言を頼むことができる。

芦田は、家族との面会すら禁じられているのだった。禁じたのが誰であるか、芦田にはわかっていた。

奴は恐れているのだ。自分を罪におとしいれるような言葉を芦田が誰かに告げるのではないかと。

だが芦田は証拠もなしにそんな言葉を口にする気はなかった。身動きもならず証拠も提示できない状態で何をいっても、それは誹謗《ひぼう》であり妄言だと反撃を受けることは目に見えていた。そして敵は、芦田の発言を足がかりに芦田の信用を失墜させようとでてくるにちがいないのだ。

問題は、彼らの消息がつかめないことだった。管制官《コントローラー》としての自分が身動きならない以上、彼らに関する情報がいっさい入ってこない。

この状態を予期しなかったわけではない。芦田は自分の死亡時に備え、書類を弁護士に預けていた。しかしそれは古芳と神崎はつみが刑事訴追を受けるのを避ける、最低限の資料にしかならない。彼らの命を救うにはほど遠い。

ふたりは今、どこで何をしているのか。

芦田がベッドの上でそれを考えない日はなかった。救援の手をさしのべられず、自分にできるのは起きたことの責任の一端を担う以外、何もない。

その「起きたこと」すら、耳に入ってはこない。

焦りは禁物だった。焦って、戦況が好転したことは一度もないのだ。ただひたすら待つ。そして待つあいだに自分の体が回復するのを、願う他ない。

85

「半島を走る道は一本だ。手前は海水浴場や旅館街に沿っている。そこを抜けると登り坂になって海につき当たる。橋内は岬の突端部分をすべて買い占めて、別荘を建てたんだ」

車を走らせながら金村はいった。気持をすべてこれからのことに集中させていた。敦子と、もうひとつの命については何も考えないようにしていた。

考えるのは今じゃなくていい。悲しむのも苦しむのも、たっぷりとあとからできる。そしてこれから起こること次第では、永久に悲しんだり苦しんだりせずにすむ。

今必要なのは怒りだ。しかし冷静さを失くすほどの怒りであってはならない。

「いくらでも待ち伏せはできる、ということだな」

古芳がいった。膝《ひざ》の上に、東由会病院にいた連中から集めた銃を並べていた。トカレフが二挺《ちょう》とニューナンブに近い三十八口径のリボルバーが二挺だった。古芳はそのうちのトカレフの一挺を背中にさしこみ、もう一挺からはマガジンだけを抜いてポケットにしまった。もともともっていたトカレフとあわせて二挺もったことになる。

残ったリボルバーを金村にさしだした。

「これはお前のぶんだ」

「三十八口径《サンパチ》か」

「そうだ、お前のは三十二口径のコルトだったな。弾のあうのはなかった」

「かまわない」

「海から別荘に近づくことはできないのか」

古芳は訊ねた。

「岬は先にいくほど標高があがっているんだ。崖《がけ》に階段でも掘ってあれば別だが、そうでなけりゃ無理だな」

「岬の地形はわかるか」

「ちょうど鍵穴《かぎあな》みたいな格好をしている。てっぺんの丸いところが先端で、もともとは山だった。橋内はその頂上を削って平らにしたらしい」

「だから登り坂になっているわけだな。途中までなら海から近づけるか」

「海水浴場の先に漁港がある。そこへならいけるだろう」

「港には当然、見張りがいる。磯《いそ》かなにかに上陸しなければ駄目だ」

「となると難しいな」

「あとは泳ぐ他ないか」

古芳はつぶやいた。

金村は考えていたが、ハンドルを左に切った。岬の入口まであと二、三キロの位置だった。

「どこへいく」

古芳が訊《たず》ねた。

「岬のこちら側の港に海上保安署がある。そこに知りあいがいる」

「船をださせるのか。巻き添えになるぞ」

「かまわない」

金村はいって、息を止めた。

「敦子の弟だ」


敦子の弟は仁志《ひとし》といった。二十四で、レスキュー隊の隊員をしている。公衆電話から署にかけると、仁志は非番で家にいる、ということだった。実家だ。

そこに電話をすると、敦子の母親がでてきた。具合を知りたくて、今日の昼も敦子に電話をしたところだ、と朗らかな口調でいった。金村は感情を殺すために受話器を力いっぱい握りしめた。

「そうですか。敦子は元気です」

「なんか明日にでも生まれそう、っていってたわ」

金村は歯をくいしばった。

「仁志くんをお願いします」

「はーい。ちょっと待って下さいね」

義母の声が遠ざかると、金村は涙を流れるに任せた。初孫の誕生を待ち望む人々なのだった。

「はい、仁志です」

義弟の声が聞こえ、金村は下腹に力をいれた。

「金村だ。すまないがちょっとでてきてくれないか。義父《とう》さんや義母《かあ》さんに内緒で。仕事の話なんだ」

「いいですよ」

仁志は勘のいい若者だった。口調をかえることなくいった。

「どこへ？」

「保安署の船がある港だ」

「わかりました。飲んでないから車でいっちゃいます。二十分くらいで着くと思います」

「待ってる」

港は、このあたりではいちばん大きな漁港だった。遠洋漁業の基地にもなっている。マグロの水揚げは、このあたりでは最も多い。

地元海上保安署に所属する巡視艇が二艘《そう》、係留されていた。一艘は比較的大きくて、舳《へ》先《さき》に近い甲板に小型のモーターボートを積んでいる。臨検などに使うのだろう。

その二艘のかたわらの岸壁に金村はギャランを止め、待った。

古芳は無言だった。目を閉じてはいるが、眠っていないことは、ジャンパーの裾《すそ》あたりにときおり触れる指の動きでわかった。

金村は、自分も古芳もたぶん死ぬのだろう、と思った。少なくとも自分には今、生きていようという気はない。大切なのは敦子を手にかけた奴《やつ》を、その命でもって償わせることだ。それ以外のことは、終わってから考えればよい。

巡視艇は、暗い水面でゆるやかに揺れていた。甲板に移るためのタラップには鍵のかかったゲートがある。

金村は巡視艇に目を向けたまま、煙草を吸った。味などなかった。敦子の遺体を見つけたときから、煙草の味はしない。心の半分以上が壊れてしまっているのがわかる。それは幸いだった。これからやらなければいけない仕事には、心のその部分は必要ない。

仁志の車が岸壁に入ってきた。常夜灯に照らされ、濃紺の車体が輝く。

「待っていてくれ」

古芳にいって、金村は車を降りた。仁志は鼻先を向けあうようにして、車を止めた。金村はその助手席に乗りこんだ。

「待ちました？」

仁志は屈託のない口調で訊ねた。

「いや」

金村は首をふった。義理の弟は、ジーンズにトレーナーという軽装だった。

「もうお袋がうるさくて。毎日二回くらいずつ電話してるみたいですよ」

「仁志」

金村がいうと、義弟は口をつぐみ、金村を見た。長身でバネのある体をもった若者だ。確かバスケット部では、県大会のいいところまでいった。頬《ほお》にわずかにニキビの跡が残っている。

「俺《おれ》のいうことを最後まで黙って聞いてくれ」

仁志はわずかに目をみひらき、金村を見つめた。

「俺の車の助手席にすわってる奴が見えるだろう。奴は、俺の幼馴染《おさななじみ》で、今は警視庁の刑事だ。奴は、『クライン』の君国を追っかけてる。『クライン』は知ってるな。例のアフター・バーナーというドラッグの大本《おおもと》だ。君国はそのボスだ。

今日の昼、撃たれて怪我をした奴から、本部に電話があった。『クライン』は、最近はどこの警察にもスパイを飼っている。奴は単独で特命任務をうけており、救援を他にはあおげない状況だった。俺は奴をピックアップして、医者のところへ連れていった。それから家に連れて帰った――」

語尾が震え、金村は深呼吸した。

「奴の話では、君国は自分のところを逃げだした愛人を連れ戻すためにこっちへきている、ということだった。俺は、橋内産業の奴らを街で見つけて締めあげた。それは本当だった。橋内産業は知っているか？」

仁志はぽかんとした表情で頷《うなず》いた。

「前に、無免許でモーターボートを乗り回している奴を挙げたことがあるよ。橋内産業って会社の身分証をもってたけど、極道だった」

『クライン』の下部組織だ。このあたりでアフター・バーナーを捌《さば》いている連中だ。そして、俺と奴が橋内産業の連中を締めているあいだに、『クライン』の殺し屋が俺の家にきた。敦子が――敦子は……」

仁志の目を見つめた。

「奴らに殺された。遺体はまだ、家にある」

仁志の目が広がった。

「嘘《うそ》だろ、義兄《にい》さん」

「本当だ。敦子は、床に血で『おとこのこ』って書いて死んでた」

「そんな――」

仁志は掌《てのひら》で強く口もとをつかんだ。息を詰まらせ、視線を外に向けた。

「姉ちゃんが……」

喉《のど》を鳴らした。

「嘘だ」

「仁志、聞いてくれ」

金村は仁志の太腿《ふともも》をつかんだ。

「やらせたのは君国だ。俺は君国を殺したい、奴は今、岬の別荘にいる。わかるな」

仁志は瞬きし、口もとをおさえて荒い呼吸をくり返していた。

「仁志！」

仁志は目を閉じ、

「わかってる！」

と小さく叫んだ。涙がこぼれ落ちた。

「――岬の別荘は管区で前から問題になってた。海岸線を勝手にいじくった疑いがあるって……。持主が橋内だってのは皆、知ってるけど、下手に近づけなくて」

「ここから岬まで道は一本だ。車でいけば、見張りに見つかる。君国を逃さないためには、海から近づきたいんだ」

「海？　どの海？」

「しっかりしろ！　海岸線をいじくったっていったな。奴らは桟橋をこしらえたのか」

仁志は頷いた。

「クルーザーが係留されてる。船主は橋内産業だよ」

「そこに着けられるか、見つからないように」

「船で」

「もちろんだ」

「どの船で？」

「だからお前の助けを借りたいんだよ！」

仁志の目が金村を離れ、係留されている巡視艇を見た。

「お前は、俺たちを送ったら戻ってきていい。クビにはならんさ」

「そんなこと……関係ないよ」

「やってくれるか」

仁志は頷いた。

「俺もいくよ」

決意のこもった口調でいった。

「駄目だ」

「どうして!?　俺だって射撃の訓練は受けているよ！」

「お袋さんや親父さんはどうする！」

仁志は言葉を詰まらせた。金村は涙声になっていった。

「敦子が殺されて、お前まで死んじまったら、どんなにつらいか考えてくれ」

仁志はきつく唇を嚙《か》んだ。金村は首をふった。

「頼む。俺たちを送り届けるだけで我慢してくれ。それだってすごく危険なことなんだ。見張りがいれば撃たれるかもしれん」

「――義兄《にい》さんは死んでもいいのかよ!?」

「俺は……俺は……いい。死んでもかまわない」

金村は絞りだすようにいった。

「敦子も、俺の息子も、今は向こうにいる。ふたりの敵《かたき》をとったら、俺はそっちへいけばいいんだ。もう何もあとは、欲しいものなんてない」

仁志は瞬きした。涙が次々と頬を伝わった。

「県警は何もしてくれないの」

「捜査本部が立てば、犯人は自首してくるだろう。橋内のところの下っぱか、誰かがな。だが考えてみろ。誰が俺の家の住所を『クライン』に知らせたんだ？　お前もわかってるだろう。警官の自宅なんてのは、簡単には調べられないんだ」

「警察の中に教えた奴がいるっての？」

「そうさ。今、俺の車に乗っている奴だって、婦警だった彼女を警視庁内部の密告で『クライン』に殺されているのさ。奴らのスパイはどこにでもいる。県警なんてアテになりゃしない」

「畜生」

仁志はつぶやいた。

「畜生、畜生、畜生……」

金村は目を閉じた。

「頼む、仁志」

「わかった。任せて。義兄さんたちを送ってく。そのかわり、絶対殺《や》ってよ。何が何でも『クライン』の奴らを」

「任せろ。たとえ首だけになっても喉笛、食いちぎってやる」

金村は低い声でいった。今ならどんな非道なことでもできる。敦子を殺した奴より、もっと冷酷でもっと残忍な行為だってできる。

「『クライン』は消えてなくなる。今夜限り」

86

幻覚が去った。それがどんな幻覚であったか、ひとつひとつは思いだせない。白い荒野を歩いていたようだし、まるで意味のない幾何学的な模様が乱舞するのをじっと見つめていたような気もする。

激しい頭痛も峠を過ぎていた。みひらいていた目に天井の形が映っていることを自分でも確認できた。自分が見ているものが何であるか、心がきちんと認識している。

アスカは床の上によこたわっていた。かたわらに君国がいた。怒りと恐怖の入り混じった、奇妙な表情を浮かべている。

アスカが君国を見たとき、目が合った。君国は喘《あえ》いでいた。アスカが首を回すと、寝室の扉が開いているのが見えた。そこには不安げな面持で、ボディガードたちが立っている。

自分は何をしたのだろうか。君国の体を受けいれたのか。それとも発作に襲われていただけだったのか。

体の感覚に、起きたことの記憶がないかを探った。わからなかった。ひどく節々が痛く、それは発作のあいだ筋肉を張りつめていたことを感じさせる。それ以外は何もわからない。

再び君国を見た。

ひどく静かだった。

「——お前は壊れている」

君国がいった。アスカは瞬きした。君国は首をふった。

「お前の体ははつみなんかじゃない。お前はできそこないだ。お前なんか、死ねばよかったんだ」

君国の目には途方に暮れたような光があった。さっきまでの残忍な欲望はきれいさっぱり消えている。

「はつみを返せ……」

君国はいった。おどおどとした口調だった。

「はつみを返してくれ」

アスカは無言だった。声をだすのすら苦痛だった。

「お前のどこかにはつみがいるだろう。呼びだしてくれ。返してくれ……」

アスカは黙って君国を見つめていた。自分の発作を見た君国の心に何が起こったのだ。

君国はいったい何を見たのだろう。

君国は床にすわりこみ、うなだれていた。

「頼む。はつみを返してくれ」

アスカが答えないでいると、うなだれたまま背後の手下にいった。

「銃を貸せ」

手下たちはとまどっていた。すぐには動こうとしない。

「何してる！　銃を貸せ」

君国が怒鳴った。

87

羽佐間と神は、半島を貫く幹線道路を二キロほど入った場所に車を止めていた。別荘までは八キロある。あたりには橋内産業から狩りだされた十数人が四台の車に分乗している。この一時間で、道を走り抜けた車はわずかに二台だった。二台ともこの先の漁師町に帰る車だった。

「きませんね」

羽佐間はいった。

「もういくら何でもきていい頃じゃないですか」

神は答えなかった。

見張りはもちろん道路だけではなかった。猟犬を連れた橋内の組員が人の通れそうな場所すべてに配置されている。羽佐間はずっとその連中と無線で連絡をとりつづけている。

神は車内灯の明りで地図を見つめていた。

「――この先の港はどうなっている」

一キロ先に漁港があった。

「もちろん張らせていますが、人っ子ひとりいないそうです」

羽佐間は答えた。神は小さく首をふった。

「気にいらんな」

「何がです？」

「奴《やつ》らは必ずくる。それもぐずぐずはしていられないはずだ。女房を殺されたことを知ればなおさらだ。県警からはまだ何もいってこないか」

「ええ。まだ何もないようです」

羽佐間は答えて時計を見やった。午前二時を過ぎている。橋内産業の幹部、中野は、県警本部で何か動きがあればすぐに知らせてよこすことになっている。金村という地元刑事の情報をもたらしたのも中野だった。県警の人間を手なずけているのだ。

中野は、金村の妻が死んだことはまだ知らない。

神は再び地図に目を落とした。

「中野に電話しろ」

「はい」

羽佐間は携帯電話で橋内産業の事務所を呼びだした。東由会病院があの大男たちに襲われたという知らせをうけてから、中野はずっと事務所に詰めている。使える組員をすべてこちらに回したため、事務所に中野といるのは、中野と仲のいい県警の刑事二人だ。中野は刑事を用心棒がわりにしているのだった。

電話番がまず出て、羽佐間が名乗ると、中野にとりつがれた。

「中野がでました」

「金村の身内について何か知らないか聞いてみろ」

羽佐間がその言葉を伝えると、中野はきている刑事たちに訊《たず》ねた。麻雀牌《マージャンパイ》を混ぜる音が聞こえてくる。

やがて中野が電話口に戻ってきていった。

「女房の実家がこの近くだそうだ。女房の弟は海上保安署に勤めている」

羽佐間がそれを告げると、神の顔色が変わった。

「別荘に戻るぞ」

「ここの見張りはどうします？」

「残った連中に任せておけ。急げ！」

88

三人が乗りこんだのは、小さい方の巡視艇だった。仁志が署から船のキィをとって戻ってくるまでの三十分間を、金村は古芳と車の中で待っていた。

巡視艇はアンカーをおろしてはおらず、もやい綱で係留されていた。

タラップのドア錠を解いた仁志は、ふたりを先に巡視艇に乗り移らせておいて、すばやくもやいを解いた。

キャビンに入り、バッテリーの電源を入れるとパネルの明りが点《とも》った。仁志がイグニションキィをさしこみ、回す。船のエンジンが息を吹きかえした。

船に乗り移ってからの仁志は別人のように機敏だった。

「明りはつけずにでるからね」

舵輪《だりん》を握り、前方を向いたままいった。巡視艇は岸壁の常夜灯を頼りに、係留されている漁船のあいだを縫って、走り始めた。岸壁の突端部に立つ灯台のかたわらを走り抜けて初めて、仁志は明りのスイッチを入れた。

港内では感じなかった波とうねりがある。金村は古芳と並んで仁志の背後に立っていた。行く手は漆黒《しっこく》の海だった。荒れているというほどではないが、船体はときおり大きく上下した。

「岬の下のポンツーンまでは、三十分くらいで着くよ」

「ポンツーン？」

「浮き桟橋のことさ。連中はそこにクルーザーをおいてるんだ」

「近づくのを感づかれはしないか？」

古芳は訊ねた。仁志は首をふった。

「陸からの風だから、大丈夫です。エンジン音は沖へ流されます。それにポンツーンに着けるときはエンジンを切って寄せます」

「見張りはいるかな」

金村はいった。

「いてもこの船なら怪しみませんよ。ああいう桟橋をライトでチェックすることはやりますからね」

「なるべくなら見張りにも気づかれたくない」

古芳がいった。金村は答えた。

「奴らが、船で俺《おれ》たちがくる可能性を考えていなければ見張りはおかないだろう。一本道を警戒しているさ」

「県警はどうでるかな」

「東由会病院の奴らしだいだ。奴らが一一〇番すれば動いている。だがそうしたら入院している連中の弾傷を無届で治療していることがわかるんだ。せいぜい橋内が飼っている刑事どもに連絡するくらいだろう」

金村はいった。

仁志は無言だった。黙ったまま巡視艇を操縦している。

古芳の目が暗くしたままのキャビンを見回し、ケースに入った銃で止まった。信号弾を発射する信号拳銃《けんじゅう》だった。

「催涙弾の銃と似ているな」

仁志がそちらをふり返り、答えた。

「基本的には同じものです。それはイギリス製の信号拳銃ですが、催涙弾も発射できます」

「借りられるか」

「どうぞ。木造の家屋なら、こいつを撃ちこめば一発で火事になります」

古芳はケースの蓋《ふた》を開け、ずんぐりとした銃身の短い信号拳銃をとりだした。中から二発の信号弾も抜いて、ジャンパーのポケットにしまった。

「ディーゼルの予備燃料の缶が船尾《スターン》にあります。燃料切れで漂流しているのなんかを拾ったときに使うんです」

仁志が横目でそれを見ていった。金村は古芳の目を見て頷《うなず》き、教えられた場所にとりにいった。十リットル入りの缶をふたつ、キャビンに運んできた。

それを足もとにおき、船の前方に目を向けた。右手に黒ぐろとした岬があった。

「じきにポンツーンが見えてきます。あれです」

　仁志が指さした。

　岬のふもとの岩礁地帯が一部表面を削られ、コンクリートで固めてあった。そこから横に畳のようなフロートをつないだ桟橋がつきでている。長さ二十メートルほどのクルーザーがぴったりと横づけされていた。

「見張りらしいのはいませんね。たぶん上にあがる階段の頂上にでもいるんじゃないですか」

　仁志が目をこらし、いった。

「あれは？」

　古芳が指さした。岩礁を削った場所に水銀灯が立ち、その少し下に電柱のトランスのような箱がとりつけられている。

「テレビカメラだ」

　金村はいった。交通情報の収集用などに使っているものよりひと回り大きく、頑丈そうな形をしている。

「あれがあるから見張りがいらないんだな」

「どうします？」

　仁志が訊ねた。

「岬の反対側に回れないか」

「簡単です」

仁志は岬には船をそれ以上近づけず、前進させた。

「別荘が見えるぞ」

金村はいった。キャビンの窓からま上を見あげると、岬の突端部分に明りのついた建物があった。

あの中に敦子を殺した奴らがいる。ミサイルでもあれば、と思わずにいられなかった。こっぱみじんに吹きとばしてやりたい。

「あまり近づくな」

古芳がいった。仁志は頷いて、大きく迂《う》回《かい》させるように舵《かじ》を切った。巡視艇は岬を回りこむように、時計回りに海を進んだ。

右手に岬の突端が見えた。まっすぐに海に落ちこむ断崖《だんがい》だった。金村はキャビンにあった双眼鏡で断崖を観察した。高さは二十メートル以上ある。屋根のないバルコニーが頂上に設けられているのが見えた。コンクリート製で、人間の腰ほどの高さに手すりがある。今は無人だった。

船はその突端を回りこんだ。大きく抉《えぐ》れた崖《がけ》が見えた。まるで洞窟《どうくつ》のように口を開け、海水を呑《の》みこんでいる。浸食によって作りだされた光景だった。降りられそうな地点はどこにもない。

だが古芳がいった。

「あの洞窟に船を着けられるか」

「潮の動きがややこしそうですが、できなくはないと思います。多少、船が傷つくでしょうけど……」

「どうやって登るんだ」

金村は訊ねた。洞窟は高いところで三メートル近くある。だが開口部のすぐ上は岩場で、そこから五メートルほど上に松の枝が張りだしている。

「よじ登る」

古芳はいった。

「そりゃ無理です。まっ暗だし、ロッククライミングの道具とかがあるわけじゃない」

仁志がいった。

「桟橋を使えばカメラで見つけられる。船をあの洞窟に寄せて、岩場にとび移ってよじ登るんだ。五メートルも登れば、松がある。そこからロープを垂らせばいい」

金村は仁志と見つめあった。

「俺がいく」

金村はいった。

「いや、いいだしたのは俺だ。俺がいく」

古芳がいった。金村は首をふった。

「お前は怪我をしている。無理だ。俺の方がいい」

「だったら別の計画を考えよう。自分がいいだした方法に他人の命はかけたくない」

古芳はあっさりといった。金村はその顔を見すえた。

「カズ、生きて帰ってこようとか、怪我をしないですまそうなんて俺が考えていると思うか」

「――いや」

古芳は低い声でいった。

「殺されたのは俺の女房だ。敦子を殺った奴らをぶち殺すためなら俺は何だってやってのけてやる」

「わかった」

古芳はいった。金村は仁志に目を戻した。

「頼むぞ」

仁志は頷いた。


船が崖に近づいた。洞窟の周辺は何層もの地層がむきだしで横に走っている。砂岩と泥岩でなりたっていて、見かけよりやわらかそうな印象だった。問題は表面が意外になめらかで、手がかり足がかりとなる凹凸が少ないことだった。

金村はロープを腰に巻き、船首の部分に立った。仁志が小刻みな前進後退をくりかえしながら船を洞窟に近づけていく。洞窟は奥にいくほど天井が低くなっていて、水面近くにはようやく裂け目があるといった状態だ。

古芳がスポットライトを点《とも》し、洞窟とその周辺部を照らしだした。

「船と陸のあいだにはさまれないように気をつけて下さい！」

仁志がキャビンから叫んだ。金村は手をふった。

「金村」

古芳が何かをさしだした。それは木の棒に手《て》鉤《かぎ》がついたギャフだった。魚をひきあげたり、他の船体をひきよせたりするときに使うものだろう。

「こいつが使えるかもしれん」

金村は無言で受けとった。

ゆっくりと洞窟が迫ってきた。船全体を呑みこんでしまいそうなほどの大きさがある。

金村は両手の指をいくどか握りしめた。

接近するにつれ、地層の細かな隆起が目に入ってきた。最初に手がかりとする場所を捜した。舳《へ》先《さき》から手が届く位置で、しかもその下に足をかけられるでっぱりがなければならない。

洞窟の頂上の右よりにそれらしい隆起を見つけた。海面からの高さは三メートル半ほどで、頂上から三メートル離れたところに、二十センチほどでっぱった部分がある。そしてその斜め右下、約一メートルのところにもう少し小さな隆起があった。

あそこにまずとりつく。それからギャフを使って体をひきあげられないか試してみようと金村は決めた。

ギャフの長さは一メートル強あった。考えた末金村は、鉤を上に、背中に柄をさしこんだ。体を丸めるとき邪魔にならないか試してみると、案の定つっぱることがわかった。

「カズ、こいつは俺があそこにへばりついてから渡してくれ」

金村はギャフを古芳に返した。

突然、固い音がして船体のエンジンの響きとはちがう震動にふるえた。船首の右舷《うげん》が、洞窟のふちにこすれたのだった。

そのすきまに体をはさまれたらひとたまりもないだろう。よくて骨がばらばらだ。

だが金村はさらに一歩踏みだし、舳先の先端に立った。海面から最も高くなる位置だ。船体の上下動も最も激しく伝わってくる。

視界の下にある大きく口を開けた洞窟と黒い海面のことは考えないようにした。とび移るつもりの崖に気持を集中する。崖は垂直よりはやや角度がある。とびついてもすぐに落ちるということはないだろう。

「義兄さんがとび移ったらすぐに船をさげるからね！」

仁志が叫んだ。万一落ちたときに、船体と崖にはさまれないようにするためだ。

返事はせず、金村は崖をにらみつけていた。舷側《げんそく》に片足をかけた。蛙《かえる》のようにへばりついてやる。

船の舳先がゆっくりともちあがる。視界から洞窟が消え、崖の表面だけになる。崖との距離は、一メートルとちょっとだった。

金村は舷側を蹴《け》った。両手両脚を広げ、まるで体を叩《たた》きつけるように崖にとびかかった。

衝撃で、うっと声がでた。胸の中の空気が一度に吐きだされる。右手が、狙《ねら》っていたでっぱりをつかんでいた。

やった。

そう思った瞬間、静止していた体がすべり始めた。顎《あご》の下までひきつけていた腕がのび、体が海に向かって落ち始める。

足が遊んでいた！

金村は必死になって両足の爪先《つまさき》を崖の表面につきたてた。ざらざらとした感触と、砂岩の表面が削れる不快な音が伝わった。

どこだ。見当をつけていた足がかりはどこだ。右足の爪先を何度も上下させ、崖の表面を擦った。だが、ない。体はどんどん下にすべり落ちていく。

そのとき、「もっと右だ！　もっと右！」

古芳の声が聞こえた。足を広げ、右足をのばした。爪先が何かをとらえた。

金村の体が止まった。

安堵《あんど》のため息がでた。大丈夫だ、もう大丈夫だ。

ほんの数秒のことが、ひどく長く感じられた。そして自分が頬《ほお》をべったりと岩に押しつけていたことにも気づいた。

ゆっくりと体をもちあげた。のびきりかけていた右腕がちぢむ。その間に、左手もつかまれる場所を捜した。

よし、つかまったぞ。

波の音が不意に激しく耳を打った。ベルトにさしこんだ三十八口径の銃が腰骨を圧迫している。

金村は首をそらし、上方を見た。古芳がスポットライトをそれに合わせて動かした。はりだした松の枝はとてつもなく遠くに見えた。そこまで、少なくとも、五カ所は今と同じようなでっぱりを見つけなくてはならない。

金村は目をこらした。少しでも隆起した部分、あるいは割れめがないか。

すぐ上にはない。ひとつは見つけられたが、とても手が届く場所ではない。せいいっぱい腕をのばしても、今の場所から届く位置より、さらに五十センチは高い。

金村は背後をふり返った。崖からいったん離れた船が再び近づいてくるところだった。

金村が腰に巻いたロープは海の中に落ちこみ、それから船の甲板へとつながっている。

舳先に古芳がいた。ギャフの柄をさしだしている。

「こいつを使え！」

金村は首をねじりながら、左手を背後にのばした。古芳はギャフの鉤の部分をもち、せいいっぱい腕をのばしてくる。

左の掌《てのひら》に柄の丸味が伝わった。金村は握りしめた。古芳が手を離すと、ずっしりとした重さに体のバランスが崩れそうになって、あわてて岩肌にはりついた。

金村は右手と右足のみで崖《がけ》の表面にしがみついているのだ。

もう一度バランスをとり直すと、左手にしたギャフをふりかざした。

頭上の砂岩に鉤先を打ちこむ。

とたんにぱらぱらと細かな破片が落ちてきて、金村は目をつぶった。額に小さな石くれがあたり、顔も崖の表面に押しあてた。

そのままの姿勢で鉤を打ちこみつづけた。十回ほど打ちこんで頭上を見ると、指先をさしこめそうな凹みができていた。ギャフの鉤をその凹みにこじ入れ、体をゆっくりともちあげた。

筋肉がめりめりと音をたてるようだった。二本の手だけで体をもちあげている。そうしながら両足の爪先で、支えられそうな足がかりを捜した。

右手の指先が、ギャフの作った凹みに届いた。同時に右足が、さっきまで右手でつかんでいたでっぱりにかかる。

まず一段階。

金村は荒々しい息を吐いた。フリークライマーはいったいどんな体をしていやがるのだろうと思う。自分より体重は三分の一少なくて、筋肉は倍あるにちがいない。

が、そうした思いはすぐにふりはらった。敦子の顔が浮かんできたからだった。

「くっそう」

腹の底からしぼりだすような声をあげ、金村は次の手がかりに腕をのばした。最初に見つけたでっぱりだ。

右手がそこにかかると、今度は左足の爪先が足がかりを見つけた。助かった、と思った。たったこれだけの登攀《とうはん》で、右足の筋肉が今にも痙攣《けいれん》をおこしかねないほど張っている。

頭上を見た。松の枝はまだまだ遠かった。

額から顳顬《こめかみ》にかけてを汗が伝っていった。顎の先から滴《したた》り落ちる。全身が汗で濡《ぬ》れそぼり、荒い息を吐くたびにシャツが冷たく胸にはりついた。

次の手がかりはまた見つからず、金村はギャフを使った。今度は顔を守るため、初めから岩肌に伏せてギャフをふるった。

船からはもう声がかからなかった。まるでナメクジのような速度で崖を這《は》いあがっているように見えるだろう。

そうだ、俺《おれ》はナメクジだ。金村は自分にいい聞かせた。だがどれほど進むのが遅いナメクジであっても、いつかはこの崖を登りきる。

89

神にせきたてられるまま、羽佐間はＢＭＷを猛スピードで走らせた。途中、何カ所かの〝チェックポイント〟で見張りに車を止められた他は、信号でも一度も止まることなく、別荘に到着した。

ＢＭＷが別荘のロータリーにすべりこむと、神は止まるのが待ちきれないようにドアを開いた。

玄関の前には、京都から連れてきた手下が立っていた。

「かわりはないか」

神の問いに、

「ありません」

と答える。それを聞いてようやく神はほっとしたようだった。玄関の扉を押し開いた。内側にも四人の見張りが立っていた。羽佐間はロータリーにＢＭＷを止め、急いで神のあとを追った。

「会長は？」

神の問いに、見張りは黙って、まっすぐにのびる廊下をさした。廊下のつきあたりに人垣が見えた。内部を固めていたボディガードたちだった。ひとつの部屋の扉の前にたたずんでいる。

神はわずかに眉《まゆ》をひそめた。そのとき、君国の怒鳴り声が聞こえた。

銃を貸せ、といっているように羽佐間には聞こえた。

そちらに向かって神はまっすぐに歩きだした。歩きながら腰のコルトを抜いていた。羽佐間も従った。

神が近づくと、ボディガードたちの輪が崩れた。そして羽佐間の目からも部屋の内部が見えた。

寝室の床に君国がひざまずいていた。かたわらに半裸のはつみが横たわっている。君国のようすがおかしかった。目を大きくみひらき、肩で息をしている。髪も乱れていた。

「会長」

神が低い声で呼びかけると、初めてその姿に気づいたかのようだった。

「おお、神か。奴《やつ》を始末したのか」

「いえ、奴らはたぶん船でこっちへ向かっています」

答えてから神は背後をふりかえった。部屋の前につっ立っている男たちに、

「下の桟橋に、無線機をもった人間を何人かいかせろ。海上保安庁の船に気をつけるんだ」

と命じた。すぐに四人の男たちが走っていった。

神が君国に目を戻すと、君国がいった。

「お前のその銃を貸せ」

神は無言で君国を見つめ、それからはつみに目を移した。

「殺るんですか」

抑揚のない口調で問いかけた。はつみはぼんやりとした表情を浮かべている。

「この女がはつみを殺したんだ」

君国はいった。羽佐間は耳を疑った。会長は気が変になってしまったのか。

「そうじゃない。この女ははつみじゃない」

君国は神が何もいっていないにもかかわらず、いった。

だが羽佐間が驚いたことに、神も平然とその言葉を聞き流した。

「わかっていました」

「お前のいう通りだった。この女は、はつみを殺して、自分の脳をはつみの体に移植したんだ。この女の中身は、お前が始末した女刑事だ」

羽佐間は仰天した。が神は、怪訝《けげん》そうにはつみを見やっただけだった。

「お前の名前は」

はつみは硬い表情になった。

「河野明日香」

「ちがうな」

いって、神はコルトを女の顔に向けた。

「河野明日香は死んだ。俺が殺した。河野明日香の体に五発は叩きこんでやった」

はつみはわずかに目をみひらいた。

「お前は河野明日香じゃない。もちろんはつみでもない。お前は誰でもない。ただの化け物だ」

はつみの目に苦痛が浮かんだ。君国が額に手をあて、つぶやいた。

「そうだ、化け物だ。こいつはとんでもない発作をおこす。きっと脳移植の手術がうまくいってないんだ。はつみの脳が残っている。こいつの頭の中で、はつみの脳とこいつの脳が闘っている」

神は無言だった。

「こいつは、俺を逮捕するために、はつみのふりをしてもぐりこんできた。俺の、はつみへの気持を利用しやがった」

怒りを感じさせない淡々とした声で、しかも手で顔をおおったままの君国が不気味だった。

「こいつの頭をぶち抜いてやる。こいつの脳ミソをぶちまけて、はつみの脳を捜すんだ。はつみの脳はきっと、こいつの糞《くそ》みたいな脳の中で、宝石のようだろう」

「――はつみさんはあなたを憎んでいたわ」

はつみ――女がいった。

「黙れ！　はつみは俺を愛していた」

君国は叫んだ。

「ちがう。恐れていただけよ」

「黙れ」

神もいった。羽佐間は不思議だった。なぜ神はすぐに会長の命令に従わないのか。

「彼女のためにあなたは最初の奥さんを殺した。彼女はそれが忘れられなかった。愛そうとしてもそのことがいつも邪魔をした。彼女はいっていた。あなたの住んでいる星には誰も住めない――」

羽佐間は胃のあたりが急に痛くなるのを感じた。かつて感じた経験のない不安と緊張を味わっているのだった。今まで会長にそんなことをいった人間はいなかった。しかも会長がこれほどとり乱している姿を見るのも初めてだ。

会長が爆発する。羽佐間は恐怖に近い予感にとらわれた。

が、ちがった。君国は額にあてていた手をおろし、無表情にはつみの姿をした女を見つめた。

「俺の――星だと……」

「そうよ。彼女はあなたに願うことをあきらめていた。あなたは誰にもかえられないし、誰にも止められない、と」

君国は深呼吸していった。

「はつみは俺にすべてを捧げてくれた。はつみは全人生で俺を愛してくれた……」

「あなたは訊《き》いたそうね。自分に忠誠を誓えるかって」

君国は目を細めた。思いだそうと努力しているようだった。

「初めてあなたが彼女を抱いたときよ」

「ああ……。訊いた。永久に忠誠を誓えるか、だ。そうだ。そう訊いた。はつみは誓えるといった！」

「でもあなたのもとを逃げだしたわ」

再び羽佐間の胃は痛くなった。やめろ！　このクソ女。会長を怒らせるんじゃない！

だが君国はまだ怒らなかった。

「あれは私が悪かったのだ。はつみに対する思いやりが足りなかった」

「あなたはどう思ったか知らない。わたしは聞いたわ」

女の表情は不思議に昂然《こうぜん》としていた。もう殺される覚悟を決めているのかもしれない。

「はつみさんはいった。両親が死に、自分はひとりぼっちだった。自分をひとりぼっちにしないで大切にしてくれる人だったら、そのときの彼女は悪魔にだって誓ったと」

凍るような沈黙がその場を支配した。やがて君国が訊《たず》ねた。

「はつみは私を悪魔だといったのか」

「彼女があなたを本当はどう思っていたのか、わたしは知らない。でもわたしが感じたことがあるわ」

「いってみろ」

「彼女は心を閉ざしていた。誰に対しても扉を閉め、鍵《かぎ》をかけていた。あなたを受けいれたかもしれないけれど、理解しようとは思わなかった。自分はあなたの人形だ、と自分にいい聞かせてきたのだと思う。九年間。あなたはひょっとしたら、九年前彼女を助けたのかもしれない。だとしたらこの九年間は、彼女のあなたへの感謝の気持の表われだったんでしょう。でも彼女は、もう嫌だった。充分だと思ったんだわ。借りは返した。人形であるのをやめ、自分の人生を生きようと思った。だからこそ、自ら警視庁に電話をしてきて保護を求めた」

君国は動きを止めてしまっていた。硬直したように、はつみの姿をした女を見つめている。

「愛していたのじゃない」

女の声が、そこにいる者すべての耳につき刺さった。

「ただ感謝していただけよ」

君国は驚愕《きょうがく》の表情を浮かべていた。

「嘘《うそ》だ……」

「嘘じゃないわ」

「お前は俺《おれ》を傷つけようとしているんだ。それだけだ」

女はかぶりをふった。

「わたしも女だわ。女が男を愛するというのがどういうことなのかわかっている。同時に、愛さないということも。はつみさんはあなたを愛してはいなかった。恐れて、そして過去の感謝の気持からしかたなくあなたに従っていただけ。あなたはそれを勘ちがいしていたのよ。もしわたしのこの頭の中に、彼女の心が残っているとしても、同じことをいったでしょうよ」

君国は無言だった。その目が女を離れ、神に向けられた。羽佐間は自分の目を疑った。

君国は、すがるような目をしていた。神に求めていた。

君国とはつみの、最もそばにいた神に、女の答がまちがっているといってくれと、懇願していた。

「――充分だ」

神がいった。無造作に銃を女の顔に向けた。

「やめろ」

素早く君国がいった。間一髪だった。一秒の何分の一か遅ければ、女の顔は吹き飛んでいたろう。

神は無言で君国を見た。

「今じゃない」

君国はいった。懸命に自分をとり戻そうとしているようだった。

「奴《やつ》が現われてからだ」

「どうしても、ですか」

神の声はかろうじて聞きとれるほど低かった。

「そうだ」

いって君国は女の顔を初めて見るかのように、視線を注いだ。

「お前と奴はわかりあえたのか」

「何のこと？」

「古芳だ」

女は答えなかった。羽佐間はほっとした。会長が自分をとり戻したのを感じたのだ。会長は壊れずにすんだ。

「お前は古芳に、自分の心のことを話したのか？　お前たちは恋人どうしだったのだろうが」

攻守が逆転した。黙りこむのは、今度は女の番だった。

羽佐間は興味を惹《ひ》かれ、女の顔を見つめた。神までもが銃口を下げている。

「話さなかったわ」

女が答えた。

奇妙だった。羽佐間から見ると、女と会長は、本来敵どうしであるにもかかわらず、互いの本心を喋《しゃべ》りあっている。じきに女が死ぬからだろうか。君国が他人の言葉にこれほど打ちのめされ、そしてまた打ちのめしてやろうと躍起になる姿を見るのは初めてだ。

「奴は知らない。そういうことか」

「そうよ」

君国は神の方を向いた。

「ならば奴が現われるまで殺すな。奴に教えてやれ。お前の恋人は生きていると」

そして女に目を注いだ。

「ロミオとジュリエットを知ってるか」

女は答えなかった。

「死んだと思った恋人が生きている。だが今度は本人が死ぬんだ。お前のせいでな」

女はじっと君国を見つめていた。

「奴は生きたいと願うだろうな。お前が生きていることを知ったら」

女の息が荒くなった。

「たとえ姿形はかわっても——いや、前のお前を知らないが、たぶん今の方がもっときれいだ。なのに、奴は生きていたお前と愛しあえない。お前を殺すのはやめだ。奴に、恋人が生きていたということを教えてやるためだ。教えて、奴がそれを信じて、死ぬのが恐くなったとき、奴を殺す」

「できないわ」

「なぜだ」

「わたしは認めない。絶対に。彼を危険にさらすくらいなら、ずっとはつみでいる」

「それはおもしろい。それなら奴の目の前で、はつみを演じてみろ」

そのとき神がちらっと君国を見たことに羽佐間は気づいた。神は疑っている。会長がいったい何を考えているか。いや、何のためにそんなことを考えているのか。

羽佐間も感じていた。会長はやはり壊れかけている。心が、どこかおかしい。

「こいつに手錠をかけて、口を塞《ふさ》いでおけ」

君国は羽佐間の方をふり返っていった。

「はいっ」

反射的に体を硬直させ、羽佐間はいった。

君国は神を見た。

「奴はくるのか、本当に」

「きます」

君国はゆっくり、大きなため息をついた。

「楽しみだ。生きて奴がここにくるといい」

「見つけ次第、殺します」

君国は頷《うなず》いた。

「しかたがない。だがもしくれれば、おもしろいものが見られる」

そして女に目を向け、いった。

「またこの女が発作をおこしたら、どうなる？　ん？　奴は腰を抜かすほど驚くだろう」

羽佐間はうつむいた。会長はいったいどうしたいのだ。わからない。

たぶん、憎んでいるのだろう。目の前のこの女をばらばらに切り刻んでやりたいほど憎んでいるのだろう。だからこそ生かしておくのだ。生かしておいて、目の前でこの女の恋人を殺すことで、自分の気持をなだめたいのだ。

恋人が死んだら、女はどうなる。

羽佐間は気づいた。きっと腑抜《ふぬ》けになる。がっくりときて、会長に逆らう気をなくす。そうなってから、会長は女をペットのように飼い、いたぶる気なのだ。

昔のように。

会長はまたはつみを、昔通りの人形にしようとしているのだ。

90

松の枝に手が届いたとき、金村は安堵《あんど》のあまり全身から力が抜けそうになるのを感じた。この松の枝に抱きつき、しばらく動きたくない、とすら思った。

だが体が安定すると、憎しみが再びよみがえった。

何をやっているんだ。まだ自分は何ひとつ、敦子の無念をはらすことをしていない。

歯をくいしばり、下生《したば》えの茂った斜面を踏みしめて、ロープを結びつけられそうな太い幹を捜した。

見つけると、腰に巻いていたロープを三重に巻きつけて締めた。

眼下では、舳《へ》先《さき》に立った古芳がロープの反対の端を手に、待ちかねていた。

金村の姿は今は、船からは見えにくい位置にあった。崖《がけ》の上、松がはりだした斜面は少しひっこんでいるのだ。そこに船からライトを向ければ、光を別荘から発見される可能性があった。

金村はロープを強く引いた。合図のつもりだった。古芳がすぐにそれと気づいた。ロープを腰に巻きつけ、さらに腕を通した。

金村は急いでロープの〝遊び〟を巻きとった。ロープがぴんと張った。

古芳が頭上を見上げている。カズの目には自分は見えていないだろう。だが引き上げる力は伝わる筈《はず》だ。

金村は両肩に回したロープをさらに引いた。その瞬間を待っていたように古芳が舷側《げんそく》を蹴《け》った。両手にロープを握り、爪先《つまさき》を崖につきたてようとじたばたさせる。

一気に古芳の体重が肩にかかり、金村は足を滑らせそうになった。が、松の幹がそれを支えた。

金村は腹の底から力をこめ、ロープを引いた。古芳が懸命にたぐってくる。さらに引いた。両腕の筋肉がぶるぶると震え、踵《かかと》が斜面にくいこんで土を抉《えぐ》った。

古芳の動きがロープを通してじかに伝わってくる。負傷しているとは思えないほど力強く。荒々しい。

ロープの〝遊び〟をたぐりながら金村は、古芳を引き上げつづけた。

やがて斜面にカズの頭が見えた。張りだした松の幹を古芳の手がつかむ。金村の肩にかかっていた重みが不意に消え、金村はうしろによろけた。

尻《しり》もちをついて見上げた目に、古芳の姿が浮かびあがった。

「――着いた、か」

息を整えながら、金村はいった。古芳はひざまずき、荒い息を吐いていた。腰のロープを外しにかかっている。

金村は崖下をのぞいた。仁志はまだ船をそこにおこうとしていた。必要以上に長くとどまれば、仁志だけでなく自分たちも見つかりやすくなる。

古芳をふり返った。古芳はロープをほどき終わり、斜面の上、バルコニーの方角をすかし見ていた。そこまであと十メートルほどだ。

古芳がこちらを見やり、ほどいたばかりのロープを崖下に投げいれた。崖を照らしていたスポットライトがすぐに海面に向けられた。柄の長いギャフを手にした仁志が光の中に現われ、ロープをすくいあげた。

「燃料の缶をひっぱりあげるんだ」

古芳が低い声でいった。いわれて金村は思いだした。

仁志はすくいあげたロープの先に二缶の燃料の取っ手を結びつけた。

瞬くまに燃料缶は斜面まで引き上げられた。

ようやくスポットライトが消された。巡視艇がエンジン音をわずかに高くして後退した。そのまま沖へとまっすぐ後退していく。

キャビンの人影は、闇《やみ》に呑《の》まれて見えない。金村は仁志のくやしさを思った。仁志のぶんも、奴らに思い知らせてやる。

古芳が缶のロープをほどくと、金村の腕をつかんだ。

「人を撃ったことはあるか」

「ない」

「躊躇《ちゅうちょ》するな。奴らは俺《おれ》たちを見つけたらすぐに撃ってくる」

金村は古芳を見返した。

「何いってやがる。俺の方が先に撃つ」

古芳は頷いた。目でバルコニーの方角を示した。

「離れて登るんだ。その方が見つかったときに何とかなる」

「わかった」

燃料缶はひとつずつもつことにした。信号銃は古芳がもっている。

まず古芳が先に斜面を登った。左手に缶をもち、右手にトカレフを握っている。金村はコルトを握りしめ、その低くした背中を見送った。

第一弾はすでに薬室に入っている。あとは安全装置を外して引き金をひくだけだ。

金村の射撃の腕は「中級」だった。だが、今夜だけは的を外さない自信があった。当たらなければ、当たる距離まで詰めよってでも当ててやる。

古芳の背は、すぐに松林の闇に呑まれた。金村も足を踏みだした。

落ちあう場所は決めてあった。断崖《だんがい》の頂上にはりだしたバルコニーの下だ。バルコニーは水平を保つために、何本かの脚を斜面におろしている。その脚のあいだに、もぐりこむすきまがある筈だった。

闇の中。つきでた根に足をとられ、はりだした小枝に顔を打たれながら金村は進んだ。身を低くしていても、いつ銃弾を上空から浴びせられるかわからないので、首を常に上に向けていなければならない。首根が痛くなってくる。

バルコニーには見張りがいておかしくはない。見つかれば撃ち合いだ。撃ち合いが始まれば、あとは進むしかない。たとえ蜂の巣にされても、君国をぶち殺す。そして、あの野郎だ。四十五口径を使う、君国の殺し屋。なぜだかはわからないが金村は、敦子を殺したのも、後輩を殺したのと同じあの殺し屋だろうと確信していた。

91

神に命じられるまま、羽佐間は別荘の外にでた。神は車に向かって歩きながら、無線機に話しかけている。

「桟橋のまわりに船はいないか」

『橋内のクルーザーだけです』

桟橋に送った見張りと交信しているのだった。

「そこから沖にかけてはどうだ」

『ずっと沖には、何隻かいますが……。近くには見あたりません』

羽佐間は顔をあげた。見覚えのある車が一台、別荘の車寄せにすべりこんでくるのが見えた。橋内産業の幹部と運転手が乗っている。

神を見ると、神はBMWのトランクから銃の入ったケースをとりだしているところだった。ライフルケースだ。

車から降りたのは、中野という幹部だった。中野がまっすぐ別荘に入っていこうとするのを神が制した。

「何だ」

中野はむっとしたようにいった。

「俺は呼ばれたからきたんだぜ」

「呼んだのは俺だ」

神がいった。

「なんだと」

中野は神の顔をにらんだ。典型的な田舎やくざの面をしてやがる、と羽佐間は思った。顔が丸くて、パンチパーマをかけ、体はずんぐりとしている。

「あんたはこの別荘には詳しいな」

神は低い声でいった。

「そりゃそうだ。うちのオヤジと始終きているからな」

「海から近づくにはどうすればいい？」

「ここにか」

「そうだ」

「そこの桟橋だろう」

「他は」

「無理だ。近づけねえからここに作ったんだ」

中野は顔をしかめていった。

「本当に近づけないのか」

「何いってやがる。近づけるわけないだろう。見たろう、バルコニーから下の崖を」

「その気になれば登れるかもしれん」

「そんなことをする馬鹿がどこにいる。上がってきたって、すぐ弾かれちまうだろうが」

「テレビカメラをあそこにもつけなかったのはなぜだ」

神はとりあわず訊《たず》ねた。

「何いってんだ、お前。桟橋だけで充分だからに決まってるだろうが」

中野はいらだったようにいった。

「バルコニーはどういう風に作ってある」

「橋桁《はしげた》みたいので支えてんだ。傾斜地だからな。それじゃなけりゃ、倒れちまうだろうが」

「高さは」

「知らねえ！　そんなこと知るわけないだろうが！」

神はライフルケースのカバーを外した。中野は息を呑んだ。大型スコープをつけたライフルだった。

「別荘の外からバルコニーにでるにはどうすればいい」

「でられねえよ」

「工事のときはバルコニーを最初に作ったのか」

「いいや。建物ができてから、オヤジがあそこにバルコニーが欲しいっていいだしたんだ」

「じゃ、資材は建物の中を通して運んだのか」

神が訊ねると、中野はふっと思いだしたような表情になった。

「いや……。そうじゃなかった。こっちからいって、桟橋とは反対側の斜面に通路をこしらえたんだ。トラックなんかはそこを通した」

「その道に案内しろ」

「まっ暗だし、今はもう草ぼうぼうだ」

「いくんだ」

「てめえ、何さまのつもりでいやがる⁉」

中野がどなった瞬間、ライフルの銃口が顎《あご》の下にあてがわれた。神の手がボルトを動かし、第一弾を薬室に送りこんだ。三〇―〇六口径のモーゼルだった。ずんぐりとした望遠レンズのような筒がとりつけられている。微量の光を増幅させる暗視スコープだ。

中野が声を詰まらせた。やりとりを見守っていた運転手があわてて車を降りようとする。羽佐間はさりげなくベレッタを抜きだした。運転手の目からもよく見えるように、腰のあたりにもった。運転手がにらみつけてくる。

羽佐間は静かに見つめ返しながらベレッタの安全装置を外した。

運転手は動かなくなった。

「――奴《やつ》らがきてからじゃ遅いんだ。案内したくないならいい。そのかわり、バルコニーから奴らが上がってきたら、お前を殺す」

神の声が聞こえた。

「おかしいんじゃないのか、お前……。こられるわけがねえだろう。第一、刑事なら正面から乗りこんでくるに決まってるだろうが」

「奴はそんなにかわいい刑事じゃないんだ」

「くそったれ」

中野は吐きだした。

「落とし前はつけてやっからな。会長は知っているんだろうな」

「会長は何も気にしない。いけ」

神はいって、銃口を中野の顎の下から外した。中野はいまいましそうに首をふった。

「いくら本部だからって、ふざけんじゃねえぞ」

そうはいったものの、泳ぐような足どりで歩きだした。桟橋とは反対側の、別荘の右横にでる方角へ進んでいく。

神は羽佐間に合図した。羽佐間は頷《うなず》くと、中野のあとを追った。神はその少しあとをついてくるつもりだ。

建物の右手を回りこむようにして進むと、雑木林にぶつかった。海に向かって傾斜した斜面に松などが生えている。

「懐中電灯はねえのかよ」

「なくてかまわない。手探りでいけるだろう」

中野の言葉に神が背中ごしに答えた。ふりかえった中野が息を呑《の》んだ。羽佐間の右肩にのったライフルの銃口が自分を狙《ねら》っていたからだった。

「くそが」

「静かに歩け」

雑木林の暗闇《くらやみ》を進むうちに目が慣れ始めた。右手の斜面の下方からは、波の音が聞こえてくる。

不意にフェンスにつきあたった。別荘の敷地を囲む格好で、雑木林の中を金網がよこぎっているのだった。フェンスの最上部には有刺鉄線が二本張り渡されている。

「ここまでだ。あとはフェンス沿いにいくんだが、バルコニーにはでられねえ」

中野が低い声でいった。

「これはあとから作ったものだな」

「そうだ。バルコニーの下まで登ってきたって、建物の中を通るか、こいつを越えなけりゃ入れねえよ」

「電流は通っているのか」

「昔は通してたんだが、やたらに鳥だのリスだのがひっかかっちゃショートするんでやめちまった」

「じゃ無意味だな、先へいけ」

フェンスは淡い緑色に塗られていた。中野はその金網に触れながら岬の先端へと進んでいった。高い虫の音が、三人の歩みにつれて、ぴたりと止む。

羽佐間は足もとを見おろした。古い轍《わだち》が地面には残されていた。雑草がおおった地表に、平行した二本のむきだしの土の帯がある。

フェンスは岬の形に沿うようなカーブを描いていた。別荘とフェンスの間隔は、先に進むに従って狭くなってくる。

やがて右側にあったフェンスが正面へと回った。三人は立ち止まった。フェンスの向こう側に、スポットライトで照らしだされたバルコニーがあった。距離は約二十メートルだった。バルコニーとフェンスのあいだは急斜面になっている。

「しゃがめ」

神が小声で命じた。三人は膝《ひざ》を折った。

「そこからバルコニーの下が見えるか」

神が羽佐間の耳もとでいった。羽佐間は目をこらした。左前方につきでたバルコニーの裏側は、半分が死角になっている上に、バルコニーを照らすライトの反射でまっ暗に見える。

「駄目です」

神が中野の肩をつかんでひきよせた。

「戻って、バルコニーのライトを消し、お前の若い衆を連れてバルコニーにでろ」

小声で命じた。

「俺《おれ》が？　無線で誰かにやらせりゃいいじゃねえか」

「無線を使えば、下にいる奴に聞かれる。無線の音ってのは響くんだよ」

イヤホン付きの無線を用意しておかなかったことを羽佐間は後悔した。

「お前な――」

中野が怒りをおさえきれなくなったように大声でいいかけた。神の左手が動いた。コンバットナイフがふくらはぎから抜きだされ、中野の鳩尾《みずおち》に吸いこまれた。羽佐間は素早く、中野の口を掌《てのひら》でおおった。

くぐもった呻《うめ》き声をたて、中野の体が前のめりになった。神がナイフを半ひねりして、すばやくとびのいた。大量の血をナイフの刺し穴から噴出させながら中野は倒れこんだ。

フェンスに頭がぶつかって動かなくなる。

「田舎者が」

神はつぶやいて、ナイフの刃を中野の服の襟でぬぐった。そして羽佐間に目を向けた。

「お前、いけ。何人か連れてでて、ライトを消したら待機しろ」

羽佐間は頷いた。

「こいつはどうします？」

「ここにおいておけ。古芳がやったことにすればいい」

「了解」

羽佐間はいって、素早く、元きた道を戻った。

92

君国はひとりがけのソファにすわり、組んだ足の上に拳銃《けんじゅう》をのせていた。神がよこした、予備のコルトガバメントだった。第一弾は薬室に送りこみ、安全装置も外している。

部屋の中は、光量をしぼったフロアスタンドがひとつ点《つ》いているきりだった。

君国がすわっているのとまったく同じソファが、三メートルほどの距離をおいて、向かいあわせにおかれていた。そのソファにすっぽりとはまりこむように、はつみの姿をした女がいる。

猿ぐつわをかまされ、両手と両足に手錠をかけられていた。

君国はいつでもこの女の命を奪える。手首に力をいれてほんの少し銃口をもちあげ、引き金にかけた人さし指をしぼればいいのだ。

スタンドの光は、うつむいた女の左の横顔だけを照らしていた。女は目を伏せ、じっと足もとの床を見つめている。

女の体にはバスローブが羽織らせてあった。見つめているうちに、君国は欲望がふくれあがるのを感じていた。

古芳という刑事をつかまえたら、女にすべてを喋《しゃべ》らせてやる。そして古芳の目の前で女を犯してやる。この女の体がどれほど敏感か、教えてやる。まるでスイッチのように、どこをどう攻めれば、この女の体が濡《ぬ》れ、歓びにのたうち回るか、自分にはわかっているのだ。

そうだ。はつみの心は消えてしまったが、体が残っている。この体を、自分は愛しつづければいい。

君国は無言で、はつみの体を見つめていた。

93

バルコニーは無人だった。が、建物の側面にとりつけられた二基のスポットライトが煌々《こうこう》とその表面を照らしだしている。

　近づくにつれ、金村にはそれがわかった。バルコニーの下部は、最も高いところで、斜面から一・五メートルほどある。スポットライトのせいで、バルコニーの真下は暗闇に見えた。

　逆に、真下に入るまでは、バルコニーの外へとこぼれる光の中を通りぬけねばならないことになる。バルコニーの左右は、松林も切り倒され、視界を広げてあるのだ。バルコニーの手前、五、六メートルのあたりからは切り株と雑草しか地面にはない。

　見張りがいないのは助かった。松林の出口まできて、金村は思った。やはり、誰もこの崖《がけ》を登ってくるとは考えていないのだ。あとはバルコニーの内部にいる見張りのことだけを考えればいい。

　古芳の姿が見えなかった。もうバルコニーの下に入っているのかもしれない。

　大またで五歩踏みだせば、バルコニーの下だ。金村は左手にさげた燃料缶をおき、掌《てのひら》をスラックスでぬぐった。右手の拳銃を左手にもちかえ、同じようにぬぐう。掌が汗でぬらついていた。

　再び両手にそれぞれをもち、足を踏みだそうとしたときだった。バルコニーのガラス扉が開かれた。

　金村は凍りついた。すばやく、松林の幹の陰に隠れた。光は、金村がいる松林の出口近くにも達している。バルコニーの手すりから身をのりだして見おろされれば、発見される可能性が高い。

足音がバルコニーで聞こえた。複数のものだった。

異常がないのか見にきたのだろうか。だとすれば、すぐにひっこむ筈《はず》だ。金村の位置からは、向こうがよほど手すりに近づかない限り、銃では狙えない。角度がありすぎる。

「よし、消せ」

男の声が聞こえた。そのとたん、バルコニーの上が闇に呑まれた。ライトが消されたのだ。

どういうことだ。

わざと暗くして近づきやすくしているのだろうか。そんな筈はない。

金村はそっと幹の陰から顔をだした。やはりバルコニーにいる人の姿は見えない。が、バルコニーの下にうずくまる人影は見えた。古芳だ。

金村ははっとした。ライトを消したせいで、古芳の姿が見えるようになった。とすれば、バルコニー以外から、バルコニー周辺を監視している人間の目にも古芳は見えている。

そのとき、左上方から銃声が響いた。

金村ははっとして身を縮めた。大きな銃声だった。拳銃ではない、ライフルだ。

幹の反対側から顔をだした。銃声がしたのは、バルコニーをはさんだ反対側の暗闇《くらやみ》からだった。

「──下にいたぞ！」

叫び声がバルコニーの上で聞こえた。ライフルを撃った奴《やつ》が、バルコニーの上の見張りに知らせたにちがいない。

「ライトをつけろ！」

今度は古芳を追いつめるつもりだ。金村はあせった。バルコニーにライトが点《とも》る。

「そっちから降りろ」

ばらばらとバルコニーの上で足音がした。建物に近い側から地面に降りようというのだ。

「反対側にも回れ！」

さらに叫び声が聞こえた。

金村は唇をかんだ。古芳は袋のネズミだった。バルコニーの下からとびだせば狙《ねら》い撃ちだし、隠れていても追いつめられる。それに何より、最初のライフルの銃声が古芳を狙ったものだとすれば、被弾したかもしれなかった。

バルコニーの、建物よりの手すりをのりこえようとしている男の姿が見えた。金村は官給のコルトをもちあげ、松の幹に手首を押しつけて狙いを固定した。

さらに別の男が手すりをのりこえようとまたがる姿が見えた。金村は引き金をしぼった。乾いた銃声と反動がきて、狙いをつけた方ではない、またがっている方の男が叫び声をたてた。銃弾が上にそれ、あとから手すりをよじのぼった男の体に当たったのだ。

金村はさらに引き金をしぼった。バルコニーのガラス窓が砕け、最初の男にも弾丸が命中した。悲鳴が聞こえた。

「消せっ、消せっ、馬鹿野郎！　他にもいやがるぞっ」

恐怖にゆがんだ顔が手すりの向こうにちらっと見え、すぐに引っこんだ。

ライトが消えた。金村は松の幹の陰に隠れた。銃声がバルコニーの方角でおこった。

バチバチッという音が近くの松の幹や枝でたった。弾丸がつき刺さってくる。

金村は尻《しり》もちをついた。向こうは適当に弾丸をばらまいている。だが動けなかった。

映画のように弾丸の雨をくぐって走る、というわけにはいかない。一発でも当たったらおしまいだ。

大きな銃声がして、不意に金村の隠れている松の幹が揺れた。細かな木屑《きくず》がぱっと顔にふりかかる。

金村は首をすくめた。ライフルで狙われたのだ。拳銃弾とは比べものにならない貫通力で、ひと抱えもある松の幹をぶち抜いてきている。

林の奥に逃げこもう、そう判断して、金村は身を起こした。そのとき、第二弾が襲った。左肩を殴りつけられたような衝撃がきて、金村は斜面を転がった。が、すぐに別の松の陰にとびこんだ。

なんてことだ。ライフルをもっている奴は、金村の姿が見えているのだ。金村は左肩に触れた。幸いなことに、松の幹を貫通した弾丸は、洋服の肩を裂いていっただけだった。

金村はべったりと斜面に伏せた。少しでも、相手から狙えるこちらの面積を小さくする他はない。

ライフルをもっている奴がどこにいるか、バルコニーの奥の闇では見当がつかない。乱射してみる手もあるが、それではかえってこちらの居場所を悟られるだけだ。

それより古芳が心配だった。こうして自分が隠れているあいだに、バルコニーの上にいる奴らが古芳を追いつめてしまう。

何かいい手はないのか。

そのときだった。バルコニーの下で何かが爆《は》ぜる音がした。

次の瞬間、赤い閃光《せんこう》が、バルコニーの奥の闇で輝いた。

94

モーゼルのM66は、マガジン内に三発の三〇―〇六弾を装塡《そうてん》することができる。三発目の弾丸が、松林の中の男を転がすのを、神は淡い緑のスコープの視野の中でとらえていた。

見知らぬ男だった。手応えはない。たぶんかすっただけだろう。男は追われるネズミのように、別の松の陰に転げこみ、伏せた。

神は空になったマガジンを抜きだすと、すばやく予備のライフル弾を装填した。ライフルにマガジンをセットし、暗視スコープに目をあて、ライフルの筒先を左に振った。バルコニーの下部が視野に入ってきた。あの男の姿がなかった。一発目を叩《たた》きこんだとき、確かに手応えがあった。こちらに背を向けるようにして、橋桁《はしげた》の下に隠れていたのだ。その背中の中心に撃ちこんだ筈だ。てっきり、そのまま横たわっているだろうと思っていた。

神は小さく舌打ちし、中野の死体の背中に銃口をのせ、さらにスコープをのぞきこんだ。

淡緑色の視野の中には、黒っぽい灰色をした橋桁しか見えない。

銃口をはねあげ、バルコニーをのぞいた。ふたりの男が転がっている。その手前に、中腰になって身を低くしている羽佐間と、もうひとりが見えた。

やむをえなかった。神は無線機を口にあてた。

「ひとりはまだ下の林だ。だがお前らの下にいたひとりが見あたらない。そいつが例の古芳だ」

羽佐間がかがんだまま、無線機を口にもっていくのが見えた。

『了解』

つづいて、屋内にいるボディガードたちに羽佐間は指示を下し始めた。なるべく多くの人間を、バルコニーの周辺に集めている。道路を監視していた連中にも戻るよう命じていた。それが終わると、神はいった。

「羽佐間、ウジーをもって、桟橋の方に回れ。斜面づたいにいって、バルコニーの下にぶちこんでやれ」

『了解』

羽佐間が建物の中にひっこんだ。入れかわりに、三人ほどの部下が拳銃《けんじゅう》を手にバルコニーに現われた。

そのときだった。下方で、ちかっと光が瞬いたような気がして、神は暗視スコープを下に向けた。瞬間、目を焼かれるような赤い光が走った。

あわててスコープから目を外した。火の粉を曳《ひ》く、赤い炎がフェンスに向かって飛んでくる。神は身をひるがえした。

フェンスに炎のかたまりがぶつかった。ぱっと火の粉を散らせる。信号弾だった。

神はライフルを抱き、別荘の壁にはりついた。微量の光でも増幅させる暗視スコープは強い光に弱い。神の右目は、スコープごしに信号弾の強い発光を見たせいで、瞳孔《どうこう》が収縮してしまっていた。

神は右目を閉じ、拳銃を抜いた。右きき用のライフルを左目で狙っては、命中率が著しく落ちる。

信号弾は、フェンスの金網に刺さって燃えつづけていた。

銃声とともに、別荘の壁が弾けた。立場が逆転していた。信号弾の光で、神の体が浮かびあがっている。

中野の体が揺れた。生きていると思って弾を撃ちこんできたのだ。銃弾はバルコニーの向こう、松林の方角からだった。

神はガバメントを撃ちまくりながら後退した。下からの銃声に応えるように、バルコニーの上から拳銃が何発も発砲された。だが上にいる連中からは古芳が狙えない。

神は無線機に呼びかけた。

「羽佐間、どこだ!?」

『今、桟橋の上です！』

「状況がかわった。松林の方を先に片づけろ！」

『了解』

神は、松林からの火線を外れる位置まで後退すると、ようやく右目を開いた。まだ完全には視力が戻っていない。

コルトに新しいマガジンを入れ、ホルスターに戻して、地面に膝《ひざ》をついた。桟橋の側からサブマシンガンの掃射をうければ、古芳はこちらへ向かってこざるをえない。

信号弾が燃えつきれば再び、暗視スコープを使った狙撃《そげき》が可能になる。

95

羽佐間は車内においてあったウジーをつかんで走った。別荘の左側にはフェンスはなかった。窓が左側に多くあるのと、斜面と建物の間隔が、フェンスを張れるほど広くないためだ。

桟橋への降り口は、正面入口のロータリーを少し左へ外れたところにあった。それを過ぎると、別荘の左翼が、崖《がけ》のぎりぎりにまで張りだしている。羽佐間は、窓の下のわずかなすきまをすり抜けた。

右手にバルコニーがあり、急斜面が松林に向かって落ちこんでいる。

羽佐間は建物で自分の体をブロックできる位置まで退った。

「着きました」

無線機に告げた。

『バルコニーの明りがついたら掃射しろ』

ウジーのセレクターをフルオートに切りかえ、腰だめにかまえた。明りがついた。

二歩前にでると、下方の松林に向けて引き金をしぼった。左から右にホースの水をまくように九ミリ弾を撃ちこむ。電動ドリルのような連射音が響きわたった。

左から右へ掃射。そしていったん引き金から指を離し、狙《ねら》いをさらに下に修正して、右から左へ掃射した。

ウジーはあっというまに三十二発入りのマガジンの弾丸を吐きつくした。一分間に六百発の回転数をもつのだ。三秒で全弾を撃ちつくす。

空になったマガジンを引き抜いたとき、バルコニーの下から人影がとびだした。光の中に全身をさらしている。

予想外だ、最後の瞬間に羽佐間が思ったのはそのことだった。バルコニーの上にいる連中から狙われるとわかっていて、下からとびだしてくるなんて。

あの大男だった。膝をつき、顔のまん中にあたる位置でトカレフをかまえている。まにあわないと知りつつ、訓練で培われた習性がウジーに新しいマガジンを押しこんでいた。トカレフが火を噴き、羽佐間は顔面に灼熱《しゃくねつ》の衝撃をうけて倒れこんだ。二発目の銃声は聞こえなかった。

96

古芳が生きていた。古芳はバルコニーの奥の暗闇《くらやみ》に向けて信号銃を撃ったのだ。

信号弾が発火し、赤い閃光であたりを照らしだしたとき、金村はすばやく逃げようとする男の姿を見た。あの殺し屋にちがいない。背の高い、幽霊のような顔つきをした奴《やつ》。

男のもっているライフルには望遠レンズのようなでかい筒がついていた。暗闇でも標的をとらえられるスコープだ。

バルコニーの奥は金網を張ったフェンスだった。男はその向こうから狙撃をしてきていたのだ。

金村はあたるとは思わなかったが、コルトをそのフェンスに向けて撃った。下の方にもうひとつ、別の人影が見えたのもその理由だった。

だが数発撃ったところで、バルコニーの上から拳銃で狙われ、松の陰にひっこんだ。拳銃の弾丸では、ライフルとちがって松の幹を貫通できない。

ライフルさえなければ、松林の奥へと進むことはできる。

金村はひとわたり射撃がやむのを待って、燃料缶を手に、ま横へと走りだした。不思議なもので、何回か撃ちあっているうちに度胸がついてくる。

とにかく古芳がバルコニーの下から抜けだせるチャンスを作らねばならない。そのためには少しでも、バルコニーの上にいる連中を狙い撃ちしやすい位置に移動する必要があった。

斜面を半ば下るようにして、金村は桟橋の方角へと進んだ。バルコニーのライトが消えているので、自分の動きを見つけられる心配はない。

バルコニーの、向かって右角の下まで松林を回りこんだとき、またバルコニーのライトが点《とも》った。反射的に金村は斜面を転がり落ちた。同時にまるで嵐のような銃弾が林に向かって注ぎこまれた。

短機関銃までもってやがる。金村の胸は冷たくなった。

松林に向けての掃射は、左右に二度に渡っておこなわれた。それが止んだとき、金村は古芳の姿を見た。バルコニーの陰からとびだしてきて、別荘のわきで短機関銃をかまえる男を撃ったのだ。古芳はバルコニーにもこちらにも、背を向けていた。

二発の弾丸を浴びて、男はひっくりかえった。気づいたバルコニーの上の連中が、向かって右手の手すりに殺到した。

金村はそちらに向けてコルトを発砲した。二発撃ったところで銃が空になった。が、ひとりの腕を撃ち抜くことができた。

「だんだん、うまくなるぜ」

金村はつぶやいた。空になったコルトをホルスターに戻し、古芳からもらったリボルバーの一挺《ちょう》を抜いた。

古芳はその間にすばやく動いていた。斜面を駆けあがり、死んだ男の手から短機関銃を奪いとったのだ。

今は、古芳の姿を金村ははっきりと見ることができた。バルコニーの上にいる連中からは斜めうしろの死角になるため、古芳の動きが見えない。

古芳は金村に見えるよう、合図をした。掌《てのひら》を広げ、そこにいろといっている。古芳から自分が見えるとは思わなかったが、金村は頷《うなず》いた。

古芳は別荘の正面に向かって走り去った。

97

ウジーの特徴ある銃声は、建物の反対側にいてもわかった。掃射は二回に分けておこなわれた。そのあと、拳銃《けんじゅう》の銃声が二発おこり、さらに数発がつづいた。

「状況を知らせろ」

神は無線機に呼びかけた。羽佐間からの応答はなかった。神はチャンネルを切りかえた。

「バルコニー」

『はい、五島《ごとう》です』

「どうなってる？」

『野郎に逃げられました。下からとびだしてきやがって……。撃とうとしたんですが、林から援護射撃があって――』

「そっちの状況は？」

『三人いかれてます。全部、林の中からです』

「羽佐間はそっちへいったか」

『いえ』

神はすばやくうしろをふりかえった。誰もいない。背中が一瞬、ひやりとしたのだった。

羽佐間は殺られたようだ。

「ひとり、建物の中に戻れ、中の連中に正面を固めさせろ。それから電話して、ヘリを飛ばさせろ。会長を避難させる」

『は、はい』

とまどったように五島はいった。会長がこの場をでていくとは思えないのだ。

神は計算が狂ったことを知った。奴はこちらにはこない。下手をすると、うしろをとられる。

ライフルを今までとは反対の方角、建物の正面の方に向けた。もし奴がくるなら、そっちからだ。

スコープの中には、カーブしたフェンスと、人けのない草の道が浮かんでいる。奴が建物を回りこんでこちらにきたら、一発で仕止めてやる。

ボディガードとしては、会長のそばにいくべきだということがわかっていた。だが、その前に古芳を仕止めなければならない。

守りに徹していては、絶対にあの男を倒すことはできない。

神は深呼吸し、罠《わな》を張った。

松林とバルコニーのあいだではにらみあいがつづいていた。バルコニーの明りはついたままで、誰かが手すりごしに顔をだせば金村は狙い撃つことができる。だが同様にして、金村も身動きがならないのだった。

奴らは応援を呼んでいるだろう。一方、このあたりはどれだけ銃声が響こうと、一一〇番通報をするような住民がいない。

時間がたてばたつほど、金村らは不利になる。

古芳はいったい、何をしようというのか。建物の反対側に回って、例の殺し屋を片づける気なのか。

98

これだけ厳重な警備が固められているということは、内部に君国がいる証明だ。帝国「クライン」の王がいる。

その存在や名は、知っていたが、アフター・バーナーを憎むすべての警官が、決して手の届かない相手だとあきらめていた男。

それを考えるとひどく不思議な気分だった。何百人、売人をパクり、何十人、卸しの奴らを縛っても、絶対に陽のあたる場所へはひきずり出せなかった元締の中の元締だ。何人ものボディガードと弁護士に守られ、尚かつ警察組織の中枢にまでパイプをもって、何千人という刑事たちがどれほど踵《かかと》をすり減らし、目を血走らせ、ときには自分の身を銃弾の的にしても、カスリ傷ひとつ負わせられないといわれていた男。

その男が今、ほんの数十メートルのところにいる。ここに貫通力のあるライフルでもあって、でたらめに建物の中に撃ち込んでやれば、もしかしたら君国の頭をぶち抜くことができるかもしれない。

そんな危険に君国が身をさらしていること自体が驚きだった。まちがいなく、君国は、古芳と自分によって追いつめられているのだ。

そうなったのは、ひとりの女のせいだ。

これを考えついた、古芳の上司の頭に驚かずにはいられない。たったひとりの女への思いが、大組織を崩壊の危機にさらしている。いいかえれば、古芳の上司は、完全無欠に見えた「クライン」の弱点をみごとに突いたのだ。

もちろんそれによって生じた犠牲は、はかり知れない。金村の妻、敦子もそのひとりだ。しかも、今ここにある「クライン」の危機は絶対的なものではなく、金村と古芳が、警護の男たちの銃弾に倒れれば、それで終わってしまう。

いわば、すれすれのところにあるのだ。

どちらが勝つか、だ。金村は気づいた。今夜のこの闘いは、金村にとっての復讐《ふくしゅう》、古芳にとっての任務だけでは終わらない。「クライン」の生存がかかった闘いだ。もし、万に一、億に一、金村と古芳が勝つようなことがあったら「クライン」は消滅する。

「クライン」は完全無欠に見えて、実は弱点をもっていた。それは君国という帝王そのものだった。帝王が死ねば、帝国は崩壊する。

古芳の上司はそれに気づいていたのだ。「クライン」は、君国そのものだ。君国の死は、「クライン」の死だ。

負けるわけにはいかない。

それは法に準じる警察官の使命からは逸脱しているかもしれない。しかし、負けるわけにはいかない。

君国を殺す。

たとえ刺しちがえてでも、その命を、奪う。

99

銃声が何を意味しているのか、アスカにはわかっていた。

仁王がきた。

やはりきた。必ずくる、と信じていた。その通り、きた。

追跡と警備の目をかいくぐり、怪我を負った体で、すぐそこまできている。

アスカはそっと目だけを動かして部屋の扉を見た。今にもその扉が蹴破《けやぶ》られ、仁王がとびこんでくるような気がする。

扉の向こうの廊下ではさっきからあわただしい足音、叫び声がつづいていた。

それが一段落し、銃声も止んだ。

生まれた静寂が、仁王の死を意味するものだとはアスカは思わなかった。

ここまでやって来た仁王が、そう簡単に警備の銃弾に斃《たお》れる筈《はず》はない。戦闘が膠着《こうちゃく》状態に入ったに過ぎない。

アスカは、向かい側にすわる君国に目を移した。

撃鉄を起こした軍用拳銃を膝《ひざ》にのせ、君国は眠っているように見える。だが、薄く目は開いていたし、ときおり、外の音にぴくりと体を反応させていた。

この男が、これほどの危険に迫られるのは、絶えて久しくなかったにちがいない。

「クライン」の創成期、まだちっぽけな麻薬の密売組織に過ぎなかった頃は、この男も今のように拳銃を握りしめ、刺《し》客《かく》の出現に怯《おび》えることがあったかもしれない。だが今の「クライン」、この国最大の非合法組織となってからは、何年も生命の危険を間近で感じたことなどなかったろう。

だが君国の顔に怯えはなかった。最初の銃声が聞こえ、

「奴《やつ》がきました」

という報告をボディガードのひとりがもたらすまでは、君国の顔には、いらだちと懊《おう》悩《のう》のような、濃い影があった。戦闘が始まってから、それは消えている。一切が抜け落ち、虚脱したかのような、放心状態に似た無表情に、君国はかわっていた。

君国は、待つことに賭《か》けている。ふと、アスカはそう感じた。

アスカにとって、仁王にとって、この闘いが、自分のすべてを賭けた闘いであるように、君国にとっても、今夜のこの闘いは、重要な意味をもっている。

もちろん君国が倒れれば、「クライン」は崩壊する。だが、君国にとってはそれ以上に大きな意味、君国という男の全存在が、この闘いに賭けられているような気がするのだ。

それは、はつみが理由なのか。君国が愛し、殺した、神崎はつみというひとりの女性が理由なのか。

はつみが生きている。

アスカは思った。肉体としての神崎はつみは確かによみがえった。神崎はつみの心は死に、消滅した。そう思っていたのだが、ちがった。

はつみは生きている。

いいかえればそれは、亡霊のようなものだ。神崎はつみの心の所在を追い求め、その亡霊に君国は怯えている。そのことが、今夜のこの危機を生みだしたのだ。

君国が心のバランスを失い、それに部下たちがとまどっているのを、アスカは感じていた。

怪談にたとえるなら、はつみの亡霊がさまよい、君国を、君国の部下のひとりひとりを、おとしいれている。仁王が君国とアスカに肉迫するまで、彼らの足並みを狂わせ、銃弾をそらし、判断をあやまらせているのだ。

もちろんそれは空想でしかない。しかし、アスカがそう考える以上に、君国はそれを感じているにちがいないのだ。

君国が漂わせる、この静けさは、まさに君国のその思いを表わしている。

君国は放心しているように見え、実は全身全霊で、この別荘のどこかを漂う、はつみの気配を感じとろうとしているのだ。

100

奴はこなかった。

神の中に迷いが生じていた。羽佐間を仕止めたら、必ず奴は建物のこちら側に回りこんでくると、神は判断していた。

なのにこない。

こちら側にこなければ、あとの道はひとつ。建物の中に入ることだ。

だが建物の内部に奴が入りこんだという報告は受けていない。

どこにいるのだ。

神は心の中で、古芳の動きを想定した。

羽佐間を殺ったのは奴だ。ウジーのマガジン交換のすきをつき、バルコニーの下から羽佐間を狙《ねら》い撃ったにちがいない。そこからすぐに移動すれば、奴は、こっちか建物に向かっている筈だ。

それがこないということは、奴はまたバルコニーの下に戻ったのだろうか。

馬鹿げている。自分から袋のネズミの状態に戻るようなものだ。それにバルコニーの下に戻れば、五島たちの目に入らない筈はない。

奴はどこかにいるのだ。

どこにいる。

そのとき、ウジーの連射音が、バルコニーの方角から聞こえた。ウジーは今、奴の手にある。

そんな馬鹿な。

神はスコープから目を離し、フェンスの方角をふりかえった。信号弾は燃え尽きている。悲鳴が聞こえた。

無線機を口にあてた。

「五島！」

返事がなかった。

「バルコニー！　誰かでろ！」

答はない。

神はフェンスに走りよった。バルコニーには明りが点《とも》り、五人の部下が横たわっている。全員、殺られた。

神は、すっと息を呑《の》んだ。

上だ。奴は別荘の屋根に登ったのだ。屋根から、バルコニーの連中を狙い撃ったのだ。

頭上を仰ぎ見た。今にもウジーの弾丸を浴びせられるのでは、と背筋が総毛立つ。

奴の勝ちだ。

外での待ち伏せは不利だ。奴は全員を家の中へ集めようとしている。だがそうする他はない。外にいたのでは、上からの狙《そ》撃《げき》に対処できないのだ。

神は建物の正面に戻ろうとした。だが気づいた。今、正面に戻れば奴の思うつぼだ。バルコニーを片づけた古芳は、当然、建物の正面入口の屋根に回って、内部に戻ろうとする人間を待ち受けているだろう。

ここはバルコニーの方から建物に戻った方がいい。古芳は必ず、動いている。ここまでの古芳の動きを考えれば、それ以外にない。

ヒット・アンド・アウェイ。撃ち、そして移動する。

神はライフルのスリングを肩に通した。中野の死体を蹴《け》り倒すと、その背中に足を乗せ、フェンスにとりついた。フェンスをよじのぼる。素早く頂上の有刺鉄線をまたぎこえ、反対側の斜面に降りたった。

バルコニーの明りがついたままなのが気になる。が、古芳が正面方向に移動していれば問題はない。

あとは松林の中にいる奴だが、バルコニーが全滅すれば、当然、松林をでて移動中の筈だ。

バルコニーの、向かって左側の端に神は辿《たど》りついた。あたりを見回し、バルコニーの下の闇《やみ》に転げこんだ。

バルコニーの下の橋桁《はしげた》のすきまを動く。コルトを抜いて、手にしていた。

まるで立場が逆転していた。狩る側が、狩られる側に回っている。

そのとき何かが足にあたり、神はつまずいた。はっとしてかがみこんだ。強い油の臭いが鼻にさしこんだ。

つまずいたのは、ディーゼルオイルの缶だった。新品だが、真ん中に穴があき、中の燃料が洩《も》れだしている。その穴に触れて、神は気づいた。自分の放ったライフルの弾丸は、この缶を貫通したのだ。弾速がはやすぎて、引火にいたらなかったのだろう。

この缶が最初からここにあったのか、それとも奴がもちこんだものなのか、神にはわからなかった。たぶん、もちこんだにちがいない。缶の中身はあらかた、足もとの地面に吸いこまれていた。

神は無線機を口にあてた。このバルコニーの下の暗闇にいる限り、安全だ。

「建物内部、誰か答えろ」

『成川《なりかわ》です』

ボディガードのひとりの声が聞こえた。

『変化ありません。玄関を固めています。さっき銃声がしたのはどっちですか』

神は舌打ちをしたくなった。しかたのないことだが、状況がまるでわかっていない。

「バルコニーだ。バルコニーは全滅した。奴は屋根の上にいる」

成川は絶句した。

『五島さんもですか』

「ああ。羽佐間も殺られた」

『畜生……』

「いいか、応援が到着しても、絶対に玄関からは入れるな。ヘリはどうなった」

『ヘリ？　何のことです？』

神は怒りをおさえるため、深呼吸した。

「さっき、五島にいった。会長を移動させるから、電話でヘリを呼べと」

『聞いていません』

「じゃあ早くやれ」

『神さんは今、どこです？』

「どこでもいい」

無線機のひとつを古芳が奪っている可能性に備え、神は教えなかった。

「いいか、屋根からは入ってこれない。入るとすれば玄関かバルコニーなんだ。バルコニーは明りをつけたままにしておけ。いいな」

『はい』

神は橋桁を縫って移動した。バルコニーの反対側の端の下までくると、首だけをのぞかせ、別荘の左側の斜面を見た。案の定、羽佐間の死体があった。

闇の中に首をひっこめ、神は深呼吸した。やはり殺られていた。自分の指示に従った結果だが、痛みは感じなかった。

戦闘とはそういうものだ。

それよりも次に奴らがどうでるかを考えた方がいい。固められた玄関をどう突破してくるかだ。

神がきてから、窓にはすべてシャッターを降ろしてある。窓からは入れない。玄関か、バルコニーしかないのだ。玄関とバルコニーはちょうど、まっすぐな建物の端と端で向かいあっている。

やはりバルコニーだ、神は結論した。だがここにいたのでは、奴を迎え撃てない。

建物の中に入る他ない。

101

バルコニーの方角で短機関銃の銃声がしたとき、金村は首をすくめた。が、銃弾は、自分に向けられたものではなかった。

別荘の屋根の上に、黒い人影が腹這《はらば》いになっていた。古芳だ。

建物の玄関に向かったと思わせて、屋根に登ったのだ。

その古芳が、松林に向けて手招きをした。バルコニーから狙われるおそれはなくなった。金村は、松林からとびだした。建物の左側、出窓の下に転げこんだ。

「燃料缶をくれ」

頭上から古芳がいった。金村は缶を掲げた。屋根の上に腹這いになった古芳が、缶をつかんでもちあげた。次に手がのびてきた。金村はそれをつかみ、出窓を足がかりにして、建物の屋根によじのぼった。

屋根の上は、強い風にさらされていた。だいたいにおいて平坦で、塩で傷まないようにゴムのような樹脂でコーティングされている。

「こっちだ」

古芳が囁《ささや》いて、屋根の上を動きだした。

屋根の上にあがると、別荘が横長のTの字をしていることが金村にはわかった。Tの字は横棒の方が太く、左右の両翼に部屋が並んでいるにちがいない。その中央に、ロータリーに面した玄関がある。一方、玄関からまっすぐにのびる縦棒の終点がバルコニーなのだった。

二人は横棒の右翼の上にいた。古芳は横棒の中心部に向かって進んでいた。強い風にあおられないよう、身を低くしている。金村もそのあとを追った。

屋根の表面をおおった樹脂は足音を吸収し、移動はしやすかった。古芳は中心部に達すると、屋根の上に両手をついて腹這いになった。金村もその横に手をついた。

三角形をした玄関の屋根が目の前にあった。その向こうに、別荘の前庭を走るロータリーが見える。数台の車が止まっていて、四人の男たちが不安げな面持でその陰に潜んでいるのが、ロータリーに立つ水銀灯の明りで見えた。

「奴《やつ》らはきっと応援を要請しているぞ」

金村は古芳に囁いた。

「応援がきたらひとりがここから狙い撃ちにする。奴らの目はこちらに向く。そのあいだにもうひとりがあっちのバルコニーの側から内部に突入するんだ」

古芳がいった。金村はカズの顔を見つめた。

「中に入るのはお前の仕事だ。囮《おとり》役は俺《おれ》が引き受ける」

一瞬、古芳の目に痛みに似た表情がよぎるのを金村は見た。が、古芳は金村の言葉を否定せずに頷《うなず》いた。

別荘の中にいる君国の愛人の顔は、古芳でなければ見分けられない。突入するのは、古芳の役目だ。自分はここで「クライン」の連中を片端から血祭りにあげる。

「こっちのカタがついたら、俺も玄関から中に入る。そのときは撃たんでくれよ」

金村は告げた。

「わかった」

古芳は金村の言葉に頷いてみせた。そして燃料の缶と信号銃を金村のかたわらにひきよせておいた。

「こいつはおいていく」

そのとき、複数の車のエンジン音が聞こえた。ロータリーにつながった、森を抜ける道をヘッドライトが進んでくる。応援が到着したのだ。

車はワゴンと乗用車だった。ロータリーに入った位置で急停止する。あらかじめいた見張りがその二台に駆けよった。

「やるぞ！」

古芳が腹に響く声でいって屋根に片膝《ひざ》をついて立ち、短機関銃をかまえた。電動ドリルのような連射音が響き、吐きだされる薬莢《やっきょう》が宙を舞った。

ワゴンと乗用車の窓ガラスが瞬くまに砕け散った。タイヤが破裂し、車体が沈む。どこから銃弾がきたのかと、闇雲《やみくも》に拳銃《けんじゅう》をふり回していた見張りの男たちが崩れ落ちた。

金村も両手で拳銃を構え、伏せ撃ちの姿勢で銃弾を二台の車に送りこんだ。

「いけっ」

金村は古芳にいった。古芳は無言で身を翻した。バルコニーの方角に向かって屋根の上を駆けていく。

ワゴンのスライドドアが開き、倒れこむように男が降りたった。負傷しているようだ。

助けてくれ、と叫ぶ声が聞こえた。

いったんその男にすえた狙《ねら》いを外し、金村は他の標的を探した。特に見つけたいのは、あの殺し屋だった。幽霊のような顔をした長身の男。

不意にワゴンのうしろに止まった乗用車の陰から銃声がまきおこった。反撃が始まったのだ。金村はべったりと屋根に伏せた。

銃弾が別荘の壁に命中し、漆喰《しっくい》をはね飛ばした。

伏せたまま、握ったリボルバーの残弾を調べた。あと一発だ。古芳からはもう一挺《ちょう》、リボルバーを受けとっている。そちらには六発が入っていた。

全部で七発。ひとり一発でも、七人の敵しか倒せない。

一斉射撃が止み、金村は顔をそっと上げた。ロータリーには五人の男が転がっていた。そのうちのひとりはワゴンから転げでた男で、頭を抱え、体を縮こめている。

「助けてくれえ、中に入れてくれっ」

不意にそう叫んで男が立ちあがり、走りだした。右足をひきずっている。金村は男の胴体に狙いをつけた。が、すぐに玄関の屋根の下の死角に入り、撃つのをあきらめた。

男が玄関のドアにたどりついた。ドンドンと扉を叩《たた》く音が聞こえた。

「開けろ！　開けてくれ！」

応える声はない。ノブを引く、金属音もさらにつづいた。

耐えきれなくなったように、乗用車の陰から別の二人の男がとびだし、屋根に向けて拳銃を乱射しながら走ってくる。そのうちの先頭の男を狙い、金村は引き金を絞った。男は目に見えない壁に衝突したかのように、がくんとのけぞって倒れた。別のひとりはそのあいだに屋根の下に走りこんだ。

「開けろ、馬鹿野郎！　開けろ！」

あとからきたひとりもそう叫んで拳銃の銃身で扉を叩き始めた。

金村は燃料缶をつかんで立ちあがった。蓋《ふた》を開くと、三角形をした玄関の屋根の下に投げいれた。うわっという叫び声が聞こえた。

屋根の上に立ちあがっても、もはや狙撃《そげき》してくる者はいなかった。金村は信号銃を手にとった。

不意に銃弾が木で作られた三角屋根を射抜いた。中に入れない二人が玄関の外から屋根を撃っているのだ。

金村は左に移動した。左翼の方角に向かう。建物の左端の屋根までくると、玄関のようすが見えた。扉にとりついている男たちは背中を合わせるようにして頭上を見上げている。燃料缶はその男たちの足もとにあった。ひとりがそれを蹴《け》ろうと足をひいた。

金村は男に向けて信号銃を発射した。

102

ウジーの連射音が建物の反対側、玄関の方角から聞こえてきたとき、神は舌打ちをした。奴らは応援にきた連中を片づけにかかったのだ。

ということは、玄関から正面突破をするつもりだ。

馬鹿な。建物の中にいる連中は、玄関を固めているのだ。正面から入ってくれば狙い撃ちだ。そのために、扉は絶対に開けるな、といったのだ。

無線機が鳴った。成川だった。声が上ずっている。

『応援にきた連中が殺られました。残ったのが中に入れろと叫んでいます。どうしますか!?』

神は耳をすませた。確かに助けてくれ、という叫び声が建物の反対側からかすかに聞こえていた。

「絶対に開けるんじゃない。開けたら最後、奴らが入ってくるぞ。ヘリはどうした？」

『こっちへ向かっていますが、風が強いので、ここに着陸をするのは無理だといっています』

「何とかさせるんだ。こなかったら殺すとパイロットにいえ」

そのときだった。頭上のバルコニーに誰かが降り立つような重い響きがした。神は息を止めた。すばやく無線のボリュームを絞り、口を近づけた。囁き声でいった。

「バルコニーに誰かやったのか」

『えっ？　何ですか。よく聞こえません――』

次の瞬間、頭上からガラスの砕ける音とともにウジーの銃声が聞こえ、無線機から成川の悲鳴が届いた。

神は目をみひらいた。奴は玄関での銃撃で、内部の見張りたちも玄関側に集めておいて、バルコニー側から侵入したのだ。成川らはうしろをとられた。

神はバルコニーの陰から躍りでた。頭上に拝むようにしてガバメントをかまえ、バルコニーの上に銃弾を叩きこんだ。

撃ちながらバルコニーが見渡せる位置まで後退した。奴はいない。

中に入ったのだ。

神の手が自動的に動いた。ガバメントから空になったマガジンを落とし、新たなマガジンをさしこむ。

バルコニーの手すりに左手をかけ、よじ登った。バルコニーに通じるガラス扉は粉々に砕け散っていた。屋根からバルコニーに降りたった古芳は、その場から建物の内部に向け、ウジーを撃ちまくった。バルコニーと玄関は廊下をはさんで向かいあわせだ。成川たちは背後からの銃弾にさらされたにちがいない。

神はガラス扉のかたわらの壁のくぼみにぴたりと背中を押しあてた。

無線機を口にあてた。

「成川」

返事はなかった。神は森の中に無線機を投げ捨てた。

両手でガバメントをかまえ、壁のくぼみからとびだした。

砕け散ったガラス扉から、まっすぐにのびた廊下が見えた。その廊下は十五メートルほど先で、建物の左右両翼を結ぶ横の廊下と交差している。

その廊下の角をさっと右に折れるうしろ姿が見えた。反射的にガバメントの引き金を絞った。銃弾は壁を削り、どこかに消えた。

うしろ姿が奴《やつ》だとすれば、奴はまだ会長に辿《たど》りついていない。会長がいるのは、左側の部屋だった。奴としては虱潰《しらみつぶ》しに別荘の各部屋をあたっていく他ないのだ。

神はガラスの破片をまたぎこえ、建物の中に入った。壁ぎわに体をはりつけるようにして銃を右手一本でかまえ、じりじりと進む。

玄関の扉の手前には、三人の見張りが転がっていた。成川の姿もある。たったふたりにあっけなくやられたものだ。玄関の外には、まだ入れずにいる連中がいて、扉を激しく叩いていた。悲鳴に近い叫び声が聞こえる。

扉に目を向けた神は、すっと息を吸いこんだ。扉の下のすきまから、うっすらと灰色の煙が流れこんでいた。

突然、その扉が内側に開いた。神は反射的に銃口をそちらに向けた。

炎が見えた。木造の玄関部分に火が広がっていた。火だるまになった男が叫び声をあげながら飛びこんでくる。ススでまっ黒になった顔は、髪の毛からも火があがっていた。男が正面にいた神を認めた。大きく口を開けたまま、焼けただれた両手を前につきだし、泳ぐように近づいてきた。

神は右手のガバメントの引き金をひいた。火だるまの男は胸の中心を撃ちぬかれ、その場に倒れた。悲鳴がぴたりと止んだ。

中に入らずに、森へ逃げればよかったのだ。神は倒れたまま燃えている男の死体を見つめた。火はカーペットに燃え移ろうとしている。玄関の煙が不意に濃く、建物の内部に流れこんだ。風向きのせいだ。風は、陸地から海に向けて吹いていた。風は煙を押し、濃い煙は壁となって、神の方に押しよせてくる。

神は膝をつき、姿勢を低くした。そのとき、煙の向こうで人影が動いた。

103

信号弾は男の腹に命中した。火の粉がぱっとあがり、玄関にこぼれた燃料に引火した。信号弾の直撃をくらった男はよろめいてひざまずいた。またたく間に炎が男の体を包んだ。別の男がそれに気づき、さらに叫び声をあげ、扉に体当たりをし始めた。

金村は建物の左翼の端から、地面にとび降りた。木造の玄関は火の海だった。森の方から吹きつける風が、炎をあおり、燃え広がらせている。

金村は残った一挺《ちょう》のリボルバーを手に進んでいった。玄関に近づいても、もう誰も金村には銃弾を浴びせてこなかった。ロータリーの途中で停止したワゴンの中には、降りる前に古芳の弾をくらった応援の男たちの死体が重なっている。ロータリーの道にも死体はあった。

おおぜいの人間が死んだ。それらの死体を見つめ、金村は思った。その中には、自分が手をかけた者もいる。しかし敦子を殺した奴は、まだ死んではいない。

そいつが死ぬまではこの殺し合いは終わらない。

金村は死体のひとりが落とした拳銃《けんじゅう》に目を止めた。トカレフだった。遊底が開き、全弾を撃ち尽した状態で落ちている。

そのトカレフを見たとき、古芳のことを思いだした。

玄関をふり返った。火だるまになって体当たりをしていた男が、ついに扉をぶち破った。強い風が開いた扉に向かって吹きこみ、男が転げこんでいく。

銃声が一発響いて、男の悲鳴が途切れた。金村は燃える玄関に近づいていた。濃い煙はすべて建物の中へと流れこんでいる。最初にこぼれた燃料が流れた階段は、もうほとんど焼け落ちていた。

風が一瞬煙を吹きはらい、建物の縦の廊下をまっすぐに見渡すことができた。正面のバルコニーに通じるガラス扉は粉々に砕け散っている。玄関の内側に、折り重なるようにして倒れた男たちの姿があった。

古芳は内部に入るのに成功したのだ。

そして、廊下の奥よりの壁ぎわに、あの男の姿があった。君国の殺し屋だ。金村の後輩を殺し、敦子を殺し、金村の息子を殺した奴。

金村はリボルバーをまっすぐ胸の前でかまえた。警察学校でまず最初に教わる、射撃の基本姿勢だった。銃口を、再び煙におおわれた廊下の、あの男がいたあたりに向けた。そのまま前へと歩いていった。焼け落ちた階段をまたぎ、炎の落ちる玄関をくぐって、建物の中へと進んだ。

風が背中を押し、煙が自分を追いこしていく。

玄関をくぐり、三歩進んだとき、銃弾が金村の体につき刺さった。

104

神は手応えを感じた。煙の向こうの人影に弾丸が命中するのがわかった。

しかし相手は倒れなかった。煙の壁が相手とのあいだに立ちはだかり、そして神の背後へと通りすぎていったとき、神は不意にその相手と向かいあっていた。

男はまっすぐにリボルバーをつきだしていた。銃口は、神の額に向けられている。神のガバメントは斜め左前方を狙《ねら》っていた。しかし男は目の前だ。男の腹には、四十五口径弾が開けた、まっ赤な穴が開いていた。

神は男の目を見つめた。男の目の中には死があった。その男の死と、神の死だった。

だが男の顔には、何の苦痛も浮かんではいなかった。

「――女房を殺したのはお前だな」

男はほとんど唇を動かさずに喋《しゃべ》った。神は答えずに左へ跳んだ。男のリボルバーが炎を吐いた。右腕に弾丸が命中し、神は体を捻《ひね》って倒れた。ガバメントがどこかへ飛んだ。左手をふくらはぎのナイフにのばす。男が一歩踏みだした。

「お前だな」

男はくり返した。

神は自分の唇が歪《ゆが》むのを感じた。ひとりでに笑みが浮かんできたのだった。こいつは女房を殺された怒りで、古芳とともに突っこんできた。撃たれても倒れず、苦痛も感じていないように見えるのは、こいつの心がもう死んでいるからなのだ。

「おかしいか？　え、おかしいか？」

男の右手の親指がリボルバーの撃鉄を起こした。シリンダーが回り、カチリという音をたてる。

「お前の女房は助けてくれ、と頼んだよ。赤ん坊を産みたいから、とな」

神の左手はコンバットナイフの握りにかかっていた。男に気づいたようすはない。男の目はまっすぐに神の目をのぞきこんでいる。他のものは何ひとつ見ていない。

「何でもするといったぜ。どんなことでも教えるとな。自分が助かるなら、お前の居場所を教えてやる、と」

男の目にかすかな動揺が浮かぶのを神は見た。

「お前なんか死んでもいい、自分と腹の子供が助かるなら。そういっていた。お前を恨んでいた。お前のせいで自分がこんな目に遭うんだと」

神は抑揚のない口調で喋りつづけた。ナイフは鞘《さや》からすべりでて、手の中にあった。男の顔に苦痛が浮かび始めた。心の痛みが肉体の痛みをよみがえらせたのだ。

「丈夫な赤ん坊を産みたい、お前が死んでも赤ん坊がいれば生きていける。だいたい刑《で》事《か》の女房なんてなりたかなかった。お前はでしゃばりで無神経な男だ、涙を流してくやしがっていたぜ。結婚はまちがってた、あんな男と結婚をしたために自分は死ぬのか……」

リボルバーが震え始めた。ここまで男をつき動かしていた憎しみに揺らぎが生じているのだ。憎しみが、神から男自身に向かいつつある。

あとわずかだ。あとわずかで、銃口がそれる。その瞬間を狙ってナイフをつきあげればいい。

「嘘《うそ》だ……」

男がいった。

「嘘なんかじゃない。死んでいく者が、なぜ嘘をつく。お前は俺《おれ》を殺せる。教えてやっているんだ、死ぬ前に。本当のことを」

「ふざけるな」

男は歯をくいしばっていった。額に脂汗が浮かび、こめかみを伝っている。放っておいても、あと少しで死ぬだろう。男の足もとには大きな血《ち》溜《だま》りができていた。

「赤ん坊を産みたい、産みたいっていっていたぜ。産んで、男か女かを知りたいってな……」

その瞬間、男の目の中で何かが変わった。苦痛と揺らぎが消えた。銃の震えがおさまり、あともう少しで外れそうだった銃口が再び微動だにせず、神の額を狙っていた。

失言をした。神は悟った。しかし、自分がどんな失敗をおかしたのかわからなかった。

「お前は嘘つきだ」

男の声に自信が戻っていた。

「敦子は、生まれてくる子供のことを知っていた。男の子だ――」

そこまで聞いたとき、神は行動を起こした。ナイフを突きあげる。銃が閃光《せんこう》を放ち、目の前がまっ赤になった。

左手が虚しく動いた。ナイフは何ものにも触れることなく空を切った。

頭が熱い。痛む。死ぬほどの痛みだ。これが死か。死の痛みか。

体が倒れていった。目が見えない。何もかもが熱く、真紅の幕ですべてがおおいつくされている。

なのに声だけが聞こえた。

「敦子」

何をいっている。俺は敦子じゃない。お前の女房じゃない。

再び何かが自分の顔に叩《たた》きこまれた。激しい痛み、手足が勝手によじれる。口の中に大量の血が流れこみ、意識が消える直前、神はその匂《にお》いを味わった。これが死の味なのか。これが――。

105

二発目の弾丸を殺し屋の顔のどまん中に撃ちこんだ。鼻がめりこみ、後頭部から抜けた弾が、血とその他のものをまき散らした。

瞬間、まるで起きあがろうとでもするように、殺し屋の手足がぱっとはねた。

そして動かなくなった。

金村はひざまずいた。

「敦子……」

どこかで見ている。俺を見ている。俺はお前を信じていた。

よかった。信じていて。この殺し屋が最期にいったことはすべて嘘っぱちだった。

激しい痛みがよみがえった。もう、指一本動かせない。同時に、寒さと睡魔が襲ってきた。

カズはどこにいるのだろう。

だが、もう、それはどうでもいいことだった。金村は、自分がもうすぐ、妻のところにいくのだと感じていた。

敦子と、長いこと会っていないような気がする。何日も、何年も。

だがじきに会える。

金村は横たわった殺し屋のかたわらにすわりこんでいた。額が前のめりになるのをこらえ、目をみひらいた。

殺し屋の死に顔をもう一度見つめ、目に焼きつけた。

微笑《ほほえ》みが浮かんだ。

106

君国は立ちあがった。そのときが近づいていた。少し前、成川がきて、神がヘリを呼ぶように命じたと聞いたとき、古芳がこの別荘の内部に入りこんだことを知った。

何発か銃声が響き、今は静かだ。だが奴《やつ》はじきにここにやってくる。

はつみの姿をした女が顔をあげた。まっすぐ、自分を見すえている。

君国は歩みより、告げた。

「立て」

はつみの姿をした女の瞳《ひとみ》に強い光が浮かんだ。女は猿グツワをはめられた顔をふった。

「立つんだ」

君国はガバメントをはつみの顔に向けたまま歩みよった。女は強い目で見返してくる。

君国は女の口に貼《は》られたテープをはがした。勢いで、女の髪が顔をおおった。

「お断わりよ。わたしを盾にして逃げるつもりなら、それは無理だわ」

はつみの声で女がいった。君国は怒りに体が熱くなるのを感じた。

「逃げるだと。私が逃げるだと？」

はつみなら決してそんなことをいいはしなかったろう。はつみは知っている。君国が、いまだかつて何からも逃げたことなどなかったのを。

君国は部屋の扉に歩みよった。ノブを回し、大きく内側に開いた。

「古芳！　聞こえるか、古芳！」

はつみの顔を見つめ、叫んでやった。

「俺はここにいるぞ！　女もいっしょだ。ここへこい！」

はつみの顔には何の表情の変化も表われなかった。君国はじっとはつみの顔を見つめつづけた。この女の心を壊すことができたら、どれほど小気味いいだろう。

女も君国の視線をはね返すように見つめ返している。

もうすぐ壊してやる。壊して、はつみの心をとり戻してやる。

女の顔から視線をはがし、扉の方に向けた。とたんに体が凍りついた。

いつのまにか奴が立っていた。血とススによごれた顔にはまった目が、じっと自分を見つめている。

古芳だ。

古芳は拳銃《けんじゅう》を腰のあたりにかまえていた。

開いた扉から強い風と、キナくさい臭いが流れこんだ。どこかで火の手があがっている。

君国と古芳は見つめあった。

他には誰もやってこない。叫び声も銃声も聞こえない。

「――古芳だな」

君国はようやくいった。そして言葉を口にした瞬間、心が落ちつくのを感じた。ついに、こうして、会うことになった。

「君国か」

古芳はいった。

不思議な雰囲気をもった大男だった。大柄なのに鈍重な印象はかけらもない。もともと表情が乏しいのだろうが、愚かなようにも見えない。落ちついているが、全身に張りつめたものがある。たとえていうなら、獰猛《どうもう》で大型の肉食獣が、獲物に襲いかかるタイミングをはかっているようだ。

「会ってみたいと思っていた」

君国は頷《うなず》き、いった。古芳の目が油断なく動いた。

「君が会いたいのは私ではない。そこにいる、彼女だろう」

古芳の目が、すわっている女を認めたことに気づき、君国はいった。

だが古芳は君国の目に視線を戻し、首をふった。

「いや、貴様だ」

「私？　なぜ私に会いたかった？　私あての逮捕状でももっているのか？」

君国は意外そうにいってみせ、つづけた。

「古芳和正巡査部長。警視庁保安二課所属、ただし現在は停職中だったな」

古芳は答えない。

「君のパートナーは、河野明日香巡査。だが河野巡査は、特別な任務を遂行中に殉職した」

「貴様が殺した」

古芳は短くいった。

「そうじゃない」

君国は告げた。

「私が殺したのは河野巡査ではない。それどころか、人殺しは河野巡査の方だ」

君国はいって、女をふり返った。

「教えてやれ」

女は無言だった。

「教えてやるんだ！」

女はかたくなに唇をひき結んでいた。

「なぜ教えない。本当のことを教えるのが恐いのか」

女は黙っていた。

「では私が教えてやろう――」

「嘘《うそ》よ」

不意に女がいった。

「何？」

「あなたにいったことはすべて嘘よ。ただわたしはあなたを憎んでいただけ。あなたは女刑事を殺したのよ」

「その調子だ、はつみ。お前は、はつみだな？　ずっと私の女だった、はつみだな？」

君国は女に歩みよろうとした。

「動くな」

古芳がいった。

「動くな？　なぜだ。自分の恋人に触れて何がいけない」

「だったら銃を捨てろ」

君国は古芳を見た。

「何を恐がっている。君はもう、勝ったも同じだ。この屋敷は燃えていて、私のボディガードはひとり残らず死んだ」

いって、君国は息を吸い、叫んだ。

「おおい！　誰かいないか!?」

耳をすました。応える者は誰もいない。

「見ろ。残っているのは、ここにいる私たちだけだ」

「貴様も死ぬ」

古芳はいった。

「いいだろう。そんなに私が憎いなら、私を殺せ。ただし彼女もいっしょだ」

いって君国はさっとガバメントの狙《ねら》いを女につけた。

「君は私を撃つ。そして私は彼女を撃つ。ふたりはいっしょに死ねる」

女に微笑みかけた。

「満足だろう、はつみ。あの世でまた愛しあえるのだ」

「――あなたのものになんかならない」

女が低い声で吐きだした。

「どうして？　ずっと私のものだった。なぜ今さらそんなことをいう。運命だろう、これは。私とお前の」

「死んでももう、あなたのものになんかならない」

女はゆっくりと首をふった。

「そうか。そんなに私と死ぬのは嫌か。ではやはりあの話は真実だったのだな。お前がはつみなら、決してそんなことはいわない。はつみはずっと私を愛していたのだから」

古芳に目を向けた。古芳はまだ何も気づいていなかった。当然だった。あれほど途方もない話を思いつける筈《はず》がないのだ。

「巡査部長。君はいつでも私を撃てる。そして私はいつでもはつみを撃てる。それでも私を撃つかね」

「撃つ」

即座に古芳は答えた。

「そうだろう。君をここまで動かしてきたのは、任務ではない。パートナーを殺された怒りだ。私への憎しみだ。私を殺すために、君はここまで辿《たど》りついた。そうだな？」

「明日香は俺《おれ》の恋人だった。俺は最後に会ったとき、明日香に結婚を申しこんだ」

君国は頷いてみせた。左手をゆっくりと上着のポケットに入れた。

とりだした指輪の箱を古芳に見せた。女の顔がはっとこわばるのがわかった。発作をおこし、気を失っているあいだに見つけたのだった。

「これだな？ 私はこんな安物をはつみに与えたことはない」

床に投げた。箱は虚ろな音をたてて、君国と古芳のあいだに転がった。古芳の顔に初めて憤りの色が浮かんだ。

「はつみがもっていた。後生大事に。知っていたか？」

古芳の目が箱を見た。そして君国をにらんだ。

「自分のために死んだ人間の形見だからもっていたいといった」

「そうか。信じたのか、君はそれを」

君国は嘲《あざけ》るようにいった。古芳は無言だった。

「知っていたのなら、なぜとり返さなかった。この女のために君の恋人は死んだんだ。そんな女にもっていてほしくないだろう？　君は平気だ、この女が死のうと生きようと。そんな女に、大切な彼女の形見をもたせていて気にならなかったのか」

「早く撃ちなさい！」

女が叫んだ。

「早くわたしを撃って！　そして、死ねばいい」

君国は瞬きした。涙がこみあがるのを感じた。

「悲しいな」

鼻声になっていた。

「自分がいちばん愛した女の顔で、女の声で、それをいわれるのは悲しいな」

「貴様はその女を殺そうとしたんだ」

古芳がいった。じりじりと、その手のトカレフがもたげられつつあった。

君国は首をふった。

「殺したんだ。もう死んでしまったんだ。はつみは生きてはいない。君が、私を殺すためなら死んでもかまわないと考えているこの女は、はつみじゃない。はつみの姿形をしているが――」

「ちがう！」

女が叫んだ。

「はつみじゃないんだ。はつみは死んでしまった。代わりに――」

「ちがう！　ちがう！　ちがう！」

悲鳴のように叫んだ。

「この女の体には、河野明日香の脳が移植されたんだ――」

古芳の目が驚きに広がった。そのとき、女が立ちあがった。体ごと君国にぶつかってくる。衝撃で、君国の右手はガバメントの引き金を絞っていた。

銃声が起き、女がうっと呻《うめ》き声をたてた。

107

駄目だ、これ以上。君国に喋《しゃべ》らせてはならない――アスカは思った。君国が真実を告げれば、いくら仁王でも動揺する。そのとき君国は仁王を撃つだろう。

アスカは全身をバネにして君国にぶつかっていった。

ぶつかるというより、それは倒れかかるといった方がふさわしかったかもしれない。薬や発作の影響で、まだ体が思うように動かせなかった。

その瞬間、君国が撃った。銃弾が自分の体のどこかを貫くのを感じ、アスカは衝撃でのけぞった。

「馬鹿者が！」

君国が目をみひらき、叫んだ。そしてアスカの体を遠ざけようとしながら銃の狙いを仁王に向けた。

仁王が撃った。

君国の体がくの字に折れた。尻《しり》もちをつくように床に倒れこむ。アスカもそれに引きずられながら倒れこんだ。

仁王が部屋の中に踏みこんだ。アスカはあお向けによこたわったまま、歩みよってくる仁王を見上げた。

仁王の顔がこわばっていた。銃をおき、アスカのかたわらにひざまずいた。

「――本当なのか」

仁王がいった。

アスカは瞬きした。焼けるような痛みがわき腹にあった。息を吸おうとすると、喉《のど》が鳴った。

「本当なのか!?」

仁王がくり返した。

わたしは死ぬのだろうか——アスカはそれを考えていた。もし死んでいくのなら、仁王を二度も悲しませたくない。仁王の心の中で、このまま神崎はつみとして死んでいきたい。

喘《あえ》いだ。

「答えろ！　教えてくれ！　どっちなんだ」

仁王の大きな腕が、自分を抱き起こした。血と硝煙の匂《にお》いがする。そして仁王の匂いも。

かろうじて声がでた。

「わたしは……死ぬの？」

仁王が傷を見た。首をふった。

「大丈夫だ。かすり傷だ。お前は死なない」

「本当？」

慰めかもしれない。そんな気がした。

「本当だ。絶対に死なない！」

仁王の目を見つめた。仁王が見つめ返した。わかる筈だ、嘘《うそ》をついているのなら。必ず、わかる筈だ。

仁王の目は真剣だった。

アスカは微笑《ほほえ》んだ。

「仁、王」

囁《ささや》いた。仁王の目が広がった。仁王の口もとが震えた。

「本当なのか……」

「もっと、早く……気づくかと思ってた……。この、唐、変、木……」

「明日香！」

仁王が叫んだ。アスカは喘いだ。

「馬鹿……。そんなに大きな声だしたら、痛いよ……」

108

君国は銃を捜した。見あたらない。ゆっくりと体を起こしたが、手の届くところにはない。

背を向けた古芳が女を抱きしめている。

ひどく腹が痛んだ。トカレフの銃弾は高速なので、ケブラー繊維では止められないと神がいっていたが本当だった。しかし、内臓には達していない筈だ。

立ちあがった。古芳は君国に目もくれなかった。

よろめきながら歩みだした。灼熱《しゃくねつ》の痛みが腹にはあった。息を吸うと、まるで火に息を吹きこむように痛みが燃えあがる。

廊下にでて、壁を伝って歩いた。早く銃を手に入れなければならない。

左手が自然に撃たれた場所にいった。シャツに触れると、小さく開いた穴と、その下のごわごわした防弾チョッキの繊維を感じた。チョッキの下がぬらついている。血が流れでているのだ。

廊下を回りこんだ。やけに視界が白い。

見覚えのある服を着た男の死体が横たわっていた。神だ。が、顔は血まみれで、頭の半分が吹き飛んでいる。左手にはコンバットナイフがあった。

かたわらに、まるで正座しているような姿の男の死体があった。知らない顔だった。口もとには笑みが浮かんでいる。

視界が白いのは、撃たれた傷のせいではなかった。煙が立ちこめているからだ。二つの死体の向こう、屋敷の玄関のあたりが炎に包まれていた。そこではいくつもの死体が燃えている。

君国は瞬きした。正座して死んでいる男の手に拳銃《けんじゅう》があった。

おぼつかぬ足どりで歩みより、その拳銃をもぎとった。

強い風がそのとき玄関の方角から吹きこんだ。風は炎をくぐって熱風となり、君国に襲いかかった。君国は腕をあげ、顔をかばった。

ふり返った。まだ古芳は追ってこない。

ガラスの砕け散ったバルコニーが見えた。そこにも死体が散らばっていた。「クライン」の中枢に属し、君国を守っていた親衛隊の兵士たちだ。

だが彼らが死んでも、「クライン」が滅びるわけではない。自分が生きつづける限り、「クライン」は滅びない。

自分は「クライン」の脳だ。あの女刑事が脳だけになって生きのびたように、この自分さえ生き抜けば、「クライン」も生きのびる。

君国は炎の燃え広がる廊下を歩きつづけた。あの炎をくぐり抜ければ、外へとでられる。迎えのヘリが到着する頃だ。

激しい熱が襲いかかった。体を支えようと壁にあてていた掌《てのひら》に、焼けるような熱が伝わってくる。

手をひっこめ、顔をおおった。身体を折り、姿勢を低くして、熱い空気を吸わないようにした。

髪に炎が燃え移りそうだ。君国は苦痛に耐え、息を詰めて走りだした。

炎が大きな音をたてている。近づくと、玄関を中心にした廊下の半分に炎が燃え広がっていることがわかった。

それでも足を止めることなく、炎の中を走り抜けた。転がっている死体のかたわらを駆け抜けたとき、まるで肉や魚が焼けるときのように、ジュージューと脂肪が音をたてて燃えているのを耳にした。

玄関の階段がすっかり焼け落ちていたことに君国は気づかなかった。

玄関をくぐったとたん、不意に足が宙を蹴《け》り、君国はロータリーに投げだされた。熱したコンクリートが頬《ほお》を焼き、悲鳴をあげる。

ごろごろと転がって、焼けた場所を逃れた。ひんやりとした空気が喉に流れこみ、咳《せき》が止まらなくなった。

ようやく膝《ひざ》をついた。屋敷をふりかえると、炎は屋根の方まで及んでいた。

立ちあがり、夜空を見上げた。腹の他に、両膝と右腰が激しく痛む。涙で視界がぼやけた。

瞬きし、耳をすませた。

聞こえた。ヘリの羽音が、確かに聞こえた。

我にかえり、ロータリーを見回した。そこここに死体が転がっていた。止まっている車も穴だらけだった。

多くの死者のために祈ってきた君国も、これほどの数の死者を一度に見るのは初めてだった。

だがこれくらいのことで「クライン」は潰《つい》えはしない。「クライン」が生まれ、今に至るまでに死んできた者の数は、この比ではない。もっと、気の遠くなるほどの数だ。

再び顔を夜空に向け、君国は目をこらした。

どこだ、どこにいる。神が君国のために下した命令なら、それは必ず履行される筈《はず》だった。

そのとき見えた。夜空の一点から、白い光が近づいてくる。羽音はさらに大きくなった。点滅する赤い光もあった。

白い光はやがて、ヘリの腹にとりつけられた強力なサーチライトになった。ライトは水銀灯で明るいロータリーを、さらに強く照らしだした。

君国はその光の中心に、よろめきでた。

見覚えのある専用ヘリだった。迎えにきたのだ。降下するにしたがい、緊張したパイロットの顔も見えた。

君国は銃を握った右手をふった。パイロットが頷《うなず》いた。ヘリのローター音が耳を打ち、激しい風がま上からも吹きつける。

ヘリは横風にあおられ、まっすぐに降下するのに苦労していた。ヘリポートではない以上、降りられる場所は限られている。少しでも着陸点がずれれば、ローターが破損する可能性があるのだ。

そのとき、ヘリの車輪軸で火花が散った。パイロットが怯《おび》えたように目をみひらいた。

銃声に気づいた。

君国は屋敷をふり返った。並んでいる窓のシャッターのひとつが上がっていた。内側の窓が開き、古芳が身をのりだしている。火を噴くトカレフがその手にはあった。

ヘリの横腹が被弾し、音をたててくぼんだ。パイロットが思わず操縦桿《かん》を引き、ヘリは急上昇した。

「待て！」

君国は叫んで、死体から奪ったリボルバーを古芳に向け撃った。古芳はすばやく隠れたが、ヘリは向きを変えない。

ぐんぐん上昇していく。

「待て！　おいっ、待て！　降りろおっ」

声の限り、叫んだ。「クライン」を潰《つぶ》す気なのか。ここで自分が救出されなければ、「クライン」の脳が失われる。

だがヘリは戻らなかった。高空まで上昇したヘリのサーチライトがふっと消えた。君国は絶望と怒りに体が震えるのを感じた。

屋敷をふり返った。古芳の姿が目に入った。リボルバーの狙《ねら》いをつけた。

古芳が撃った。

突然、目に見えない手が君国の喉《のど》をつかみ、ぐいっとそらせた。君国はのけぞり、銃を落とした。喉を潰されたように息が詰まった。背中から地面に落ちた。

みひらいた目に、まるで噴水のように噴きあがる血がとびこんだ。自分の喉から噴きだしているのだ。息をするたびに音が洩《も》れる。

おさえようと掌をあてた。だがおさえられなかった。急速に体から力が抜けていった。

あおむけに倒れた君国は、ヘリの消えた夜空を見上げていた。強い風に雲が吹きはらわれ、多くの星が見える。

だがそれもつかのまで、突然、すべてが黒ずんできた。自分が死につつあることを君国は悟った。恐怖はなく、こみあげてきたのは奇妙な感情だった。長いあいだ忘れていた、〝寂しさ〟だ。

なぜ寂しいのだろう。君国は自分に問いかけていた。

ひとりぼっちで死んでいくからなのか。

ちがう。

誰も自分の死を悼んでくれないからか。

似てはいるが、ちがう。

そうだ。祈ってもらえないからだ。

自分は多くの死者のため、祈ってきた。なのに自分が死んでも、自分のために祈ってくれる者はいない。皆、死んでしまった。

そのとき君国は、自分のおかした最大の誤りに気づいた。はつみを殺したことだ。

はつみは、きっと祈ってくれたろう。たとえ、あの女がいったように自分を恐れ、憎んでいたとしても、はつみだけは、自分のために祈ってくれたろう。

はつみを殺すのではなかった。

後悔が胸を駆け抜け、激しい寂しさにさいなまれながら、君国の呼吸は止まった。

109

壁にもたれかかり、床に足を投げだして、アスカは仁王の背中を見ていた。左のわき腹からの出血が血溜《ちだま》りを作っている。

仁王の大きな背中に力がみなぎった。近づいてくるヘリの羽音に負けない銃声がその手もとで轟《とどろ》く。

アスカは目をみひらき、耳をすませていた。ヘリのローター音は、あの晩のことを思いださせた。音がどんどん大きくなり、そして耐えられないほどになったとき、すべてが始まった。

またそうなるのだろうか。今は希望も絶望もない。仁王に真実を告げた以上、何が起こっても、それを受けいれられる静けさが心にはある。

仁王がまた撃った。

ヘリの音が小さくなっている。遠ざかっているのだ。そして、仁王の背にあった緊張が不意に解けた。

しばらく仁王は窓辺に片足をかけたまま動かなかった。窓枠にのせた右足の膝の上に肘《ひじ》をつき、銃をかまえていたのだ。

やがて右足をおろし、アスカをふりかえった。その目を見なくとも、何が起こったのかをアスカは感じることができた。

仁王が歩みよってきた。

「立てるか」

アスカは頷いた。努力はする。たとえ体がどうなっていても、弱音は吐かない。

仁王が泥だらけのジャンパーを脱ぎ、アスカのむきだしの肩にそっとかけた。

仁王の腕を借り、アスカは立ちあがった。痛みは感じていたが、それを越える何かがアスカを動かしていた。

白い煙のたちこめた廊下にでた。死体がいくつも転がり、ひどい臭いが漂っている。だが、あの匂《にお》いではない。発作の前兆になる鼻の奥の匂いはなかった。

仁王につかまり、歩いていった。仁王は油断なく拳銃を前方に向けていた。

仁王が立ち止まった。

正座し、微笑《ほほえ》みを浮かべている男がいた。その男の顔を見つめている。まるで途方に暮れた子供のような表情を仁王は浮かべた。今にも泣きだしそうだ。

仁王のこんな顔を、初めて見た。

仁王が左手を男の顔に向けのばしかけ、止めた。目を閉じてやろうとして、ためらったのだ。微笑みまで消してしまうのを恐れたようだ。

仁王が深い、大きなため息をついた。固唾《かたず》を呑《の》み、こみあがるものを喉の奥で殺した。

屋敷の外にでた。

君国がそこにいた。

ひとりぼっちで、水銀灯の明りに照らしだされ、血の海に横たわっている。アスカは足を止め、その姿を見おろした。

突然、鼻の奥が熱くなり、アスカは目を閉じた。

なぜだろう。どうしてこんなことが起こるのだろう。

アスカは目を閉じたまま、かたわらの仁王の手を強くつかんだ。

目を開いた。仁王の不安そうな顔があった。仁王の感じていることがわかった。君国の死をアスカがどう受けとめているかを知りたがっている。

自分でもわからなかった。

「大丈夫か」

仁王が低い声で訊《たず》ねた。仁王の心の不安は、君国の言葉が本当であったかどうかにまで及んでいる。

「ええ」

アスカはつぶやいた。悲しみではない、しかし満足でもない。寂しさに似た、憐れみのような気持。

これはつみの気持なのか。アスカは再び君国の姿を見つめながら、自分に問いかけた。

ちがう。

アスカは仁王に目を移した。

「大丈夫だよ」

仁王は無言でアスカの目を見つめている。この目の奥にいるのが誰なのかを、もう一度確かめたいのだ。恐い顔になっていた。

「かわいそうな奴《やつ》」

アスカはつぶやいた。

「だけど、今度こそ、本当の彼女に会える」

それをはつみがどう感じるかはわからない。

仁王がほっと息を吐いた。アスカはそれを聞き、夜空を見上げた。無数の星だった。強風は雲をすべて吹き飛ばしている。

傷の痛みが強まった。生きている証だった。

110

普通病棟に移されて数日がたった。あいかわらず一般見舞客との面会は禁止され、芦田の耳には何も入ってこなかった。家族との面会が許されたのが、ようやく二日目だった。

待つことと怯《おび》えに疲れはてた妻の顔を見たとき、芦田は何もいえなくなった。ただ、

「世の中はどうなっている？」

と訊ねただけだった。妻は無言で首をふった。彼らのことを妻に訊ねても無駄だった。

芦田は白い天井を見上げた。彼らは死んでいるだろう。そして傷が癒えた自分が退院するのを待って、また新たな刺《し》客《かく》が訪れる。

奴らは今度こそ失敗しない。

それもしかたがない。彼らの死に対し、自分もまた死によって、その責めを負うのだ。

三日目の午後、病室のドアがノックされた。

「どうぞ」

芦田は横たわったまま応えた。ドアが見張りの制服警官によって開かれ、スーツを着た男が入ってきた。

男の背後でドアが閉まった。男は戸口で立ち止まり、無表情に芦田を見おろした。

ついにきたか。芦田は思った。いつかやってくるだろうと思っていた。

「具合はどうです」

中西警視正はいった。芦田は瞬きもせず、中西の顔を見つめた。

たぶん二度とこうして中西とふたりきりで言葉を交すチャンスはないだろう。いいたいことは山ほどあった。だが何から口にすべきか、芦田は迷っていた。

中西を見つめていると、不思議に、中西も迷っているようだった。迷っているというより、苦悩している、といった方がふさわしいかもしれない。そういえば都会的だった服装もどことなく乱れ、眼の下にも何日か眠っていないようなどす黒い隈《くま》が浮きでていた。

「すわって下さい」

芦田はいった。まさか自ら手を下して芦田を始末しようと考え、それで苦悩していたとは思えない。

中西は首をふった。

「すぐ、失礼する。いろいろとあって……」

「いろいろ？」

決して答は得られないだろうと予期しながら、芦田はいった。が、中西は目をみひらき、芦田を見つめていった。

「君国が死んだ」

驚きが胸の痛みを倍加させた。

「死んだ？　なぜ!?」

中西の表情が固くなった。

「それは調査中です」

そして唇をなめ、訊ねた。

「私に監視をつけたのは、芦田さんですか」

芦田はすぐには返事ができなかった。どんな答をしようと、自分の運命にはもはやいかなる変化もないだろう。退院する前に殺されるか、退院して間もなくに殺されるか。が、君国が死んだ、という中西の言葉が、芦田の頭の働きを停止させてしまっていた。

中西は苦悩と緊張の入り混じった固い表情でつづけた。

「あなたの指示した監視方法は違法である上に、司法関係者の手によるものでもなかった。裁判での証拠能力は著しく低い」

「――わかっている」

芦田はようやくいった。芦田が使ったのは、十年も前に警視庁を退職した男が経営する興信所だった。そこは、料金さえ払えば、電話の盗聴を含む違法な調査をもひきうける。

中西は瞬きした。

「ならば、どうして――」

「知りたかった」

芦田は低い声でいった。

「何を？」

「あんたが『クライン』に飼われていると気がついたのは、ずっと前だった。キャリアで、公安の切れ者だったあんたが、わざわざ好きこのんで、防犯の薬対というよごれ役をひきうけた。『クライン』に関する情報をすべてコントロールできる位置を選んだんだ。気がつかない筈《はず》はないだろう」

「そう思ったのは、芦田さん、あなただけだ」

中西はいった。

「ちがう。誰も考えたがらなかっただけだ。キャリアのエリートは、警察の星だ。その星が『クライン』とつながっているなんて、知りたくもない、そう思って目を閉じ、耳を塞《ふさ》いでいただけだ」

中西は表情をこわばらせた。固唾《かたず》を呑み、芦田の顔をさらに険しい表情でのぞきこんだ。

「私の問いに答えて下さい。何を知りたかったんです？」

「理由さ」

「理由？」

「なぜあんたが『クライン』に飼われたかだ。それが知りたかった……」

中西はしばらく無言で芦田の顔を見つめていた。

「そんなことを」

「そんなこと？　私が知ろうとしたのは、下らないことなのか」

「そうじゃありません」

中西は首をふった。

「あなたにとっては重大なことだ。しかし私にとってはあたり前のことなんです」

芦田は目を閉じた。

「説明をしてもらえるかね」

中西は一拍おき、口を開いた。

「私たちキャリアが考えるのは、警察組織の運営だ。運営とはつまり、存続の模索でもある。あなたたち現場の警官は、常に犯罪を取締ることしか考えない。それが任務だからです。しかし私たちはちがう。まず、警察が消えない方法を考える。特に公安出身の私にとって、東西の対立構造の崩壊は衝撃的なできごとだった。我が国の警察組織を、ここまで巨大で優秀にしたのは、公安部門の存在に他ならない。このままでは公安部門の縮小を余儀なくされる。それはひいては警察組織の弱体化につながる。考えてもみて下さい、つい十数年前までは、我々が反政府主義者と見なし監視を怠らなかった人物が閣僚のポストにすわっているのです。我々の手足をもぐことを考えない筈がない。それを防ぐためには、警察組織に新たな存在理由を与えなければならない。警察に勝ることはあってはならないが、しかし決して劣るともいえない対立組織です。いわば警察を経営していく上で欠かせないお得意様だ。簡単には殲滅《せんめつ》されず、しかしこの国を転覆させるほどには危険ではない組織。私が君国に近づいたのはそのためです。君国は私を利用するつもりでいた。結構だ。私も彼を利用する。決して根絶されることのない犯罪組織は、警察組織の拡大化、存続に、不可欠なのです」

「――警察のために手を組んだというのか」

芦田は弱々しい声で訊ねた。中西は頷《うなず》いた。

「あなた方は法と市民を考え、私は警察組織そのものを考えていた」

「エドガー・フーバーだ」

「司法権力は、国家の基盤です。その点においては、フーバーのとった手段は、まさしく愛国主義に根ざしたものだ」

「そのためにギャングと手を組んだ。そっくりだよ。ギャングを弾圧し、それから新たに台頭した与《くみ》しやすいギャングと手を組む。フーバーが考えたのは何よりも反政府主義者の弾圧で、犯罪の撲滅ではなかった」

芦田はいった。

「そしてそれは、何より警察官が陥ってはならない、警察至上主義だ」

「あなた方なら、ね」

中西は首をふった。

「現場の人間がすべてそんな考え方をすれば、それはまさしく恐怖政治であり警察国家の出現を生む。しかし経営者はそれを考えなければならない」

「そのためには現場の警官が死んでもかまわないと？」

「ひとりの戦死者もでない軍隊は、軍隊ではない。死者がでなければ、装備は改善されず、規模が拡充されることもない」

「警視正、あんたはクズだ」

「それは認めません。単にこれは立場の相違だ。だが――」

中西はいって、沈黙した。

芦田はゆっくりと首を動かし、中西を見た。中西は何かをこらえるように、宙の一点を凝視していた。

「私の思想は敗北しなかったが、手段は敗北を迎えた。君国が死ぬことで、『クライン』は事実上、分解した。私は警察組織に対し、経営者としての責任をとらなければならない」

抑揚のない口調で、中西はそう告げた。

「あなたが私につけた監視が入手した資料は、昨夜のうちに、公安部のかつての私の部下たちによって押収され破棄された。あれは警察組織にとっては、百害あって一利のない資料だ」

「じゃあ、どう責任をとるんだ」

芦田は声に力を加えた。中西は目だけを動かし、芦田を見おろした。冷ややかな口調だった。

「あなたには関係がない」

そしてつけ加えた。

「『クライン』が分解した以上、あなたの身辺警護も不要と判断する。本日をもって、警護の者の任を解くことにするので、そのつもりで。見舞いの人間との面会も自由です」

芦田は無言でその言葉を聞き流した。

「――失礼する」

中西はいって、不意に敬礼をした。芦田は目をみひらき、その姿を見つめた。上級の警察官が自分より下の階級の警察官に対し、先に敬礼するなどというのは、ありえないことだった。

中西は病室をでていった。ドアが閉まると、芦田は首を枕《まくら》にのせ、天井を見つめて考えた。

彼らは生きているのだろうか。生きているとすれば、それは勝った、ということだ。

ふと気づいた。芦田は、中西に答礼を返していなかった。

111

その男が入ってきたとき、薗部は夕刊を読み終えたところだった。シーズー犬のジュリエッタがひと声吠《ほ》え、来客に薗部は気づかされたのだ。

大男だった。しかもまだ新しい傷跡が顔じゅうにある。薗部は畳んだ夕刊をレジの上にのせ、そっと身構えた。七時を過ぎたばかりで、店の前には多くの人通りがある。だが、だからといって強盗がブティックの店主を殴り殺すのを防いでくれるとは限らない。

大男につづいて、店の中に女がひとり入ってきたので、薗部はほっと力を抜いた。その女は、とびきりの上玉だった。スタイルも抜群にいいし、錦糸町あたりではちょっとお目にかかれない美人だ。

こんないかつい大男と、よくこれだけの上玉がつるんだものだ——薗部は半ば感嘆の気持でカップルを見つめた。

ジュリエッタがまた吠えた。

「しーっ」

薗部はジュリエッタの頭をなでてやった。

大男は、女ものの、それも派手なスーツやドレスばかりが並んだ店内で、居心地悪げにつっ立っている。それにひきかえ女は、あれほどの美人にもかかわらず、物珍しげにかかった洋服をひとつひとつ眺めていた。

田舎者か。とすると、この大男は、意外に女《すけ》こましの才能があって、できたばかりの上玉をひっかけたということになる。ならば吹っかけてやるのも悪くない。

薗部の視線と女の目が合った。正面から見ると、ますますいい女だった。田舎者にはとても見えない。ただし着ているのは、安物のジーンズにヨットパーカーときている。

「あたしに合うサイズある？」

女がいった。薗部はにやりと笑った。

「お客さんほどのスタイルなら、合わないサイズを見つける方が難しいね」

女は微笑《ほほえ》んだ。

「高いでしょ」

薗部は肩をすくめた。

「美人に安物は似合わない。そりゃあ、美人は何を着ても似合うが、お客さんなら、それなりのものを身につけるべきだな」

「そう？」

「ああ、そこのスーツはどう？　オールシルクで、しかもイタリアからの一点物だ。飾るには飾ってあるが、このあたりのお姐《ねえ》さんたちは財布か、てめえの顔に自信がないらしくてね。このまま吊《つ》るしとくには惜しいとは思わないか」

「そうね」

女はそのスーツを手にとった。値札をちらっと見る。

「高いわ」

そうだろう。三十二万は確かに高い。だがこの女なら、それを高くは見せない。

「少しなら勉強しましょう」

「只《ただ》って約束よ」

「ただ？」

あきれて薗部はいった。なんてことだ、やっぱり強盗か。

「そう」

女は澄ました顔でいった。

「わたしならいつでも、ここにある好きな洋服をもっていっていい、って」

薗部は一瞬、言葉を失った。まさしくそういう約束を交した女がひとりいた。死んだという新聞記事を見て、それから半年後に突然電話があり、「生きている」とまるでちがう声でいわれた。しかしその電話からも、ひと月が過ぎようとしている。

「……これって何かの冗談か。俺《おれ》をひっかけようってのか」

「ちがうわよ、マスター。忘れたの？」

薗部は顎《あご》をひき、女をまじまじと見つめた。女がいった。

「電話のときと同じことといってる」

「——姐さんか」

そのとき大男がひっそりと笑みを浮かべた。女は目を大きく広げ、頷いた。

「本当に姐さんなのか!?」

「そうよ」

「たまげたな！　おい！」

薗部はジュリエッタを見やり、いった。小型犬は何も答えず、じっと女を見つめている。

「なんだってそんなことになっちまったんだよ」

女は笑うだけだ。薗部ははっとして、レジにのせた夕刊をふり返った。

「そういや、今日の夕刊に、中西って、例の警察のお偉いさんの記事がでてたぜ。テロリストに殺されたってな」

女は首をふった。

「あれは自殺よ」

「自殺？　だって警視庁の発表じゃ――」

「自殺なの。彼はああすることで、自分の主義を貫いただけ。警察に泥を塗らず、むしろもっと警察を強くしなければならないと、皆んなが思うように」

「わかんねえ」

「いいの。終わったことだから」

薗部はあきれて首をふった。大男に目を移す。

「で、この旦那《だんな》は？　やっぱりお巡りか」

「今のところは」

大男がいった。

「今のところ？」

「これからわたしたちは、いっぱいいろんな調査や査問をうけなければならないの。彼が刑事でいられるかどうかは、その結果次第」

「何があったんだよ⁉」

「いずれゆっくり話すわ。今日は挨拶《あいさつ》に寄っただけ――」

女がいって店をでていこうとしたので、薗部はあわてた。

「待った、待った」

女が立ち止まった。大男はもう店をでてしまっている。

薗部はさっきまで女が手にとっていたスーツをとりあげた。

「約束だ。こいつをもってきな」

112

「もうちょっと離れないか」

仁王が小声でいった。

「なにが⁉」

アスカは明るく訊《き》き返した。

「だから……目立つんだよ」

「何が目立つのよ」

「お前だよ。その洋服も。すごく派手じゃないか」

「だって似合ってるっていったわ」

「似合ってるよ、確かに。すごく似合ってる。だけど、俺にはちょっと……」

「仁王！」

アスカはきつい声で呼びかけた。仁王はあきらめたように息を吐き、立ち止まった。

「何だい」

「答えて。わたしといっしょじゃ迷惑？」

「馬鹿なことというな」

「じゃ、どうして」

「――きれい過ぎる」

「わかってる。これは本当のわたしじゃない。わたしらしくない」

「そうじゃない。そうじゃないよ。今あるお前が本当のお前だ」

アスカは胸がどきどきし始めるのを感じた。自分の正体を明かして以来、ずっと先延べにしてきた問題だった。だが、今日はもう、はっきりさせる他ない。

「わたしの心は変わってない。あなたの心がそれについていけないのなら、わたしはそれに従うつもり。運命だから」

仁王はアスカを見つめ、静かにたたずんでいた。夜が始まったばかりの盛り場で立ち止まった二人を多くの人々が追いこしてゆく。

やがて仁王が口を開いた。

「お前はもう、刑事としての俺のパートナーじゃない。もしお前が警官に復帰できれば別だが、それはきっとありえない」

「じゃ、もう用なし？」

「いや。だが時間が必要だ。俺は俺自身に自信がもてない。お前はきれいすぎるんだ、俺には――」

「時間ならたっぷりあるわ」

「ああ」

仁王は頷《うなず》いた。

「あなたが欲しいだけの時間を、わたしはあなたにあげる用意があるもの」

仁王は息を吸いこんだ。そして決心したようにいった。

「もらうとも。お前は、神崎はつみのぶんも幸せになる権利がある」

「幸せにしてくれるの？」

視界が涙でくもった。大きな太い腕がのびてきた。かつてとちがい、軽々とアスカの体を抱きよせる。

「努力する」

仁王がいった。

解説

池澤春菜（声優・エッセイスト）

土下座から始めないといけない気がする。

この作品を未チェックだったこと、大沢在昌さんと、読者の皆様と、そして何よりわたし自身に。なんで?! ばかばか、わたしのばか!!

だってこれ、ものすごくSFじゃないですか！ SFの定義はいろいろありますが、個人的指針は「IFがあること」。何か一つ、物語に飛躍があれば、それはもう完璧《かんぺき》にSFです。そういう意味で、〝脳移植〟というIFがある『天使の牙』は、わたしにとっては確実にSFです。そしてSFであるということは、絶対わくわくして、面白くて、唯一無二の読書体験ができるということでもある。うう、ばかばか、わたしのばか。

そしてこれは、ここしばらくわたしが考えていた〝強さ〟の物語でもありました。

新興麻薬組織クラインのボスの情婦、神崎《かんざき》はつみの護衛を任された河野《こうの》明日香《あすか》。だがふたりの隠れていたホテルが襲撃され、明日香もはつみも重傷を負う。残ったのは、明日香の脳と、はつみの体。

『とりかへばや物語』『ふたりのロッテ』、カフカの『変身』、古今東西、体と心は興味深い物語のテーマでした。心という見えない、でもわたしたちを作る一番大事なもの。それは、脳にあるのか、体に宿るのか。あらゆる文学ジャンルで描かれてきたその永遠の命題。正直言うと、もうそこに新しい要素はないんじゃないかと思っていました。でも、こんな形でさらに鮮やかに、もっと魅力的に描けてしまうなんて。

やっぱり一番のポイントは、男性に負けないくらい、それどころかそこらへんの男の人なら裸足《はだし》で逃げ出すくらい、強くてかっこいい河野明日香が、非力で脆弱《ぜいじゃく》で、そしてめちゃくちゃ魅力的な神崎はつみの体に宿ってしまったこと。スーパーウーマンがクリプトナイトで一般人になっちゃったような。

わたしは確実に神崎はつみ側。運動は不得意……ごめんなさい、ちょっと見栄をはりました。運動は、壊滅的に、苦手です。

中学校の時に、テニス部に入部し、初日の陸トレで倒れて救急車で運ばれ、先輩が泣きながら「辞めて下さい」と言いに来たくらい、運動とは相性が悪いです。不整脈＋過呼吸、子どもの頃はすぐ熱を出して寝込み、腕立ても逆上がりも二重跳びも人生で一回もできたためしがありません。１００ｍ走は、途中で「走るとは」と考え始めるので、20秒以上かかります。

運動神経皆無、脆弱で、根性なし、ささみ以下の筋肉しかない、全く使い物にならないこの体。しかも別に見た目がいいわけでもなく……もし明日香がわたしに移植されていたら、多少死んでても良いから元の体に戻してくれ、って言うと思う。

でも、ずっとこの体だから、そうでない体で生きるのがどういうものかわからないのです。風を切る爽快感《そうかいかん》も、高く飛び上がることも、思い通りに踊ることも、ボールを蹴《け》る喜びも、わたしにはわからない。

だけど、同じように、運動ができる側も、できないってどういうことかわからなかったんですね。最初は苛立《いらだ》ち、はつみの体に入ってしまったことを不幸だと思っていた明日香は、だんだんとその事実を受け入れ、できることを探し始める。限界はある。同時に、明日香ではできなかったことが、はつみの体ならできるかもしれない。

生前交わした言葉だけでは理解できなかったはつみの内面が、物言わぬ体を通じて明日香に語りかけてくるような。そしてそれは、言葉では為《な》し得なかった深い理解。無意識のうちに、弱者が弱者なのは努力が足りないからだ、と思い込んでいた明日香の意識も少しずつ変わっていきます。そう生きざるを得ない人がいる、どうしても変えられない環境の中で、諦《あきら》めず、自分でできる方法を精一杯考え続ける。その人にしかできない戦い。わたし、本当の強さって、こういうことじゃないかと思いました。

明日香は肉体的に強かった。でもだからこそ、もしはつみと同じ状況に置かれていたら、戦い方を間違っていたかもしれない。仁王《におう》もとても強い。でも、仁王にもできない戦い方がある。

わたしたちが生きている〝今〟はなかなか難しいです。求められる強さや正しさもいろいろで、傷ついたり、我慢することは日常茶飯事。少しずつ諦めることだけが上手くなっていく。かつてのはつみみたいに。それでも、心の一部が「救いを求めている。逃れでたいと叫んでいる」のなら、自分なりのやり方で戦いを始めることができるかもしれない。

わたしはわたしの体が脆弱であることに、時に悔し涙を流し、時に諦めて放置していたけれど、でももう少しこの体とちゃんと向き合おう、と思いました。っていうか、ジム行きます……。

大沢在昌さんの経歴は、今さら説明するまでもないけれど少しだけ。

１９５６年愛知県生まれ。シャーロック・ホームズや名探偵カッレくんシリーズを愛読する幼少時。ハードボイルド作家を志したのはなんと中学二年生のとき!!　早くないですか?!　ハードボイルドといえば酒と硝煙、タフでニヒルな男のダンディズム。それに中学二年生で目覚めちゃうなんて、大沢少年恐るべし。でもって、目覚めただけでなく中学二年生で処女作書いちゃったのですよ！　もちろんハードボイルド。そこから大沢少年はひたすら読み、そして書きます。

何回かの落選を経て、23歳の時に『感傷の街角』で第1回小説推理新人賞を受賞してデビュー。多作だけどなかなか重版に繋《つな》がらない11年を経て、１９９０年に出した『新宿鮫』で大ブレイク。以降、無類に面白くて、わくわくして、ページを繰る手が止まらない作品を生み出しているのは皆様ご存じの通り。とびきりのストーリーテリング、登場人物の重みと厚み、社会の裏に踏み込んでいくその筆致。わたしは読んでいる間中、めちゃくちゃ上手い人の運転するフルチューンナップした車に乗って、山道を爆走している気持ちになりました。

台湾に鐵蛋《ティエダン》という、卵を真っ黒になるまで煮染めたおつまみがあります。煮込んでは乾かし、を1週間続ける。元の卵の三分の一まで煮染められた卵は、ギュムギュムした歯応え。味が芯《しん》まで沁《し》みて、ほのかに台湾のスパイスが香って、滋味深くて、大変美《おい》味しい。大沢さんはハードボイルドの中でも、年季の入り方といい、味わいといい、この鐵蛋かも。

さて、この『天使の牙』には続編があります。その名も『天使の爪』。

クラインとの死闘から一年あまり。明日香は神崎アスカと改名し、麻薬取締部にいます。といっても、河野明日香としての経歴は明かせない上、肉体的には遥かに脆弱、そして目立ちまくる美貌《びぼう》に、いつ発作が起こるかわからない体質、現場には立たせて貰《もら》えません。一年間の渡米で英語力は身につけましたが、アスカがしたいのはあくまで前線に出ること。仁王との仲も改善はしていますが、お互い気を遣い合っていて踏み込めません（ここ、もどかしいのです！　中学生か!!）。

そんなアスカの前に立ちはだかるのは、今度は世界です。もうひとりの脳移植者、アスカと同じ苦しみを知る世界で唯一の存在、そして最強の暗殺者〝狼〟。敵はさらに強く大きく、戦いはさらに激しく凄惨《せいさん》に、そして本はさらに厚く!!　そう、『天使の爪』は上下巻合わせて牙の約四割増し。それでも一気読みしちゃうのは、相変わらず。

アスカと仁王の新たな戦い、ぜひ『天使の爪』も続けてどうぞ。

息苦しい、何と戦っているのかわからない、終わりの見えない我慢。そんな日々の中で、この快走するエンタテインメントがどれだけ救いになったことか。

自分自身の強さと弱さを見失いそうになったら、わたしはまた明日香とはつみに会いに来よう。けして諦めなかったふたりに。

本書は一九九五年七月に小学館より単行本として、一九九七年六月にカッパ・ノベルスとして、一九九八年十一月に角川文庫として刊行された作品を改版したものです。

天《てん》使《し》の牙《きば》（下）

新装版《しんそうばん》

大沢《おおさわ》在昌《ありまさ》

平成10年 11月25日　初版発行
令和2年　8月25日　改版初版発行
令和6年 11月25日　改版7版発行

発行者●山下直久

発行●株式会社KADOKAWA
〒102-8177　東京都千代田区富士見2-13-3
電話　0570-002-301（ナビダイヤル）

角川文庫 22286

印刷所●株式会社KADOKAWA
製本所●株式会社KADOKAWA

表紙画●和田三造

ISBN 978-4-04-109782-3　C0193

◆◆◆

角川文庫発刊に際して

角川源義

第二次世界大戦の敗北は、軍事力の敗北であった以上に、私たちの若い文化力の敗退であった。私たちの文化が戦争に対して如何に無力であり、単なるあだ花に過ぎなかったかを、私たちは身を以て体験し痛感した。西洋近代文化の摂取にとって、明治以後八十年の歳月は決して短かすぎたとは言えない。にもかかわらず、近代文化の伝統を確立し、自由な批判と柔軟な良識に富む文化層として自らを形成することに私たちは失敗して来た。そしてこれは、各層への文化の普及滲透を任務とする出版人の責任でもあった。

一九四五年以来、私たちは再び振出しに戻り、第一歩から踏み出すことを余儀なくされた。これは大きな不幸ではあるが、反面、これまでの混沌・未熟・歪曲の中にあった我が国の文化に秩序と確たる基礎を齎らすためには絶好の機会でもある。角川書店は、このような祖国の文化的危機にあたり、微力をも顧みず再建の礎石たるべき抱負と決意とをもって出発したが、ここに創立以来の念願を果すべく角川文庫を発刊する。これまで刊行されたあらゆる全集叢書文庫類の長所と短所とを検討し、古今東西の不朽の典籍を、良心的編集のもとに、廉価に、そして書架にふさわしい美本として、多くのひとびとに提供しようとする。しかし私たちは徒らに百科全書的な知識のジレッタントを作ることを目的とせず、あくまで祖国の文化に秩序と再建への道を示し、この文庫を角川書店の栄ある事業として、今後永久に継続発展せしめ、学芸と教養との殿堂として大成せんことを期したい。多くの読書子の愛情ある忠言と支持とによって、この希望と抱負とを完遂せしめられんことを願う。

一九四九年五月三日